LA DAME SANS NOM
*est le trois cent trente-quatrième livre
publié par Les éditions JCL inc.*

Catalogage avant publication de Bibliothèque et Archives Canada

Pérusse, Micheline, 1940-

    La dame sans nom

    ISBN 2-89431-334-9

    1. Titre.

PS8631.E79D35 2005   C843'.6   C2005-940216-4

PS9631.E79D35 2005

© **Les éditions JCL inc., 2005**
Édition originale : avril 2005

La Dame sans nom

Les éditions JCL inc.
930, rue J.-Cartier Est, CHICOUTIMI (Québec, Canada) G7H 7K9
Tél. : (418) 696-0536 – Téléc. : (418) 696-3132 – www.jcl.qc.ca
ISBN 2-89431-334-9

MICHELINE PÉRUSSE

La Dame sans nom

Roman

LES ÉDITIONS JCL

Nous reconnaissons l'aide financière du gouvernement du Canada par l'entremise du Programme d'aide au développement de l'industrie de l'édition (PADIÉ) pour nos activités d'édition. Nous bénéficions également du soutien de la SODEC et, enfin, nous tenons à remercier le Conseil des Arts du Canada pour l'aide accordée à notre programme de publication.

Gouvernement du Québec – Programme de crédit d'impôt pour l'édition de livres – Gestion SODEC

05.05.01

À tous ceux que je chéris tendrement...

À ma belle soeur préférée.

La vie est parfois imprévisible, mais une chose reste prévisible c'est mon attachement et mon amour pour toi.

Un souvenir de moi.

mimi -

Prologue

Elle était là, pieds nus sur le sable gris, immobile devant la mer. Elle ne voyait rien. Un épais brouillard l'enveloppait et la pénétrait tout entière. Elle ne se demandait pas comment ni pourquoi elle se trouvait là, seule, inlassablement immobile. Une sensation de mort l'habitait. Et pourtant, elle vivait, elle en était certaine. Ce n'est qu'à l'aboiement du chien qu'elle émergea de sa léthargie. «Où suis-je?» se demanda-t-elle.

Chapitre I

C'était une fin de journée, un dimanche après-midi d'octobre, comme Samuel Sanchez les aimait. Installé confortablement dans sa maison du Maine, à Kinney Shores, il lisait paisiblement pendant que son fils, Paolo jouait à la balle sur la plage déserte, avec son chien. Soudain, César se mit à aboyer. Paolo aperçut une femme, debout, absolument immobile, les yeux fixés au loin. Attiré, bien que craintif, il s'en approcha, la regarda et, lui trouvant un air bizarre, il fut effrayé et s'enfuit jusqu'à la maison. Essoufflé, il entra bruyamment et bégaya à son père qu'une dame dormait, debout, sur la plage, face à la mer. Devant l'énervement de son fils, Samuel, sans aucune hésitation, enfila son coupe-vent et, en silence, s'approcha de cette femme étrange, lentement pour qu'elle ne s'enfuie pas.

En effet, il constata qu'elle n'était pas dans un état normal. Il lui dit d'une voix douce, pour ne pas l'effrayer :

« Madame, vous êtes transie, vous tremblez, venez vous réchauffer chez moi. Ma maison est là, derrière nous. »

Elle le regarda avec des yeux hagards et le suivit comme un automate, muette, sans aucune résistance. Pendant qu'il la dirigeait vers la maison, surpris par la spontanéité de son geste, lui habituellement si réfléchi, si réservé, il se demandait pourquoi il agissait ainsi.

«Que suis-je en train de faire? Une parfaite inconnue!»

Pendant ce temps, installé à la fenêtre, Paolo voyait son père s'approcher avec cette dame. Son cœur battait comme un tambour un soir de parade. Certes, il désirait qu'il la réveille, mais en même temps il éprouvait un profond malaise, comme s'il pressentait que cette inconnue allait changer le cours de leur vie.

Ce jour-là, dans la maison, ça sentait bon le feu de foyer. Adèle, la bonne, vaquait à ses occupations habituelles. Quand elle vit Samuel entrer avec cette femme, elle le regarda d'un air inquiet sans oser toutefois prononcer une seule parole. Samuel croisa son regard. Il s'avoua qu'il avait agi de façon impulsive et se mit à douter de lui. Il n'avait pas l'approbation de sa chère Adèle et cela le troublait.

Adèle était une femme imposante à la poitrine généreuse. Ses cheveux grisonnants étaient savamment remontés en chignon. Ses vêtements foncés lui donnaient une allure austère qui ne laissait en rien présager la bonté de son cœur.

«Le souper est prêt», lança-t-elle sèchement, tout en sachant fort bien que cette parole était inutile.

Malgré son malaise, Samuel fit mine de ne rien entendre et monta avec sa protégée à l'étage des chambres.

«Voici votre chambre», dit-il en entrant dans celle des invités.

Elle demeura muette et le fixa avec des yeux inexpressifs.

«Vous semblez fatiguée, désirez-vous vous étendre un peu?» murmura-t-il, afin de ne pas la brusquer.

Il lui prit la main et la guida simplement vers le lit. Il en retira les couvertures et, comme si elle lui obéissait, elle s'étendit.

«Vos vêtements sont trempés. L'humidité du brouillard sans doute. N'ayez crainte, je vais vous les retirer et vous mettre au sec.»

Il ne se connaissait pas une telle audace et, malgré le fait que chacun de ses gestes se voulait chaste, il en demeurait étonné. Tout en observant cette femme qui lui était étrangère, il la dévêtit lentement en prenant grand soin de cacher sa nudité sous un drap, il l'essuya avec délicatesse en faisant attention de ne pas trop la découvrir et la revêtit, presque comme par magie, en l'effleurant à peine, d'un chandail chaud qui lui appartenait. Elle n'avait eu aucune réaction. Elle se prêta sans résistance aux gestes de Samuel pour finalement fermer les yeux et s'endormir. Samuel se retira sur la pointe des pieds, comme on le fait quand on réussit à endormir un enfant, de peur qu'il ne s'éveille. Il était ému et éprouva le besoin de veiller sur cette femme qui lui semblait si fragile. Il dit à voix basse afin que personne ne l'entende :

«Je suis là. Ne craignez rien. Je vais prendre soin de vous.»

Il descendit alors rejoindre Adèle et Paolo qui l'attendaient pour le souper. Contrairement aux autres soirs, aucune parole ne s'échangea. Personne n'eut envie de rompre ce silence. Même Paolo, habituellement si bavard, se contenta de chipoter dans son assiette ce qu'Adèle avait concocté pour eux. Il craignait que cette femme lui ravisse son père, lui qui avait été jusqu'à présent le seul amour de sa vie. De sa mère Clara, il n'avait aucun souvenir puisqu'elle les avait quittés son père et lui quand il avait à peine un an. Et depuis, ils n'en avaient plus jamais entendu parler.

Le souper terminé, à court de mots, d'une voix rauque à peine audible, Samuel leur souhaita bonne nuit. «Bonne nuit», répondirent Adèle et Paolo du bout des lèvres. Et il se retira dans sa chambre à côté de celle où sa protégée s'était endormie. Pour une rare fois, préférant rester seul, il n'irait pas border son *diablito*, son fils qu'il chérissait pourtant.

Il ne parvenait pas à regretter son geste. Confus à l'idée d'éprouver du plaisir quand il songeait à cette femme qui sommeillait sous son toit, il se sentait incapable de les rassurer. Le brouillard aurait pu rendre cette soirée lugubre, mais il n'en fut rien. Elle lui était agréable malgré l'inquiétude qu'il avait lue dans les yeux de sa précieuse Adèle et de son fils bien-aimé.

Chapitre II

La maison de Samuel était fort coquette. Pendant les dix-huit premières années de sa vie, il y avait passé ses deux mois de vacances avec Adèle, sa fidèle nounou, et sa sœur Cunchita. Son père, concertiste international, revenait de ses nombreux voyages pour vivre les mois d'été avec eux, dans cette maison du Maine, aux États-Unis. À sa mort, Samuel avait hérité de cette maison; il n'avait que dix-neuf ans. Pendant des années, il n'y était pas revenu. Trop de souvenirs heureux et moins heureux le troublaient. Ce n'est qu'à la suite du départ de sa femme, Clara, que, accompagné de son fils Paolo et de sa bonne Adèle, il avait décidé de quitter sa résidence d'Outremont, au Québec, pour s'installer dans ce lieu qui respirait le calme, la chaleur et la tendresse. Depuis cinq ans, cette maison blanche, aux lucarnes et aux volets rouges, agrémentée de fenêtres panoramiques qui permettaient à la lumière d'entrer et au regard de se poser sur la mer, était devenue son havre de paix, son refuge.

Tout en remettant sa cuisine à l'ordre, Adèle se remémorait toutes ces années consacrées à la famille Sanchez. «Quarante-deux ans!» murmura-t-elle. «Quarante-deux ans de loyaux services!»

Elle avait trouvé ce travail de domestique dans le journal de la municipalité. On l'avait immédiatement engagée. Elle se revoyait, à dix-huit ans, à peine sortie de sa Gaspésie natale, sonner à la porte des Sanchez, à

Outremont, banlieue cossue de Montréal. C'était la première porte à laquelle elle avait frappé. «Comme j'aime cette famille! songea-t-elle. Comme j'y suis attachée!» Elle avait vu naître Cunchita, Samuel et finalement Paolo. Elle les avait choyés comme s'il s'était agi de ses propres enfants. De plus, jusqu'à sa mort, elle avait été profondément amoureuse de Manuel Sanchez, le père de Samuel et de Cunchita, bien qu'il n'en ait rien su. Elle avait toujours gardé pour elle ce précieux secret. Manuel était le seul homme qu'elle eût aimé au cours de sa vie, sans jamais attendre de retour. Telle était Adèle. Toute sa vie, elle s'était dévouée pour autrui.

Elle était l'aînée d'une famille de dix enfants. Avec sa mère, elle avait pris soin de ses frères et sœurs jusqu'à ce qu'elle quitte son village natal. Elle avait déserté la maison familiale, au grand désespoir de sa mère, pensant se faire une vie bien à elle, en dehors des responsabilités qu'on lui imposait. Elle se surprit à sourire et murmura, sans animosité pourtant: «La belle affaire! J'ai quitté ma famille pour m'en créer une autre. C'est à croire que le bon Dieu m'avait destinée pour être au service d'autrui. Mais je n'en suis pas malheureuse pour autant», songea-t-elle avec un brin de nostalgie. De son enfance, elle avait conservé ses croyances religieuses. Elle avait foi en Dieu, mais trouvait qu'il avait été bien exigeant à son endroit.

Elle pensa à Isabelle, la mère de Cunchita et de Samuel, avec beaucoup d'émotion. «Elle était si jeune lors de son décès. Elle n'avait que vingt-deux ans, se rappela-t-elle avec tristesse. Nous étions si près l'une de l'autre. Nous avions le même âge et j'étais sa confidente. Quoique très dissemblables et de milieux différents, nous étions tout de même devenues de bonnes amies. Elle n'avait que moi en dehors de Manuel puisque ses parents n'avaient voulu, sous aucun prétexte, entendre parler de cet homme.»

Elle pensa également à chacun des membres de cette famille qui lui rendaient bien l'amour et le dévouement dont elle avait toujours fait preuve. Tous lui en étaient reconnaissants. Elle le savait, car, pour chacun d'eux, elle était irremplaçable. Même Cunchita, qui avait suivi les traces de son père et vivait à l'étranger, était demeurée profondément attachée à cette femme qui leur avait en quelque sorte servi de mère.

Le rangement terminé, Adèle alla faire couler un bain chaud et moussant pour Paolo qu'elle savait triste. Ensuite, elle le mit au lit en essayant de le rassurer du mieux qu'elle put. Elle le quitta en lui donnant un baiser sur le front. Adèle n'était pas du genre à s'épancher en marques d'affection. Ce soir-là, ni Adèle, ni Paolo, ni Samuel ne parvint à trouver le sommeil. Même le clapotis des vagues ne réussit pas à calmer leurs appréhensions.

Troublé, Samuel s'était allongé sur son lit et avait laissé libre cours à son imagination. Il ne pouvait s'empêcher de penser à cette inconnue qui dormait dans la chambre voisine. «Comme elle est belle!» Une envie folle de la prendre dans ses bras et de la sentir le long de son corps s'empara de lui. «Je deviens fou, ma parole! Qui est cette femme? D'où vient-elle? Elle n'est pas d'ici. Elle n'a pas le teint hâlé des gens de la mer. Que lui est-il arrivé?» Elle l'intriguait et il se demandait bien comment il ferait pour répondre à toutes ces questions. Il était envoûté par sa chevelure cuivrée, opulente, longue et ondulée qu'il avait envie de caresser, ses yeux verts qui le regardaient sans le voir, sa silhouette longiligne et fragile comme du papier de soie, son teint diaphane orné de petites taches de rousseur. Tout en elle réveillait chez lui un côté protecteur qu'il s'était bien interdit de voir jusqu'à maintenant. Aucune femme n'avait réussi à provoquer chez lui une telle exaltation, même Clara, la mère de Paolo, qu'il avait épousée six ans auparavant. « Je n'ai jamais été amoureux de Clara », admit-il. À son retour d'Espagne, après y avoir séjourné pendant huit ans, Samuel avait rencontré Clara à la faculté des lettres de l'Université de Montréal où ils étaient tous les deux étudiants à la maîtrise. Ils avaient en commun l'amour de la lecture et de l'écriture. Même s'il lui faisait régulièrement l'amour, il n'avait jamais éprouvé de sentiment profond pour cette femme. Elle était là, à portée de main et, de plus, elle était jolie. Cela lui suffisait jusqu'à ce qu'elle devienne enceinte de Paolo. Il avait alors décidé de se marier. « Ce fut une erreur. Je l'ai épousée de peur de perdre mon enfant. Nous n'avons jamais été heureux par la suite. » En effet, Clara avait abandonné mari et fils, sans regret apparent, quand elle était devenue follement amoureuse d'un homme qui l'avait amenée vivre à Paris et poursuivre des études de doctorat à l'Université de la Sorbonne. Depuis, il n'avait rien su d'elle, mais il vivait toujours dans la crainte qu'elle revienne un jour lui réclamer son fils.

Il revoyait Clara déambulant dans les couloirs de l'Université de Montréal. On la reconnaissait de loin, car elle était la seule, à l'époque, à se vêtir selon la mode hippie des années 1970. Elle portait des robes longues ou des jupes fleuries, accompagnées de longs colliers. Ses cheveux châtain clair tombaient sur ses épaules, son front était ceint d'un bandeau de cuir. C'était, comme on le disait volontiers, une originale. Elle était issue d'un milieu ouvrier et sa famille voyait d'un mauvais œil ses études littéraires. « Cela ne te mènera nulle part », lui répétait son père. Clara, contrairement à Samuel, devait travailler pour payer ses études et le loyer de la mansarde qu'elle habitait dans le quartier Hochelaga-Maisonneuve, à Montréal. Aussi aimait-elle aller chez Samuel, à Outremont, où la maison était confortable et où la nourriture, grâce à Adèle, était abondante et savoureuse. De plus, Samuel comprenait son penchant pour la lecture et l'écriture et il l'encourageait fortement à poursuivre ses études. Clara était de compagnie agréable pour lui. Ils étudiaient ensemble et se prélassaient sur le lit, dans la chambre de Samuel, sans jamais qu'Adèle intervienne. Un jour, elle s'était rendue chez Samuel pour préparer des examens de fin de session et il lui avait trouvé l'air grave. «Je me souviens comme si c'était hier de cet après-midi de printemps et des brèves paroles que nous avons échangées à ce moment-là : "Tu as mauvaise mine aujourd'hui", lui ai-je souligné.»

Clara était une femme franche et directe, jamais mystérieuse. Ce que Samuel aurait préféré parfois. Elle ne jouait jamais la comédie. Elle lui donnait toujours l'heure juste. Ainsi, elle lui avoua sans ambages :

«Je suis enceinte.»

Samuel avait blêmi et lui avait demandé :

«Que comptes-tu faire?
— Le garder, bien sûr, avait-elle déclaré simplement.
— Bien, alors je t'épouse.
— Je suis d'accord.»

Et c'est ainsi que, sans autre préambule, Clara et Samuel s'étaient mariés deux semaines plus tard, dans la plus stricte intimité. Il avait trente-trois ans. Elle en avait vingt-quatre. «J'étais fou de joie à l'idée d'avoir un enfant», se remémora-t-il. J'espérais profondément que Clara me donnerait un fils. Je voulais être pour lui le père que j'aurais toujours souhaité avoir : tendre, aimant et présent. Je ne crois pas avoir manqué à mon engagement», s'avoua-t-il avec fierté.

Son esprit continua à vagabonder bien malgré lui dans les réminiscences du passé. «Diable! Pourquoi la venue de cette étrangère m'entraîne-t-elle dans des souvenirs profondément enfouis depuis si longtemps?»

Il se mit à rêver à sa mère, Isabelle, qu'il n'avait jamais connue puisqu'elle était morte en couches. Il savait, grâce à cette photo accrochée au mur du salon, qu'elle avait bel et bien existé. Il en avait la certitude quand il voyait à quel point sa sœur Cunchita en était une copie conforme. «Comme j'aurais aimé la connaître!» se dit-il avec mélancolie.

Il se mit à penser à son père Manuel. De lui, il avait le souvenir de rencontres sporadiques: à son anniversaire, à l'occasion de Noël et lors des vacances estivales. Il se revoyait enfant, sans parents, avec Adèle et sa sœur Cunchita. Il avait toujours éprouvé depuis sa tendre enfance un sentiment de vide qui l'accablait. Que de fois il avait demandé à Adèle: «Parle-moi de ma mère. Parle-moi de mon père.» Et, sans jamais se lasser, sentant le vif besoin de l'enfant, Adèle reprenait pour lui le récit de la vie de ces deux êtres qui étaient à l'origine de son existence. C'est à travers ces paroles que Samuel avait pu se former une image plus précise de ce qu'avaient été ses parents. De cette façon, il avait appris à aimer sa mère, cette inconnue, et à détester ce père lointain, égocentrique et suffisant qui, selon lui, les avait abandonnés, sa sœur et lui. Il se ressaisit. «Assez pensé à cette histoire! Je ne vais quand même pas m'apitoyer sur mon sort maintenant, décida-t-il. Quel destin étrange, tout de même, que celui de la famille Sanchez!». Et sa pensée revint à cette femme inconnue endormie non loin de lui. «Non! je ne la laisserai pas partir sans savoir qui elle est et d'où elle vient», se promit-il tout en sachant fort bien que sa décision était insensée. C'est en l'imaginant blottie dans le creux de son épaule qu'il parvint, enfin, à glisser dans le sommeil.

Chapitre III

À son réveil, Samuel ouvrit les tentures et vit que le brouillard s'était dissipé. Le décor de la journée n'avait plus cette allure fantomatique de la veille. À la place, il apercevait un soleil timide entouré de gros nuages gris et le noir de la mer agitée. Il appréciait les couleurs du Maine en automne. C'était sa saison préférée. Sa première pensée alla vers cette femme inconnue qui dormait sous son toit. Vivement, il enfila sa chemise et son pantalon et se dirigea dans la chambre voisine. Il ouvrit doucement la porte après avoir frappé quelques coups, en vain. Elle était là, étendue sur le lit, dormant comme si elle ne devait jamais se réveiller. Il décida de la laisser dormir sans se douter qu'elle le ferait aussi longtemps. Il se rappela soudain dans quel état il avait laissé Adèle et son fils et éprouva le besoin de les rassurer. «Ils ne sont en rien responsables de cette aventure.»

«Bonjour, Diablito, dit-il à son fils en le serrant dans ses bras.
— Bonjour, papa, lui répondit Paolo en se vautrant avec plaisir dans les bras de son père.
— J'espère que tu as bien dormi?»

Mais Paolo ne répondit pas. Il était déjà installé à la table de la cuisine où Adèle s'affairait à servir le petit déjeuner. L'attitude joviale de son père avait réussi à le dérider et il ne pensait plus qu'à manger comme un ogre, au grand soulagement d'Adèle et de Samuel. La fragilité de l'enfant le frappa. « Comme son humeur dépend de la mienne ! » se dit-il, et il jura que jamais son fils n'aurait à douter de lui. Il avait trop souffert lui-même de l'absence de son père. Il décida, sur-le-champ, qu'il allait en faire son complice aussi longtemps que cette femme vivrait sous leur toit.

Comme à chaque jour, Samuel alla conduire son fils à l'école et ils se mirent à bavarder en toute confiance comme ils l'avaient toujours fait auparavant. Samuel sentit le besoin de lui parler de cette femme. Il désirait que tout soit clair entre son fils et lui.

« Tu sais, Diablito, tu n'as rien à craindre de cette femme que tu as aperçue sur la plage, hier. Je ne laisserai jamais personne m'éloigner de toi. Tu dois être sûr de cela. Tu es mon fils. Je t'aimerai toujours et je prendrai toujours soin de toi. »

Le ton ferme de Samuel ne laissait percer aucun doute. Paolo était ce qu'il avait de plus précieux dans sa vie. En sa compagnie, il se sentait vivre pleinement. Il aimait cet enfant avec une passion exclusive comme s'il désirait se venger de son passé. Paolo n'en avait pas vraiment douté. Il savait que son père l'aimait. Il était juste un peu jaloux à l'idée de le partager avec cette inconnue. Il souhaitait qu'elle quitte leur maison, au plus vite. Devant l'école, Samuel embrassa tendrement son fils.

« Au revoir, Diablito. Passe une belle journée. Je viendrai te chercher comme à l'habitude.

— Au revoir, papa ! lui cria-t-il. Peut-être la dame sera-t-elle partie à mon retour de l'école ? ajouta-t-il.

— Non, je ne crois pas, Paolo. Mais pense à ce que je viens de te dire et tâche de passer une bonne journée quand même. »

Dès cet instant, Samuel comprit : son fils ne désirait pas la présence de cette étrangère dans leur maison. La partie n'était pas gagnée, car ce ne serait pas aussi facile qu'il se l'était imaginé. Il lui souffla un baiser avec ses mains et retourna chez lui bien pensif. Sur le chemin du retour, Samuel se sentait en parfaite harmonie avec la nature. Comme il aimait le Maine, en cette saison ! « Comme c'est féerique ! » Il se considérait, malgré tout, comme un être chanceux. À certains égards, la vie avait été facile pour lui. Il était tombé dans la potion magique, comme il s'amusait à le penser. Ses grands-parents paternels et maternels étaient tous deux issus de familles bourgeoises et riches. Et ses parents étaient tous deux des enfants uniques. À leur décès, sa sœur et lui avaient hérité de tous leurs biens. À cause de cela, il n'avait jamais été obligé de travailler. Oh ! bien sûr, il l'avait fait, par choix et par plaisir, lorsqu'il avait habité en Espagne, plus précisément à Madrid, chez ses grands-parents Sanchez, huit années durant. Il en avait profité pour étudier à l'Universidad de la Complutense à Madrid afin d'approfondir la langue espagnole et de faire des études en journalisme pour ensuite travailler au journal de son grand-père, Don Felipe Sanchez. C'est là d'ailleurs qu'il avait fait la connaissance de Lucas Rodriguez, son seul et unique ami, parrain de Paolo.

Au départ de sa femme Clara, Cunchita et Samuel, s'étaient mis d'accord pour vendre tous les biens dont ils avaient hérité de leurs grands-parents et pour en partager le produit. Ce qui leur avait permis amplement de vivre de leurs rentes. Il avait donc quitté la demeure des Vanier, à Outremont, pour venir s'installer dans la maison du Maine avec Adèle et Paolo. Depuis ce temps, il occupait ses journées à lire, à écrire et à écouter de la musique. Des manuscrits ! Il en avait plein les tiroirs de son bureau, mais il se contentait d'écrire parce qu'il aimait écrire. L'écriture apaisait ses angoisses. Cela lui était devenu indispensable. C'était comme une fenêtre ouverte sur un ailleurs qui n'était pas le sien. Il se demandait souvent si Clara, la mère de Paolo, écrivait également. De retour chez lui, il s'informa auprès d'Adèle de l'état de sa protégée. Ils avaient convenu qu'au besoin, elle la retiendrait à la maison jusqu'à son retour. Adèle, quelque peu impatientée, avait acquiescé à sa demande.

«J'ai vérifié et elle dort toujours», maugréa-t-elle.

Adèle craignait pour Samuel, son fils de cœur. Elle considérait que cet homme avait été suffisamment blessé depuis son enfance et elle ne voulait pour rien au monde ajouter à sa souffrance. Elle aimait la réclusion qu'il s'était imposée depuis le départ de Clara. Elle savourait le rythme de leur petite vie tranquille et rejetait tout ce qui était susceptible de venir troubler cet état. Elle regarda Samuel prendre la direction de son bureau, intriguée par ce qu'il pouvait bien écrire tout au long de la journée.

Samuel, assis à son pupitre, regardait la mer en réfléchissant. Il ne parvenait pas à écrire un seul mot. Il pensait encore et encore à cette femme. «Va-t-elle finir par se réveiller?» se demandait-il, inquiet. Il songea à maintes reprises à aller chercher un médecin ou encore à informer la police mais, quelque chose l'en empêchait qu'il n'arrivait pas à raisonner. Dans un geste impulsif, il se leva et rejoignit Adèle, occupée à faire le ménage de la maison. Il se surprit à lui demander, comme quand il était enfant: «Adèle, parle-moi de mes parents.» Il y avait bien longtemps qu'Adèle n'avait pas entendu ces mots sortir de la bouche de Samuel. Elle jugea la demande importante, laissa de côté torchons, balais, détergents et vadrouilles et alla s'asseoir près de celui qu'elle considérait comme son propre fils.

«Que veux-tu savoir de plus, Samuel?
— Je veux tout savoir, Adèle. Tout. Dans les moindres détails, si tu le peux.
— Samuel, le temps est venu de te dire quelque chose d'important. Je n'ai jamais été capable de le faire auparavant. J'ai par-devers moi le journal intime de ta mère. Quand elle est morte, ton père m'a chargée de vider la maison de ses effets personnels; il était trop malheureux pour s'en occuper lui-même, disait-il. J'ai trouvé le journal dans un de ses tiroirs. Je ne l'ai jamais rendu à ton père parce qu'elle avait écrit à l'intérieur: «Pour Cunchita et mes enfants à venir». Je ne vous l'ai pas remis jusqu'à présent, tu m'en vois désolée. Quelque chose que je ne peux expliquer m'en empêchait. Sans trop savoir pourquoi, j'attendais le bon moment et je crois que ce moment est venu aujourd'hui. Attends-moi un instant, je vais le chercher.»

Adèle se leva et se dirigea vers sa chambre. Samuel était ému, car il allait vivre avec sa mère, à travers son écriture, des moments d'intimité qu'il n'aurait jamais cru possibles. «Que d'émotions depuis deux jours! Je me sens comme un volcan en train d'exploser. Mais pourquoi, diable, Adèle a-t-elle attendu aussi longtemps pour me faire un si précieux cadeau?»

Adèle revint, serrant le journal dans ses mains comme si elle tenait une pièce de cristal. Elle le remit délicatement et précautionneusement à Samuel. Malgré son émotion, elle le laissa seul et alla poursuivre son ménage. Quand Adèle frottait, elle oubliait.

Samuel se retira dans son bureau. Il lut sans interruption sauf pour aller vérifier, à quelques reprises, si sa protégée, telle la Belle au bois dormant, était encore plongée dans le sommeil.

Le journal commençait ainsi:

Août 1961. Pour Cunchita et mes enfants à venir.

Manuel Sanchez! Ce nom est une musique qui fait vibrer mon cœur comme s'il était l'archet et moi le violon. Quand je pense à Manuel Sanchez, mon corps devient un instrument duquel le doigté de cet homme fait sortir une musique plaintive et gémissante.

Manuel dont je fis la connaissance le jour de mon dix-huitième anniversaire de naissance allait changer le cours de ma petite vie simple et paisible. À cette époque, j'étais étudiante au baccalauréat ès arts au Collège Marguerite-Bourgeoys de Westmount. J'étais une jeune fille sérieuse et studieuse. Je vénérais mes parents. Je souhaitais devenir médecin comme mon père. Mes amies et mes études étaient le centre de ma vie. L'amour ne faisait pas encore partie de mes aspirations. Comme tout peut basculer rapidement!

Cet homme irrésistible était un pianiste célèbre. Il donnait des concerts aussi bien en Europe qu'en Amérique. C'était l'idole de mon père. Un jour, il apprit que le grand virtuose venait à Montréal. Mes parents eurent l'idée de l'inviter à jouer, chez moi et pour moi, en l'honneur de mes dix-huit ans qu'ils voulaient célébrer avec faste. Manuel, qui trouvait amusant le fait de se produire dans un salon plutôt que dans une salle anonyme, et considérant le cachet intéressant, accepta d'emblée. Il ne se doutait nullement de ce qui allait se produire ce jour-là.

Tel que convenu, il se présenta à Outremont, à notre résidence de la rue Maplewood. Dans le salon, le piano à queue occupait une place d'honneur dans un décor de salle de bal digne d'un roi. Les tentures de velours écarlates, les meubles de style Louis XV ainsi que les boiseries de chêne donnaient à ce salon un air aristocratique de très bon goût. Ce qu'il vit l'enchanta.

C'était le 15 juin 1959. La soirée était belle et fraîche. Mon père accueillit Manuel. Quand il me présenta, je vis que le grand musicien était troublé. Il me regarda dans les yeux, me donna une poignée de main assurée et me fit son plus beau sourire. Ce soir-là, Manuel Sanchez joua admirablement tout en ne cessant jamais de me regarder. Il jouait pour moi seule, c'était évident. Il m'avoua plus tard qu'il m'avait trouvée d'une beauté exceptionnelle, éthérée et délicate avec ma chevelure longue et blonde, mon teint pâle et mes yeux bleus comme l'azur que mettait en valeur la robe de même couleur que je portais. J'avais, dirait-il plus tard, cet air angélique qu'il aima sur-le-champ. Tout, y compris le décor, contribuait à me donner une aura irréelle, presque surnaturelle. C'est pourquoi, me dit-il, il me surnomma «mon ange», devint éperdument amoureux de moi et décida sur le champ que je deviendrais sa femme.

«Je reconnais bien mon père, songea Samuel, furieux. Sa devise: je le veux, je l'aurai. Que ce soit un objet ou un être humain, où est la différence? Elle était jeune, elle était belle, elle ne pouvait, selon lui, lui résister. Et, il avait bien raison, elle ne résisterait pas. Mais d'où lui venait ce pouvoir qu'il exerçait sur les femmes?» se demanda-t-il, un brin envieux. Il continua la lecture avec rage.

Manuel était un célibataire endurci jusqu'à ce qu'il fasse ma connaissance. Il renonça à ses nombreuses conquêtes rencontrées dans chaque ville où il se produisait et où une femme aimante l'attendait. Pour des raisons différentes, il les voulait toutes, me confiera-t-il plus tard. Il me parla de la sensuelle Carla qui aimait rire et s'amuser, de l'intellectuelle Judith avec laquelle il pouvait bavarder sans cesse, de l'imprévisible et mystérieuse Kim qui ne cessait de l'intriguer, de la fougueuse Ethel qui le faisait vivre à cent milles à l'heure, et de plusieurs autres. C'était un homme séduisant qui avait le pouvoir de donner à chacune de ces femmes l'illusion qu'elle était unique et qu'il en était amoureux. Mais était-ce une illusion? Peut-être le croyait-il lui-même? On aurait dit qu'il les aimait toutes. Mais pour moi, le grand Manuel Sanchez émigra d'Espagne et s'établit au Canada en 1959, à l'âge de quarante ans.

Le soir de mon anniversaire, mes parents virent son regard insistant se poser sur moi et n'apprécièrent guère la tournure des événements. Quant à moi, j'étais envoûtée par la musique et par le charme de cet homme. Il était grand, avec une carrure d'épaules respectable, des yeux et des cheveux noirs, des cils longs à rendre jalouses toutes les femmes de Montréal et de sa banlieue. Le contraste entre lui et moi était frappant.

La fête terminée, Manuel Sanchez, celui à qui personne ne résiste, s'était juré qu'il me reverrait coûte que coûte.

Le lendemain, au petit déjeuner préparé par notre bonne Ernestine, mon père, mine de rien, me demanda d'une voix qui se voulait enjouée si cette fête m'avait plu et si j'étais contente. Je m'empressai de le remercier et de le rassurer en lui disant que ce jour avait été le plus beau de ma vie. Ma mère osa me demander ce que j'avais pensé de ce Don Manuel Sanchez. Je lui répondis que je le trouvais bel homme et rempli de talent. Et que je le croyais béni des dieux. Mon père ajouta qu'il était persuadé que cet homme était tombé amoureux de moi. Je sentis son embarras et m'empressai de rire en lui disant: «Papa, tu es aveuglé par l'affection que tu portes à ta fille. Comment peux-tu croire qu'un tel homme puisse s'intéresser à une fille comme moi? Tu sais bien qu'il doit avoir toutes les femmes à ses pieds. Non, papa, tu exagères. Je suis certaine qu'il ne se souvient plus de moi aujourd'hui.» Mais, au fond, je n'en étais pas si certaine. Je savais très bien que mes parents n'avaient pas apprécié le regard insistant de Manuel Sanchez. Mon père me mit en garde en me disant que cet homme avait toujours eu tout ce qu'il désirait dans la vie. Et que s'il se mettait en tête de me séduire rien ne l'arrêterait. Il avait la réputation d'être un grand tombeur. S'il se trouvait qu'il m'ait réellement troublée, jamais il ne se pardonnerait de l'avoir invité à ma fête.

Mon père m'adorait. J'étais enfant unique et il était un

brin possessif. Il ne pouvait entrevoir le jour où un homme lui prendrait sa fille. Surtout pas un homme de quarante ans qui parcourait le monde pour donner des concerts de piano. Connaissant bien ma mère et sachant à quel point elle aimait tendrement mon père et appréciait jour après jour sa bonté, je me convainquis qu'elle ferait tout, malgré son inquiétude, pour le rassurer.

Je les abandonnai donc à leurs préoccupations et je quittai la maison comme à tous les matins de la semaine pour me rendre au collège.

Samuel ne put s'empêcher de penser que ses grands-parents Vanier avaient surprotégé leur fille. « Elle vivait dans un cocon d'ouate et n'était nullement préparée à faire face à un homme de la trempe de mon père », se dit-il tristement.

Bien sûr, mes parents avaient eu raison de s'inquiéter, car, dès le lendemain, au cours de la matinée, cet homme qui faisait fi de toutes convenances téléphona. Ce fut Ernestine qui répondit. Manuel Sanchez s'était identifié et avait demandé, le plus simplement du monde et sans aucune gêne, à parler à Isabelle Vanier. Je n'étais pas à la maison. Il laissa le numéro de téléphone de l'hôtel où le joindre et pria Ernestine de me le remettre aussitôt que possible.

Je devine à quel point Ernestine fut déchirée. Allait-elle parler ou se taire? Elle savait, de toute façon, que cet homme rappliquerait si je ne le rappelais pas. Par contre, elle devinait que mes parents seraient furieux si elle me transmettait le message. Mais elle craignait par-dessus tout que je ne lui pardonne jamais d'avoir omis de me dire la vérité. Et comme elle m'était dévouée plus qu'à quiconque, elle ne voulait pour rien au monde perdre ma confiance. Et elle savait surtout que cet homme ne laisserait pas tomber sa conquête s'il la voulait vraiment. Elle choisit donc de me transmettre le message. Elle profita d'un moment où je me trouvai seule avec elle pour me faire part de cet appel. Je pris le bout de papier sur lequel elle avait griffonné le numéro de téléphone et montai me réfugier dans ma chambre

Seule, je me mis à réfléchir. Se pouvait-il que mon père ait eu raison? Non, c'était sans doute un renseignement qu'il désirait tout au plus. J'étais sceptique, mais j'espérais, au fond de mon cœur, que ce grand homme se soit épris de moi. Non pas que j'en sois devenue amoureuse le soir de ma fête, mais parce que je trouvais flatteur que Manuel Sanchez, cet homme rempli de talent et qui, par surcroît, avait l'âge d'être mon père, puisse être séduit par ma personne. J'eus envie pour la première fois de ma vie de prendre une décision sans en parler à mes parents. Je me répétais qu'après tout je n'étais plus une enfant. C'était ma première révolte. Je m'étais toujours pliée, sans me poser de questions, à ce que mes parents attendaient de moi. Je savais que j'étais l'objet de leur adoration. Je ne voulais pour rien au monde les peiner, mais j'avais, à la fois, un urgent besoin de m'affirmer et celui de décider par moi-même, ne fut-ce qu'une fois dans ma vie. Mais je trouvais cela difficile. Les décevoir m'apparaissait odieux. Ils s'inquiéteraient pour moi, j'en avais la conviction. En même temps, je me demandais comment je pourrais devenir adulte si je ne faisais pas mes propres choix, mes propres expériences. N'écoutant que mon courage, je composai le numéro de téléphone de la chambre d'hôtel de Manuel Sanchez, le cœur battant, non parce que j'allais entendre le son de sa voix, mais parce ce que j'allais commettre pour la première fois un geste de femme adulte.

Il répondit lui-même. Il n'y alla pas par quatre chemins; en une minute tout au plus, je connus tout du but de son appel. Il me dit que depuis qu'il m'avait rencontrée, il n'avait cessé de penser à moi, qu'il se demandait s'il n'avait pas rêvé cette rencontre, qu'il préférait que les choses soient claires entre nous dès maintenant et qu'il désirait me revoir dès le lendemain à son hôtel, le Ritz Carlton, parce qu'il devait repartir sous peu pour New York pour y donner des concerts. Il m'in-

vita donc à souper en me priant de le rejoindre à dix-neuf heures, à son hôtel. J'étais mal à l'aise devant une telle déclaration. C'était la première fois qu'une telle chose m'arrivait. Tremblante à l'idée de ce que j'allais faire, je finis par accepter. Après avoir raccroché, je vécus dans la tourmente jusqu'au lendemain soir. Pour une rare fois, j'allais mentir à mes parents et j'en souffrais. Ils n'auraient jamais accepté que j'aille à ce rendez-vous. Pourtant, je me devais de le faire, j'en étais persuadée. Je ne me reconnaissais plus. Je pleurai longuement. J'avais le sentiment que je trahissais mes parents qui avaient toujours été si bons pour moi. En même temps, je savais que leur amour m'étouffait et m'empêchait de vivre à ma guise. C'était comme s'ils avaient tracé pour moi le chemin que je devais suivre. Mon père avait toujours souhaité que sa fille devienne médecin. Il n'avait pas eu de fils pour prendre la relève et il m'avait persuadée que je devais le faire. En avais-je vraiment envie? Je n'en savais rien. Avais-je le choix ou non?

Ce soir-là, je me couchai tôt et je fis durant mon sommeil un rêve étrange. Il y avait devant moi un chemin sans fin, très aride, sans arbres ni fleurs. Je me trouvais seule sur cette route, vêtue d'une robe longue, blanche, avec une couronne de fleurs sur la tête. Je marchais lentement et je me demandais où cette route menait, et quand est-ce que j'apercevrais un endroit où je pourrais enfin m'arrêter pour me reposer. Soudain, j'aperçus un homme en queue-de-pie qui s'avançait vers moi. Sans mot dire, il me prit dans ses bras et nous nous envolâmes dans les nuages parsemés de petites lumières de toutes les couleurs qui s'allumaient sur notre passage. C'est alors que je me réveillai, persuadée que j'avais fait le bon choix. Était-ce un bon présage? Je n'en savais rien. Mais il avait eu pour effet d'alléger mon tourment.

Samuel interrompit sa lecture. Il était profondément troublé. Sa mère avait-elle senti la fin de quelque chose? Pourquoi avait-elle décidé d'écrire pour ses enfants le récit de ses amours? Il connaissait cette histoire mille fois racontée par Adèle, mais jamais avec autant de précision. Il admira sa mère et sourit à la pensée qu'elle ait voulu se libérer si jeune de l'emprise de ses parents. «Et elle avait l'air d'un ange, paraît-il, se dit-il en riant. Quel culot, quand même! J'aime imaginer ma mère, à dix-huit ans, se rendant seule à ce rendez-vous galant, rencontrer mon père, cet homme célèbre et si sûr de ce pouvoir magnétique qu'il exerçait sur les femmes. Elle n'avait pas réalisé, la pauvre, qu'elle quittait ses parents pour tomber sous l'emprise d'un homme jaloux et possessif. Ça, j'en suis persuadé», murmura-t-il. Il connaissait bien ce père qu'il avait toujours trouvé tyrannique. Et il pouvait s'imaginer sans peine de quelle façon il s'était comporté avec sa mère.

Chapitre IV

Le lendemain, la jeune femme dormait encore dans la chambre des invités. Samuel, installé à son bureau, regardait par la fenêtre, songeur. « Quelle belle journée! » se dit-il. C'était, en fait, une journée magnifique. Pas un nuage ne venait attrister le ciel. Le soleil faisait miroiter le jaune, le rouge, l'orangé et l'ocre des feuilles qui se fondaient en une harmonieuse symphonie. Pas le moindre vent pour les faire danser. Il faisait exceptionnellement chaud pour la saison. Samuel se leva paresseusement, s'étira comme un chat, et se dirigea vers la véranda située face à la mer. Les vagues venaient mourir tout doucement sur la rive avec un bruissement cadencé et continuel, provoquant chez lui une chaude sensation de bien-être. « Il me semble avoir déjà connu cette félicité dans le ventre de ma mère », songea-t-il, rieur. Il se dirigea vers la balancelle en osier blanc et entreprit de se bercer au rythme des vagues pour ne pas perdre cet état de béatitude dont il jouissait avec autant d'intensité. Samuel était seul à la maison, à l'exception de la dame qui dormait toujours. Adèle était partie faire les courses et chercher Paolo à l'école. Pour une deuxième journée, cette femme gisait inerte sur le lit avec la même respiration douce et lente. Une inquiétude sourde se mit à le gagner. « Et si elle n'allait jamais se réveiller? » pensa-t-il. À regret, il sentit que son état extatique venait de le quitter. Il reprit le journal intime de sa mère et en continua la lecture. Il l'imagina en train d'écrire et une onde de chaleur le parcourut.

J'allai donc dès le lendemain, tel que convenu au téléphone, rejoindre Don Manuel Sanchez à son hôtel. C'était après mes cours au collège et je prétextai que j'allais étudier chez une amie. Mes parents, n'ayant jamais eu à douter de moi, ne me posèrent aucune question. Je me présentai au Ritz Carlton le cœur battant, incertaine du geste que j'allais faire, vêtue de l'uniforme bleu marine du collège et d'un chemisier blanc. J'avais pris soin auparavant de dénouer mes cheveux qu'un ruban retenait en queue de cheval et je les avais laissé tomber naturellement sur mes épaules. Je frappai à la porte de la chambre et c'est lui qui vint ouvrir, l'air heureux de me savoir là. Il me contempla, muet, frappé par mon allure juvénile que mes vêtements de collégienne accentuaient. J'étais en quelque sorte différente de la femme qu'il avait rencontrée la veille au soir. Il semblait attiré par ma fraîcheur et mon innocence. Il s'approcha doucement de moi, me prit dans ses bras et me serra comme s'il voulait s'assurer qu'il ne rêvait pas. C'était chaud. Je me sentais bien. Et je me laissai bercer comme si je lui appartenais. Ce fut un moment inoubliable. Dès ce jour, je sus que je l'aimerais et que j'allais lui appartenir à jamais. Mes parents ne me pardonneraient pas d'avoir uni ma vie à cet homme. J'avais trahi leurs règles. J'avais osé assumer mon autonomie. Mais plus rien au monde, en dehors de Manuel Sanchez, ne m'importait.

Manuel était fier de moi. J'étais comme une poupée de porcelaine qu'il avait plaisir à montrer à tous les gens que nous rencontrions. Il me voulait toujours à ses côtés. Ma vie lui appartenait. Je devais répondre à tous ses besoins, quels qu'ils soient. Je l'accompagnais dans tous ses concerts à travers le monde ainsi que dans toutes les réceptions données en son honneur. Il me voulait belle, douce, souriante et compréhensive. Je ne pouvais en aucun temps manifester un mécontentement quelconque. Il était le grand maestro, j'étais sa propriété, sa chose. Il était habitué à ce que rien ni personne ne lui résiste. J'ai vite compris que je devais moi aussi en passer par ses volontés. En revanche, il me comblait de bijoux et de toilettes. Nous avons fait les plus beaux voyages dont une jeune fille puisse rêver et nous avons vécu dans les hôtels les plus luxueux du monde. Cette euphorie a duré deux ans. Tout s'est gâché lorsque je suis devenue enceinte. Manuel ne voulait pas d'enfant. Il me voulait à lui et pour lui, corps et âme. Il ne pouvait supporter l'idée de me partager même s'il savait qu'Adèle serait là pour notre enfant. Je résistai à sa demande de mettre un terme à ma grossesse, car je désirais de toutes mes forces ce bébé en me persuadant qu'il finirait bien par l'aimer. C'était bien mal le connaître. Quand mon ventre commença à se transformer, Manuel s'éloigna de moi. Je souffris en silence. Je ne voulai, pour rien au monde devenir une femme que l'on traîne comme un boulet. Je l'aimais et je craignais qu'il se lasse de moi.

Ébranlé, Samuel interrompit sa lecture et un frisson glacé le pénétra. «Quel être infâme! Comme elle a dû souffrir! Comment a-t-elle pu vivre une deuxième grossesse?» Il eut mal pour elle et en voulut à son père pour son égocentrisme outré. «J'ai toujours senti que nous étions de trop dans la vie de notre père, s'avoua-t-il. Je suis triste pour ma mère, triste pour Cunchita et triste pour moi-même.» Il laissait libre cours à son chagrin quand soudain il vit devant lui cette femme qu'il était parvenu à oublier durant ces quelques instants.

Elle était là, vêtue d'une jupe longue couleur miel et d'un blouson de cuir brun, telle que Paolo l'avait aperçue, il y avait à peine deux jours. Sa tignasse épaisse et cuivrée, tombant sur ses épaules, lui donnait l'allure d'un fauve qu'il eut envie d'apprivoiser. Sidéré, muet, il la regarda avec étonnement, et l'expression énigmatique de ses yeux le déconcerta et l'hypnotisa à la fois. Il plongea sans retenue son regard dans le sien et, sentant son cœur s'affoler, mal à l'aise, il allait rompre le silence lorsqu'il entendit une voix rauque, presque caverneuse, sortir de ce corps frêle et menu. La discordance était si vive qu'il sursauta.

« S'il vous plaît, où suis-je?
— Vous êtes chez moi, dans le Maine, plus précisément à Kinney Shores, répondit-il.
— Il ne me semble pas vous connaître. Comment suis-je arrivée ici, dans votre maison?» demanda-t-elle inquiète.

Samuel lui raconta comment Paolo l'avait aperçue, debout, immobile devant la mer. Dans quel état elle se trouvait quand il l'avait emmenée chez lui. Il lui confirma qu'elle avait dormi deux jours et deux nuits sans se réveiller. Elle était décontenancée et affirma n'y rien comprendre.

« Quel est votre nom? D'où venez-vous? osa Samuel.
— Je n'en sais rien, dit-elle, l'air attristé et apeuré à la fois. Je vous ai suffisamment importuné depuis deux jours. Je suis désolée. Je vous remercie pour tout. Je dois partir maintenant.»

Bien résolu à en savoir davantage, Samuel l'interrompit vivement :

« Ne soyez pas désolée. Vous ne m'avez nullement importuné. Accepteriez-vous de manger quelque chose avec moi avant de partir? lui proposa-t-il
— Je vous assure que je n'ai pas faim», affirma-t-elle doucement.

Samuel désirait à tout prix la retenir. « Il ne faut pas qu'elle m'échappe», songea-t-il.

«Alors vous m'accompagnerez, car moi j'ai faim, lui dit-il en souriant. Ce sera pour vous une façon de me remercier.»

Ne sachant trop où aller, elle accepta sans se faire prier. Adèle laissait toujours des plats cuisinés dans le réfrigérateur, «au cas où», comme elle le disait fièrement. Mais Samuel se contenta de mettre sur la table fromages, pâtés et pain croûté, ainsi qu'un vin blanc choisi avec soin. Il était déjà seize heures. En lisant le journal de sa mère, il ne s'était pas préoccupé du temps et n'avait rien mangé depuis le petit déjeuner. Il n'était pas très affamé, mais ne trouvait rien de mieux pour la retenir auprès de lui. Aussi s'efforça-t-il de manger en l'invitant à en faire autant: elle ne s'était tout de même rien mis sous la dent depuis deux jours au moins. Elle se rendit volontiers à ses raisons. Au moment où ils s'installaient, le téléphone sonna.

«Veuillez m'excuser.»

Il se leva d'un bond et décrocha rapidement le combiné. Il ne voulait pas qu'on lui vole un seul instant avec elle.

«Allo! dit-il, d'un ton qui ne portait pas à confusion.
— Eh! frérot, c'est moi. Ma foi, je te dérange!» lança Cunchita, enjouée.

Samuel, qui pour l'instant ne voulait pas révéler à sa sœur la présence de cette femme dans leur maison et sachant que les conversations téléphoniques avec Cunchita étaient toujours brèves, changea de ton.

«Mais non! s'exclama-t-il. Je suis heureux de te parler. Comment vas-tu?

— Très bien. Et toi? Et Adèle et Paolo?

— Nous sommes tous très bien également. Où es-tu?

— Je suis à Boston où je donne un concert début décembre. Je serai avec vous pour Noël et je resterai probablement un mois à la maison pour me reposer. C'est chouette, hein!

— Paolo sera fou de joie. Tu sais combien il aime sa marraine. Adèle sera très heureuse. Elle va te cuisiner tous tes plats favoris, et moi je serai ravi comme toujours de pouvoir passer du bon temps avec toi. Lucas viendra d'Espagne pour célébrer Noël avec nous. »

Au même moment, il se demanda ce qu'il adviendrait de cette étrangère d'ici là, car il s'était promis qu'il essayerait de toutes ses forces de la retenir. Il fut saisi d'un urgent besoin de retourner auprès d'elle et fut soulagé quand il entendit Cunchita lui dire :

« Salut, frérot! Je suis pressée maintenant, mais je te rappellerai pour te confirmer le jour et l'heure de mon arrivée. Au fait, pourquoi ne viendrais-tu pas assister à mon concert? Je pourrais revenir avec toi. J'en serais ravie, tu sais.

— Mais bien sûr, j'y serai quand tu voudras. Tu n'as qu'à me faire signe et je te rejoins.

— D'accord. À bientôt, frérot. Je te fais la bise.

— Moi aussi, je te fais la bise. J'ai hâte de te voir. »

Samuel fut soulagé d'entendre le déclic qui mettait fin à la communication. Il aimait Cunchita; elle lui était très précieuse, mais là, il avait autre chose en tête. Pour la première fois, il croyait savoir ce qu'était le coup de foudre. Il retourna vivement rejoindre cette inconnue assise à table et lui dit, comme s'il ne voulait rien lui cacher :

«C'était ma sœur, Cunchita. Elle est de deux ans mon aînée. Je m'appelle Samuel. Je ne crois pas vous l'avoir dit, n'est-ce pas?»

Au même moment, Paolo, fidèle à lui-même, entra en trombe comme un coup de vent. Il était suivi d'Adèle qui portait les paquets.

«Papa, papa! cria-t-il. J'ai fait...»

Il s'interrompit quand il vit son père en train de manger avec cette femme, redoutable pour lui. Il voulait lui dire qu'il n'avait fait aucune faute dans sa dictée aujourd'hui. Mais il se tut. «À quoi bon!» songea-t-il.

«Voici Paolo, mon fils. Et voici Adèle, ma mère adoptive», dit Samuel simplement.

Adèle fut émue. C'était la première fois que Samuel la surnommait ainsi. Cela lui fit tout chaud en dedans.

«Bonjour, madame», répondirent-ils, tout au plus.

À peine cette salutation formulé du bout des lèvres, Adèle pivota sur elle-même et entreprit de ranger les provisions. Elle fut surprise d'entendre Paolo lui demander, car c'était inhabituel:

«Puis-je t'aider, Adèle?»

Sentant le *diablito* inconfortable, elle acquiesça avec un sourire et constata, une fois de plus, l'importance qu'elle avait dans cette maison.

Quand ils eurent terminé leur repas, comme la journée était encore belle et l'air encore bon, Samuel en profita pour inviter la dame à faire une promenade sur la plage. Ce qu'elle accepta au grand étonnement de Samuel. Ils marchèrent côte à côte pendant deux longues heures qui lui parurent un instant. Elle était peu bavarde car, sur l'écran de sa mémoire apparaissait un grand trou noir. Elle avait l'impression qu'on lui avait volé son âme. Samuel était en verve comme jamais auparavant. Comme elle parlait peu, il sentait le besoin de combler ce lourd silence. Il fut bouleversé de constater que cette femme ignorait tout de son passé. Elle était visiblement tourmentée et, pour la rassurer, il lui dit :

« Vous pouvez prendre tout le temps dont vous avez besoin pour vous ressaisir. Je vous propose de rester chez moi tant qu'il le faudra. Vous occuperez la chambre d'invités, celle où vous avez dormi ces derniers jours. Elle est libre. Adèle nous préparera de bons repas. Vous serez à l'abri des intempéries et nous verrons ce que nous pouvons faire pour vous aider. Demain, nous irons vous acheter des vêtements et...

— Mais je suis sans le sou et...

— Aucune importance. Je n'ai nullement besoin de votre argent.

— Comment pourrais-je vous rembourser?

— Qui vous le demande?

— Mais moi, dit-elle avec fierté.

— Laissez-moi vous être utile. Laissez-moi vous aider à retracer votre passé. Je vous assure que ce sera bon pour moi. Faites-le pour moi, je vous en prie. Ainsi vous n'aurez pas à vous sentir redevable.

— Et que diront votre fils et votre mère adoptive?

— Laissez, je m'en occupe. Ne vous préoccupez pas de cela, je vous en conjure. »

Le ton de Samuel était presque suppliant. Elle constata que cet homme vivait une grande solitude. Elle avait du mal à se l'expliquer puisqu'il possédait, de toute évidence, un magnétisme remarquable. «Comment un homme comme lui peut-il être seul?» se demanda-t-elle. Certes, Samuel était aussi séduisant que son père, Manuel Sanchez, sauf qu'il n'en savait rien. Ce qui ajoutait à son charme, sans doute. Elle se dit qu'elle n'avait rien à perdre puisqu'elle n'avait nulle part où aller.

«D'accord. Je vais rester quelques jours en espérant que je pourrai, ainsi, remonter le temps passé. Merci pour votre grande générosité.»

Cette femme avait vu juste. Samuel se sentait par moments très seul. Il avait pourtant choisi cette vie de reclus depuis cinq ans; mais à présent, il se demandait bien pourquoi. Était-ce par souci de se protéger, par peur de l'engagement, par peur de l'abandon?... Il n'en savait rien. Mais il savait que cette femme, dont le passé s'était endormi, avait étrangement et par sa seule présence réussi à réveiller le sien. Il eut la certitude à ce moment-là que quelque chose lui avait échappé. Il ne savait pas encore quoi, mais il était persuadé qu'il y avait autre chose dans la vie et que cette autre chose, il n'y avait pas encore eu accès. Il se sentit rempli d'un désir immense: celui de découvrir ce qu'il pressentait avec force sans trop savoir de quoi il s'agissait. Ce fut comme s'il venait de se libérer d'un lourd fardeau qu'il traînait sur ses épaules depuis trop longtemps. Il fut reconnaissant envers cette femme qui, sans le savoir, par son sommeil, venait de réveiller son passé. Oui! Il avait besoin d'elle.

Samuel se rendait compte que, plus les jours passaient, plus il prenait plaisir à cette vie différente de celle qu'il s'était imposée depuis cinq ans. Il ne se préoccupait plus de l'humeur d'Adèle, ni de celle de Paolo d'ailleurs. «Ils finiront bien par s'adapter», se disait-il. Il continuait à les chérir, mais pour le moment ses préoccupations étaient ailleurs. La dame sans nom qu'il avait baptisé Cybelle à cause de sa beauté semblait, elle aussi, prendre plaisir à cette vie calme et paisible. Certes, elle était préoccupée par sa vie antérieure, mais elle se permettait ce répit en se disant qu'il serait bien temps d'y remédier plus tard.

Chaque jour, leur promenade prenait un air de fête. Elle leur était devenue essentielle. C'était un moment précieux pour Samuel, car il se livrait à des confidences comme jamais auparavant. Il lui parlait de son enfance, de son séjour en Espagne, de son mariage avec Clara. Curieusement, Cybelle n'avait qu'à poser une question pour que Samuel se mette à relater sa propre histoire. Son mutisme lui donnait l'allure d'une psychanalyste : elle savait écouter, provoquer chez l'autre le désir de se raconter tout en orientant sa réflexion.

Quelque chose en elle lui soufflait que le repos qu'elle lui accordait par son silence lui était bénéfique. De toute façon, elle ne savait plus qui elle était. Elle savait que sans la mémoire elle n'avait plus d'identité. « Comment être sans le souvenir de ce que nous sommes ? » se demandait-elle. Pour l'instant, elle se formait une nouvelle identité. Elle se voyait double : il y avait celle que Samuel appelait Cybelle et l'autre dont elle ignorait l'existence.

Samuel remarqua que les yeux de Cybelle s'animaient de plus en plus chaque jour. Ils devenaient plus vivants et plus étincelants. Son sourire était également de plus en plus fréquent. Son rire, aussi grave que sa voix, résonnait parfois, comme s'il sortait du fond de sa gorge. La première fois qu'il l'avait entendue rire de la sorte c'était, il y avait quelques jours, quand Paolo lui avait soudainement demandé :

« Pourquoi as-tu des taches de rouille dans la figure ?

— Je crois qu'un ange a peint ces taches sur ma peau, durant mon sommeil, quand j'étais enfant, répondit-elle en s'esclaffant.

— Est-ce que ça peut m'arriver à moi aussi?» lui demanda-t-il, inquiet.

Elle avait ri de plus belle.

«Non, les anges ne peignent pas la figure des enfants aux cheveux noirs. Ils peignent seulement celle des enfants aux cheveux roux».

Paolo se sentit soulagé par cette réponse.

Comme Samuel aimait ce rire en cascade! Il était sous le charme de cette femme. Elle l'envoûtait et il la désirait de plus en plus. Elle le sentait et, à cause de cela, elle s'imposa une distance. Comment pouvait-elle se laisser aller alors qu'elle ignorait tout d'elle-même? Cependant, elle dut s'avouer qu'elle était loin d'être indifférente aux charmes de Samuel Sanchez.

Chapitre V

Cybelle vivait dans cette maison depuis maintenant un mois. Paolo avait du mal à s'adapter à cette présence. Ses résultats scolaires avaient chuté. Il avait perdu son humeur enjouée. Il était poli avec la dame, car il savait que c'était là le désir de son père. Samuel avait espéré plus de compréhension de la part de son fils. Il n'avait jamais pu mesurer à quel point le petit était possessif et jaloux de leur intimité. Il se mit à penser qu'il était malsain pour un enfant de vivre seul avec son père sans la présence d'une femme et qu'il était grand temps qu'il apprenne à le partager. Ce ne serait qu'après une rencontre avec la psychologue de l'école, madame Harrisson, que Samuel comprendrait l'ampleur du problème. Il n'avait pas réalisé que le départ de Clara avait eu un tel impact sur la vie émotionnelle de son fils.

Paolo déclencha plusieurs batailles avec ses camarades de l'école. Si bien que son professeur, mademoiselle Davis, téléphona à Samuel pour le prier de venir la rencontrer le plus rapidement possible. Troublé, il se rendit à l'école la journée même. À peine eut-il le temps de s'asseoir que mademoiselle Davis lui dit :

« Monsieur Sanchez, nous sommes inquiets au sujet de votre fils Paolo. Depuis un mois, nous ne le reconnaissons plus. Il ne nous avait pas habitués à un tel comportement. Il n'accepte aucune critique de la part de ses petits camarades. Il est toujours prêt à se bagarrer à la moindre occasion. Il n'est plus le même. Il semble triste, bourru. Quelque chose le tracasse. Nous avons essayé de le faire parler, mais il demeure silencieux. Les récompenses et les punitions n'ont aucune emprise sur lui. Avez-vous remarqué un changement quelconque à la maison depuis quelque temps?»

Samuel n'avait pas vraiment remarqué, trop occupé qu'il était par la présence de Cybelle. De plus, Paolo se contenait plutôt bien à la maison. Poli et réservé, il ne faisait jamais d'esclandre inutile.

«Non, Paolo se comporte correctement à la maison. J'ai remarqué une baisse dans ses résultats scolaires; je ne m'en suis pas inquiété outre mesure.»

En prononçant ces mots, Samuel se rendit compte qu'il avait négligé son fils depuis que cette femme habitait sous son toit. «Finalement Paolo avait bien pressenti ce qui allait se passer. Je lui avais pourtant bien affirmé le contraire», pensa-t-il.

«Nous aurions besoin de votre intervention, lui dit mademoiselle Davis.
— Je vous promets d'essayer. Je ne comprends pas très bien ce qui se passe. Je lui parlerai dès ce soir. J'espère que tout rentrera dans l'ordre sous peu.
— S'il n'y a pas d'amélioration, nous avons pensé qu'il serait préférable qu'il soit évalué par madame Harrisson, la psychologue de l'école, afin de mieux saisir ce qui l'a fait basculer dans un comportement aussi négatif.»

À ces paroles, le cœur de Samuel se serra et il comprit qu'il se passait quelque chose de sérieux.

«Non, n'en faites rien, mademoiselle, je vous en prie. Je m'en occupe.

— Merci de votre collaboration. Je compte sur vous, monsieur Sanchez.»

Samuel, troublé, quitta l'école. «Comment Paolo peut-il être si différent à l'école et à la maison? Pourquoi ne m'a-t-il jamais dit qu'il n'était plus heureux à l'école? Lui si ouvert auparavant. Il est vrai que, depuis l'arrivée de Cybelle, c'est souvent Adèle qui va le conduire et le chercher. Peut-être en souffre-t-il? Mais si c'est le cas, pourquoi ce silence? Pourquoi ne m'avoir rien dit? Je lui parlerai dès ce soir», se promit-il.

Arrivé à la maison, il aperçut Cybelle assise sur le canapé du salon. Elle regardait paisiblement une revue de mode. Encore une fois, sa beauté le frappa. Ce jour-là, elle portait un jeans bleu qui épousait parfaitement les formes de son corps et un tee-shirt jaune soleil. Elle était pieds nus. Ses cheveux de feu l'auréolaient. César, le berger allemand, était couché à ses pieds, ce qui ajoutait une touche attendrissante au tableau. Tout en elle l'attirait: sa silhouette fluide et gracieuse, son mystère, sa fraîcheur. «Dieu qu'elle est belle!» se dit-il. Bien concentrée dans sa lecture, elle ne l'avait pas entendu venir. Il put donc la contempler à son aise. Il fut pris soudain de fou rire tellement il trouvait la scène irréelle. «Cette femme, cette parfaite inconnue, assise là, chez moi! On se croirait presque dans un roman, songea-t-il. Et pourtant, c'est réel. Elle est là. Je pourrais la toucher, la sentir, la presser contre moi. Comme je désire cette femme! Elle me rend fou. Elle me fait divaguer, ma parole!»

Se sentant soudain observée, Cybelle, cessa sa lecture et leva les yeux vers Samuel. Elle lui fit un sourire radieux. Il ne bougea pas, il semblait rivé au sol. Elle comprit qu'il la dévorait du regard depuis quelques instants déjà et les yeux de Samuel eurent sur elle l'effet d'une chaude brise d'été lui caressant la peau. Sa carrure puissante l'enveloppait tout entière. Ils restèrent longtemps immobiles et silencieux à se contempler, à se désirer à distance, soumis au regard de l'un posé sur l'autre, le corps en quête du corps de l'autre. César rompit le charme quand il se dirigea droit sur lui, comme un bolide, la queue retroussée en éventail, sa langue pendante se promenant goulûment sur les mains de son maître. Samuel caressa lentement la tête du chien cependant que son regard ne quittait pas celui de Cybelle.

Il s'approcha d'elle lentement, s'assit à ses côtés, pencha sa figure dans sa chevelure épaisse et luxuriante, huma son odeur comme si elle avait été un chiot et lui murmura à l'oreille d'une voix presque étouffée: «Cybelle...» Elle se retourna vers lui, approcha langoureusement sa bouche de la sienne et ils échangèrent leur premier baiser. Leurs lèvres, semblait-il, avaient été dessinées les unes pour les autres. Elles étaient moelleuses, onctueuses et savoureuses. Elles s'enfonçaient confortablement les unes dans les autres comme si elles se reconnaissaient et s'étaient attendues depuis des lustres. Leurs corps venaient de rompre la glace. Ils avaient commencé à s'apprivoiser. Il leva les yeux vers elle et aperçut des larmes qui ruisselaient sur son visage. Il se crut un instant responsable de son chagrin. Il la berça tendrement dans ses bras et lui dit:

«Je ne voudrais pour rien au monde te chagriner. Qu'y a-t-il, Cybelle?»

Ils se permettaient maintenant le tutoiement, car leurs corps venaient d'ouvrir la voie à l'intimité.

«Tu n'y es pour rien, Samuel. J'ai désiré ce baiser autant que toi et je ne regrette rien. Je crois simplement que le corps possède sa propre mémoire. C'est comme si la perte du souvenir m'enlevait tout accès à moi-même. Je ne saurais dire pourquoi je pleure, mais mon corps le sait, je suppose.

— Cybelle, je suis si heureux depuis que tu habites chez moi. J'aime te voir déambuler dans cette maison et j'ai toujours peur que cela cesse. Je sais qu'un jour tu voudras retracer ton passé, savoir enfin qui tu es, connaître les êtres que tu fréquentais, et je crains que ce jour arrive trop tôt pour moi.

— Oui, il est vrai que j'y pense souvent. Je suis déchirée entre ce que je vis maintenant près de toi et la nécessité de savoir ce que j'ai vécu auparavant. Bientôt je ne pourrai plus résister à l'appel du passé, je le sais. J'ai eu besoin de ce répit, mais il est temps pour moi de réagir.

— Je t'en prie, Cybelle, attends après Noël et je ferai tout ce qu'il faut pour t'aider à retracer ton passé. Je t'en fais le serment. Tu as un mois encore à attendre. Est-ce trop long pour toi?»

Elle sentit la détresse de Samuel. Elle lisait d'ailleurs la panique dans ses yeux. Elle accepta ce nouveau répit, car elle ne pouvait voir cette ombre de tristesse assombrir ses yeux habituellement pleins de lumière.

«J'attendrai. C'est entendu. Je passerai Noël avec vous. Ainsi, je pourrai rencontrer ta sœur Cunchita et ton ami Lucas. Et après Noël, nous nous mettrons à la tâche. Je compte sur toi, Samuel.» Il l'étreignit de nouveau, la garda précieusement contre lui en lui caressant doucement les cheveux. Elle retrouva le sourire qu'il aimait tant.

Ils se sentirent comme deux enfants pris en faute lorsque Adèle entra dans le salon suivie de Paolo. Ils cessèrent alors leur étreinte. Samuel se leva et s'avança lentement vers son fils. Il déposa sur son front un baiser encore tout chaud du baiser de Cybelle.

«Bonjour, mon fils, murmura-t-il tout bas, comme s'il avait été à bout de souffle.

— Bonjour, papa, répondit Paolo. Je sais que tu as vu mademoiselle Davis à l'école aujourd'hui. Elle me l'a dit.

— Oui, en effet. Nous en reparlerons toi et moi après le souper. Pour l'instant, Adèle te servira une collation et ensuite tu iras faire tes devoirs; j'arrive dans un instant pour t'aider.

— D'accord, papa.»

«Il est si docile, se dit-il, comment peut-il être si difficile à l'école? J'ai peine à le croire.»

Paolo fit son travail sans rouspéter. Le souper se passa agréablement.

Ce ne fut qu'au coucher, lorsqu'il réclama une histoire, que son père lui dit:

«Non, pas ce soir, Paolo. Nous avons à parler tous les deux.»

Il vit son fils reculer dans son lit et se murer dans son silence.

«Paolo, comme tu le sais, j'ai vu mademoiselle Davis, aujourd'hui, à l'école. Elle me dit que ça ne va pas du tout, que tu te bagarres avec tes camarades, que tu te fâches pour un rien, que tes résultats scolaires ne sont pas bons. Elle s'inquiète pour toi. Et moi aussi, je m'inquiète. Que se passe-t-il, Paolo? Peux-tu me l'expliquer?

— Non, papa.

— Tu ne sais pas pourquoi tu n'es plus heureux à

l'école? Tout allait bien pourtant. Tu aimais apprendre et jouer avec tes camarades. Que s'est-il passé pour que ton comportement change aussi soudainement? On dirait que l'école ne t'intéresse plus. Tu sais pourquoi?
— Non, je ne sais pas.
— Peux-tu essayer d'améliorer tout cela? Je n'aime pas te savoir malheureux.
— Oui. Je vais essayer.
— Est-ce que je peux faire quelque chose pour t'aider?
— Non, papa.
— Paolo, je ne comprends pas ce qui se passe. Je suis malheureux de ce qui t'arrive. Si tu ne me parles pas, je ne pourrai pas t'aider. Alors, parle-moi. Dis-moi ce qui ne va pas.
— Non, je n'ai rien à te dire.»

Et pourtant, Samuel voyait bien les larmes dans les yeux de son fils. Malgré cela, il renonça, car il savait qu'il ne tirerait aucune parole de sa bouche. Il se dit: «Il vaudrait mieux le faire évaluer par madame Harrisson. Peut-être réussira-t-elle à lui soutirer quelque chose.» Cette idée lui déplaisait, mais avait-il le choix?

«Tu veux bien me raconter une histoire, papa?»

Malgré l'heure tardive, Samuel acquiesça à sa demande. Il ne pouvait le laisser seul avec sa tristesse. L'histoire terminée, il pressa son fils sur son cœur.

«Bonne nuit, Diablito. Fais de beaux rêves.
— Bonne nuit, papa.»

Samuel le borda tendrement et déposa un baiser sur ses deux joues en lui ébouriffant les cheveux. Il ne croyait pas que son fils allait essayer de changer les choses. Il le sentait se buté contre un mur. Il lui faudrait coûte que coûte éclaircir ce mystère. Mais pour ce soir, il ne désirait qu'une chose: se retrouver seul avec lui-même. Il se retira dans son bureau et décida de poursuivre la lecture du journal intime de sa mère. Il l'avait laissé de côté depuis le réveil de Cybelle.

Durant toute ma grossesse, Manuel donna plusieurs concerts à l'étranger. Je ne pouvais l'accompagner lors de ses fréquentes absences et j'étais très seule. Je ressentis alors le besoin de renouer avec mes parents qui m'accueillirent avec froideur. Je constatai leur ambivalence. Ils aimaient ma présence, mais ils m'en voulaient toujours d'avoir épousé Manuel Sanchez sans leur approbation et d'avoir également renoncé à mes études de médecine. Ils étaient incapables de me pardonner. Ils désiraient fortement connaître l'enfant que je portais, mais ils n'auraient pas toléré la présence de mon mari. Ils avaient rompu avec lui à jamais. Il n'y avait qu'Adèle qui m'entourait de ses bons soins.

Plus le temps passait, plus cette vie se développait en moi et plus j'aimais cet enfant qui prenait forme. Grâce à lui, je pouvais continuer à aimer la vie, seule, envers et contre tous. Mes périodes d'abattement n'étaient jamais très longues, car je n'avais qu'à flatter mon ventre, à porter mon attention sur ce petit être que je sentais bouger en moi pour retrouver mes forces et mon sourire. Je décorais sa chambre avec beaucoup de soin. J'achetais des vêtements, des meubles, enfin tout ce dont il aurait besoin après sa naissance et même plus. Adèle s'exclamait devant ces nombreux achats. Nous poussions des cris d'admiration devant les petits pyjamas, les petites camisoles, les petits chaussons, bref devant tout. Adèle était devenue ma complice, mon amie. Elle était la seule à partager mon bonheur. Manuel était étonné et intrigué par la joie que suscitait chez moi la venue de cet enfant. Lui demeurait de glace. Il se plaignait de ne pouvoir m'avoir à ses côtés. Il ne faisait plus l'amour avec la même passion.

Son éloignement me troublait sans toutefois mettre un terme au bonheur que j'éprouvais à devenir mère. Je me disais qu'il changerait d'avis lorsqu'il verrait la frimousse du bébé. L'accouchement eut lieu sans la présence de Manuel. Il était à New York. Ce furent Adèle et mon père qui travaillait à l'hôpital cette journée-là qui m'accompagnèrent durant tout le temps que dura le travail. L'accouchement fut long et pénible. L'enfant se présentait mal. J'étais sans force. J'ai cru comprendre qu'on craignait le pire pour moi et l'enfant. Finalement, le médecin réussit à me délivrer après trente-six heures de souffrances. C'était une fille. Il m'a fallu du temps pour réaliser sa présence, car je sombrai dans le sommeil, exténuée par ce que je venais de vivre.

Le lendemain, je pris ma fille dans mes bras, je la pressai sur mon cœur. Je lui tendis le sein qu'elle prit sans se faire prier. Elle était ravissante. Manuel arriva le soir même et vint nous visiter à l'hôpital. Il ne voulait pas prendre sa fille dans ses bras. Il avait peur de la casser, disait-il. Nous l'appellerons Cunchita, lui dis-je, ce qui sembla lui faire plaisir, car ce prénom était espagnol. Je lui parlai de l'accouchement. J'aurais dû m'en abstenir, car il en voulut à sa fille de m'avoir causé tant de souffrances. Il me prit dans ses bras, m'embrassa et me dit qu'il n'accepterait jamais de me perdre.

Manuel m'aimait, à sa façon, mais il me voulait uniquement pour lui. Il ne voulait pas me partager, je le savais. Il était jaloux de sa fille. Je compris que je m'étais trompée et que le rêve que j'avais nourri tout au long de ma grossesse n'allait pas se réaliser. Malgré la jolie frimousse, Manuel ne parviendrait pas à aimer sa fille. Il avait été le centre d'intérêt de ses parents et l'admiration de tous. Il ne pourrait se passer de cette nourriture dont il avait besoin pour vivre heureux. Il ne pourrait jamais me partager avec notre enfant. Cette constatation me rendait bien triste et donnait en quelque sorte raison à mes parents. Oui, Manuel était un être égocentrique qui ne savait pas aimer. Et ça, mes parents l'avaient pressenti, dès le départ.

Je résolus de chérir mon enfant, même si je risquais de perdre mon amour. J'avais vécu jusqu'à présent un conte de fées avec Manuel Sanchez et j'étais bien triste à l'idée que cela se termine un jour. Heureusement, Adèle serait là pour moi.

Samuel interrompit sa lecture. Il lisait à petites doses. Il avait toujours beaucoup de difficulté à absorber ce qu'il lisait, car il en éprouvait toujours une profonde tristesse. «Ma mère avait vingt ans lorsqu'elle a écrit ces lignes et mon père en avait quarante-deux. Et, bizarrement, la plus mature des deux était ma mère.»

Chaque fois que le souvenir de son père refaisait surface, Samuel en éprouvait un profond malaise, comme s'il avait soudain une crampe au cœur qui lui rendait la respiration difficile.

Samuel se rappelait le temps où son père venait passer les vacances, avec Cunchita et lui, dans le Maine ou ailleurs, après une longue absence. Il arrivait toujours comme s'il ne les avait jamais quittés, sans aucune culpabilité. Mais pour eux, il demeurait un étranger. Ils ne ressentaient aucun plaisir à le retrouver. Chaque fois, avant son arrivée, Adèle répétait la même rengaine: «C'est votre père, ne l'oubliez pas! Soyez gentils avec lui.» Elle avait bien tenté de leur expliquer ses absences sans réussir toutefois à calmer leur rancœur.

À la mort d'Isabelle, Manuel Sanchez avait volontairement repris sa vie de célibataire; ses enfants lui rappelaient trop ce triste événement. Il en voulait surtout à Samuel, car c'est à sa naissance qu'Isabelle mourut. Plus il se tenait éloigné d'eux, mieux il s'en portait.

La seule chose que Cunchita appréciait, au retour de son père, c'était quand il se mettait au piano pour lui enseigner l'art de jouer. Toute petite, elle adorait déjà la musique.

Quant à Samuel, il était mal à l'aise avec ce père qui agissait par devoir et non par amour. Il attendait toujours des mots tendres qui ne venaient jamais. Après chaque départ, il se sentait plus blessé qu'avant son arrivée.

Ce n'est que lorsque Manuel emmenait ses enfants en Espagne qu'ils étaient heureux parce que Felipe et Tatiana Sanchez, leurs grands-parents, les accueillaient avec beaucoup de chaleur et de joie. Enfin ils avaient la certitude, Adèle mise à part, qu'ils étaient importants pour quelqu'un. Heureusement, ils s'y retrouvaient à chaque Noël, pour deux semaines, et, pour eux, c'était chaque fois jours de fête.

Pendant le séjour de ses enfants adoptifs, en Espagne, Adèle retournait à sa chère Gaspésie natale, dans sa famille où sa mère l'admonestait parce que, disait-elle, elle renonçait à sa vie pour des enfants qui ne lui appartenaient même pas. Adèle savait que sa mère n'avait pas tort, mais elle ne le lui avouerait jamais. «Tu rabâches toujours les mêmes choses», lui répétait-elle.

En se remémorant tous ces souvenirs, Samuel réveillait dans son âme une ombre de souffrance. Il se dit que Cybelle avait bien de la chance de n'avoir aucun souvenir et il se demanda si c'était une bonne chose de l'aider à retracer son passé. Elle semblait si bien dans sa nouvelle identité!

Une puissante révolte l'assaillit. Pourquoi n'aurait-il pas droit au bonheur? Il en avait assez de traîner en lui tous les orages de l'enfance. Pour la première fois de sa vie, il désirait s'abandonner au plaisir d'aimer. Cybelle avait réveillé cette flamme qui sommeillait profondément depuis sa naissance. Elle lui inspirait le goût savoureux du bonheur et, par sa seule présence, elle lui enlevait toutes ses craintes. Il savait que rien ne serait facile, mais il était déterminé à réussir.

Il quitta son bureau, se retira dans sa chambre et poursuivit ses rêveries.

La maison était silencieuse. Chacun semblait s'être endormi. Seul dans son grand lit, Samuel ne parvenait pas à trouver le sommeil. Il tournait et retournait sur lui-même en essayant de chasser son désir qui l'incitait à aller rejoindre Cybelle dans la chambre voisine.

Il était confus. Ses voix intérieures étaient si contradictoires. Certaines lui disaient : « Va la retrouver. Elle t'attend. » Mais d'autres affirmaient : « C'est trop tôt. Sois patient. Tu vas l'effrayer. » Il se débattit pendant ce qui lui parut des heures pour finalement se lever et se rendre, sur la pointe des pieds, dans la chambre d'à côté. Il frappa délicatement à la porte. Elle l'entrouvrit, étonnée de le voir là, debout, devant elle. Il la trouva sublime. Elle portait une robe de nuit blanche, en coton, ornée de dentelles fines. Sa crinière de lionne rousse flottait sur ses épaules, ses petites taches de son sur ses joues lui donnaient un air espiègle, ses yeux verts semblaient agrandis par la surprise.

« Je ne peux pas dormir, lui dit-il, simplement.
— Entre », répondit-elle, sans plus.

Samuel se sentait maladroit comme un enfant qui pénètre dans la chambre de ses parents sans y avoir été invité.

« Cybelle, puis-je dormir avec toi ? »

Elle se dirigea vers le lit, défit les couvertures du côté inoccupé, prit sa place habituelle et de la main tapota la place libre afin qu'il vienne la rejoindre. Ce qu'il fit sans se faire prier. Sans mot dire, il s'étendit près d'elle, la prit dans ses bras et la serra contre lui comme s'il voulait à jamais la souder à son corps. Ils restèrent ainsi enlacés durant un long moment. Ensuite, il la dévêtit. Elle était allongée sur le dos et il s'appuya sur le coude pour mieux la contempler. Elle était mince, harmonieuse, elle avait une peau laiteuse, de petits seins arrondis, une toison rousse qui semblait le narguer. «Comme tu es belle! lui murmura-t-il. Comme tu es belle!» Il se dévêtit et entreprit de la caresser de la tête aux pieds sans oublier aucune des parties de son corps, comme s'il voulait se les approprier l'une après l'autre. Il fit le contour de sa tête, de ses oreilles, de son nez, de sa bouche et ainsi de suite jusqu'à ses orteils. Elle émettait de petits sons plaintifs qui l'incitaient à continuer. De toute évidence, elle appréciait ses caresses. Il l'embrassa longuement, téta le bout de ses seins, entrouvrit délicatement ses cuisses, flatta sa toison rousse et chercha de sa langue le bouton de rose qui la ferait jouir. Avec un doigté de maître, il fit monter le plaisir en elle jusqu'à ce qu'elle explose et demande grâce. Il la pénétra, alors, et il ne tardèrent pas à éclater, tous les deux ensemble, au sommet d'une nouvelle jouissance. Il la reprit dans ses bras, la garda près de lui de peur qu'elle ne s'envole. Il se rendit compte qu'elle pleurait amèrement. Il ne dit rien, sachant qu'elle ne comprenait toujours pas pourquoi. Il embrassa ses paupières, ses joues couvertes de larmes et ils s'endormirent enlacés dans un sommeil dont ils n'émergèrent qu'aux petites heures du matin.

Samuel regagna sa chambre, déterminé à ce qu'Adèle et Paolo ne se doutent de rien.

À la suite de cette nuit d'amour, Cybelle et Samuel dormirent ensemble toutes les nuits qui suivirent et, chaque fois que leurs corps s'aimaient, Cybelle pleurait. Ils ne purent ni l'un ni l'autre éclaircir ce mystère.

Novembre tirait à sa fin. Le mois avait été plutôt pluvieux. C'était comme si le ciel craignait que la mer ne meure de soif. Il l'inondait sans vergogne. Elle absorbait ce surplus d'eau comme si elle voulait lui laisser croire qu'elle en avait besoin. À cause de ces nombreuses pluies, les promenades de Cybelle et de Samuel s'étaient espacées. Cybelle semblait de plus en plus préoccupée par l'idée de retracer son passé. Elle respectait le pacte qu'ils avaient fait de n'entreprendre aucune recherche avant Noël. Mais c'était devenu difficile pour elle. Quant à Adèle, elle était occupée à la préparation des repas de Noël, ce qu'elle aimait par-dessus tout. Jamais elle ne parlait de Cybelle avec Samuel. Elle était bien trop respectueuse pour cela. Mais elle n'était pas à l'aise en présence de cette femme et espérait qu'elle retourne chez elle le plus rapidement possible. Ses craintes étaient toujours présentes. Elle ne voulait pour rien au monde que son fils adoptif ait du souci à cause d'elle.

De nouveau, Samuel accompagnait son fils à l'école en espérant que les choses s'améliorent. Paolo était mignon dans le petit ciré rouge qu'il portait les jours de pluie. Il était attendrissant mais toujours aussi buté. Il refusait de répondre aux questions de son père, qui s'en inquiétait de plus en plus. Mademoiselle Davis ne lui avait souligné aucun changement d'attitude. Elle continuait à lui suggérer une évaluation par la psychologue de l'école. Samuel donna finalement son accord en espérant qu'elle le contacterait sous peu.

Paolo attendait la visite de sa marraine Cunchita et de son parrain Lucas avec beaucoup d'excitation. On aurait dit qu'il s'accrochait à cela comme à une bouée. Dans cinq jours, son père irait rencontrer Cunchita à Boston, il assisterait à son concert et la ramènerait à la maison.

Quant à son parrain, il arriverait comme toujours deux jours avant Noël, les bras chargés de cadeaux. Et tous seraient ravis de le revoir, car Lucas était celui qui mettait le plus d'ambiance lors de la fête de Noël. Il aimait rire, chanter et danser. Il parvenait à réveiller le sang latin qui coulait dans les veines de la famille Sanchez quand il était en leur compagnie. Sa joie de vivre et son sens de la fête étaient communicatifs. C'était d'un grand bienfait pour tout le monde. D'ailleurs, Samuel s'était lié d'amitié avec cet homme rencontré au journal de son grand-père parce qu'il avait besoin de sa gaieté pour contrer sa grande mélancolie. Adèle adorait Lucas. Il la faisait rire aux larmes. Il la faisait danser, tournoyer dans toute la maison sans résistance. Il était bien le seul à pouvoir agir de la sorte avec elle. Tous savaient depuis longtemps qu'il était amoureux de Cunchita. Il ne s'était jamais marié, mais il l'attendait encore. Cunchita le savait, mais elle avait toujours préféré garder son indépendance. Elle ne pouvait rester en place. « C'est la seule façon de contrôler mes angoisses existentielles », disait-elle en riant, bien qu'il y eût un fond de vérité là-dessous. C'était ce qu'elle avait trouvé de mieux pour pallier la mort de sa mère Isabelle et le quasi abandon de son père. L'action la réconfortait, tandis que son frère, tout au contraire, ne trouvait son seul vrai réconfort que dans le retrait. Chacun réagissait à sa façon devant un même problème.

Samuel essayait d'imaginer Cybelle parmi eux, mais il y arrivait difficilement. Ce qui le troublait d'ailleurs. Il espérait que la fête de Noël serait aussi harmonieuse qu'à l'habitude.

Ce matin-là, alors qu'ils prenaient le petit déjeuner, le téléphone sonna. Samuel se dirigea vers l'appareil en se demandant qui pouvait bien téléphoner à une heure aussi matinale.

« Oui, bonjour, répondit Samuel.
— Bonjour, ici Margaret Harrisson, pourrais-je parler à monsieur Sanchez, s'il vous plaît?
— Je suis monsieur Sanchez, madame Harrisson.
— Je suis désolée d'être aussi matinale, monsieur Sanchez. Mais travail oblige! n'est-ce pas? J'espère que je ne vous réveille pas?
— Non, pas du tout. Nous prenions le petit déjeuner.

LA DAME SANS NOM

— Je vous appelle pour vous fixer un rendez-vous. J'aimerais vous rencontrer au sujet de votre fils Paolo. J'ai eu quelques entretiens avec lui et j'aimerais vous faire part de mes observations ainsi que de mon évaluation psychologique. Si vous êtes libre demain à quatorze heures, je pourrais vous recevoir à mon bureau, à l'école de Paolo.

— Je suis réellement désolé. Je quitte ce matin pour Boston et je serai de retour dans trois jours. Pourrais-je vous rencontrer dès mon retour?

— Oui, ça ira. Disons lundi le 15 décembre, à neuf heures trente. Ça vous va?

— Bien sûr. J'y serai. Vous pouvez compter sur moi.

— Au plaisir de vous rencontrer, monsieur Sanchez.

— Au plaisir de vous connaître, madame Harrisson.»

Elle avait une voix mature, calme et chaude. Samuel se sentait déjà en confiance avec cette femme. Il regrettait de ne pouvoir aller la rencontrer maintenant, mais Cunchita comptait sur lui. Il devait la ramener à la maison comme elle se plaisait à le dire. Il ne pouvait pas reculer. Il était inquiet et content en même temps, car il avait hâte de comprendre la cause de la nouvelle attitude de son fils.

«Qui était-ce, papa?

— C'était madame Harrisson, Diablito. Tu sais, la dame que tu as vue à quelques reprises dans son bureau. Elle désire me rencontrer à mon tour. J'irai dès mon retour de Boston.

— Elle est très gentille, papa. Tu verras.

— Elle l'était aussi au téléphone, Diablito.

— Mais je préfère tante Cunchita et j'ai bien hâte de la voir.

— Je la ramène avec moi, ta tante Cunchita, dès dimanche. Et elle restera avec nous un mois. Ça te va, ça?

— Oh oui! Est-ce que Margaret et toi allez parler de moi?

— Tu l'appelles Margaret, maintenant?

— C'est elle qui me l'a demandé.

— Ah! Pour répondre à ta question, oui, nous parlerons de toi. Nous allons essayer de comprendre pourquoi tu n'es plus heureux à l'école.

— Elle ne pourra pas te le dire, car elle ne le sait pas, dit-il d'un air boudeur.

— Non? Personne ne le sait, excepté toi, je suppose?

— Je ne le sais pas non plus.»

« Toujours la même réponse. Comme j'ai hâte d'en avoir le cœur net!» pensa Samuel.

Adèle, qui débarrassait la table, se disait que Samuel était bien aveugle. «Rien de tel qu'un être qui ne veut rien voir», se dit-elle. Cybelle, comme toujours à table, était restée silencieuse. Elle semblait bien loin de tout cela.

«Allons, Diablito. Pressons-nous maintenant, sinon tu seras en retard à l'école et moi, je dois me rendre à Boston.

— Je suis prêt, papa. Est-ce que tu seras absent longtemps? lui demanda Paolo qui n'aimait pas se trouver en présence de Cybelle sans son père.

— Non, je te l'ai déjà dit. Je serai absent trois jours. Et je reviens avec ta marraine. Ça ira, ne t'en fais pas.»

Samuel espérait que Cybelle profite de l'occasion pour essayer de se rapprocher de son fils mais, au fond de lui, il savait bien que c'était utopique. De toute façon, Paolo ne lui en donnerait jamais la permission.

Avant de quitter la maison pour se rendre à l'école, père et fils embrassèrent Adèle sur la joue. Samuel donna un baiser discret à Cybelle, tandis que Paolo l'ignora complètement.

«Je serai de retour dimanche!» lança Samuel.

Adèle et Cybelle desservirent la table du petit déjeuner en silence. C'était la première fois que les deux femmes se retrouvaient seules, en présence l'une de l'autre. Samuel s'en inquiétait et se demandait comment cela allait tourner. Ce fut Adèle qui rompit le silence.

«Vous vous plaisez ici? lui demanda-t-elle.
— Oui. J'aime le Maine. Les promenades à la mer. La tranquillité», lui répondit-elle, tout au plus.

Cybelle n'osait pas s'aventurer sur un terrain qu'elle savait glissant. Elle avait toujours senti l'animosité de la bonne; aussi, demeurait-elle prudente. Sa réponse évasive était loin de satisfaire sa curiosité. Ce qu'Adèle désirait, bien sûr, c'était que Cybelle l'éclaire sur les sentiments qu'elle éprouvait pour Samuel, mais la jeune femme s'en abstint volontairement. Elle savait que sa présence n'était appréciée ni d'Adèle ni de Paolo, d'ailleurs. Elle se doutait aussi qu'elle était la cause du nouveau comportement de Paolo à l'école.

Ce qu'elle savait par-dessus tout, cependant, c'était que Samuel ne voulait pas qu'elle le quitte. Elle était de plus en plus attachée à cet homme et de plus en plus déchirée par sa double identité. Elle ne voyait pas la nécessité d'en discuter avec Adèle pour l'instant. Mais quand Adèle lui posa la question «Vous comptez demeurer ici longtemps?» avec tellement d'inquiétude dans son regard, Cybelle crut bon de la rassurer. «Peut-être ai-je tort de refuser de lui parler de moi? Cette femme a voué sa vie à la famille Sanchez. Elle mérite bien de vivre en paix.» Elle répondit:

«Non, je compte repartir après Noël, lui affirma-t-elle. Je n'ai plus aucun souvenir de ma vie passée. J'ai besoin de savoir qui je suis et d'où je viens. Vous comprenez ? Et pour cela, je ne dois pas rester ici. »

En lui disant la vérité, Cybelle espérait à la fois la réconforter et peut-être s'en faire une alliée. Adèle n'était pas méchante. Elle venait juste de comprendre que Cybelle était amnésique. Samuel, à tort, ne lui avait jamais parlé de cette femme en ces termes. Elle voyait qu'elle avait de la distinction et qu'elle n'avait rien d'une dévergondée. Elle se dit que, finalement, elle devait souffrir de son état. Elle se surprit à éprouver de la compassion pour elle. De par sa nature, Adèle avait toujours protégé les victimes. Il en avait été ainsi depuis son entrée dans la famille Sanchez. Et voilà que ce désir l'envahissait de nouveau.

« Vous voulez une autre tasse de café ? lui offrit-elle d'un ton qui se voulait plus amical.
— Oui, bien volontiers. Merci. »

Et les deux femmes s'assirent à table, ensemble, pour déguster leur café au lait chaud. Adèle reprit la conversation où elle l'avait laissée.

« Je comprends le désir qui vous habite. Ne pas savoir qui l'on est ni d'où l'on vient doit être douloureux, enchaîna-t-elle.
— Oui, ce l'est. Il y a à la fois l'envie et la crainte de savoir, ajouta Cybelle en toute franchise. Je ne comprends toujours pas comment je me suis retrouvée devant votre maison ni pourquoi j'ai dormi aussi longtemps. Je devais être épuisée, sans doute. Tout cela m'intrigue. »

C'était la première fois depuis son arrivée qu'elle se sentait aussi à l'aise pour parler de ses inquiétudes car, avec Samuel, c'était autre chose. Il était si épris d'elle qu'elle n'avait aucune envie de l'ennuyer avec ses états d'âme. Elle profitait simplement de l'amour qu'il lui manifestait. Avec lui, elle était plutôt silencieuse.

« Vous n'avez aucun indice qui vous mettrait sur une piste?

— Oui, un peu quand même. Je sais que je parle aussi bien le français que l'anglais. Je sais que j'aime dessiner, car je le fais dès que je le peux et très bien, je crois, sans vouloir être prétentieuse. Je dessine surtout des vêtements de toutes sortes. Mais je fais également des portraits. Peut-être est-ce un indice? Samuel m'a acheté tout ce dont j'avais besoin pour dessiner et peindre.

— Puis-je voir ce que vous faites, si ça ne vous apparaît pas trop indiscret?

— Oui, bien sûr, avec plaisir. »

Cybelle se leva pour aller chercher son cartable de dessins et quelques tableaux qu'elle avait commencé à peindre, dont un portrait de Samuel qu'elle jugeait fort bien réussi d'ailleurs. Adèle ne l'avait jamais vue peindre, car Cybelle s'adonnait à cette occupation dans sa chambre quand Samuel se retirait dans son bureau pour écrire. Même lui n'avait rien vu de ses réalisations. Fièrement, elle montra un à un ses dessins à Adèle qui était muette d'admiration. Cybelle les commentait, les expliquait avec verve, surtout les vêtements qu'elle avait dessinés. Adèle était sous le charme. Elle ne tarissait plus d'éloges.

« Mais vous avez un talent incroyable, lui dit-elle avec enthousiasme. Bien sûr que c'est une piste à explorer! On peut facilement imaginer que ce ne sont pas vos premiers croquis de vêtements. Ils sont magnifiques », dit-elle, bien qu'elle s'y connût très peu en la matière.

Samuel avait déjà remarqué à quel point elle avait un goût sûr dans le choix de ses vêtements. Dans les magasins, elle avait choisi ce qui lui convenait le mieux y compris les couleurs. Elle semblait à l'aise dans ce lieu comme un enfant dans les bras de sa mère.

«Oui, je crois que vous avez raison. Ce ne sont sûrement pas mes premiers croquis. C'est comme si j'avais fait cela toute ma vie. J'en parlerai à Samuel après Noël lorsque nous commencerons nos recherches», promit-elle.

Profitant du fait que le nom de Samuel avait été prononcé, Adèle affirma :

«Je crois qu'il est amoureux de vous et qu'il aura beaucoup de chagrin quand vous partirez.
— Oui, je le crois. Je l'aime aussi. Comment ne pas aimer un être aussi attachant, dit-elle avec tristesse.
— Ce sera difficile pour vous deux, je le crains, dit Adèle en soupirant.
— Je l'appréhende aussi.
— Vous savez, Samuel n'a pas été très chanceux dans la vie, oh! l'argent mis à part, bien sûr. Sa mère est décédée à sa naissance, son père était un homme qui ne vivait que pour sa musique, sa femme Clara l'a quitté un an après la naissance de Paolo. Je tolère difficilement la souffrance de mes enfants adoptifs. C'est pourquoi votre présence ici me gênait jusqu'à présent. Cunchita, Samuel et Paolo sont les êtres que j'aime le plus au monde, vous savez. C'est moi qui ai pris soin d'eux après la mort de leur mère et le départ de Clara. Je les considère comme mes enfants, ajouta-t-elle avec fierté.
— Oui, je sais, Samuel me l'a dit. C'est vrai que la vie ne l'a pas toujours choyé, dit Cybelle, sincèrement. Et je suis tourmentée à l'idée qu'il soit malheureux à

cause de moi. Je n'ai pas voulu le séduire. Ça s'est fait tout simplement. Je vous promets que je ferai tout ce qui est possible pour l'épargner.

— Merci, lui répondit Adèle. Aimeriez-vous regarder avec moi les albums photos de la famille Sanchez?

— Oui, avec plaisir. Votre offre me touche beaucoup. Merci, Adèle.»

Adèle alla chercher les albums et revint s'asseoir tout près de Cybelle qui l'attendait, excitée comme une fillette. Les deux femmes se sentaient réconfortées et pleines de contentement. Adèle commenta les photos avec une lueur de joie dans les yeux. Cybelle n'en finissait plus de s'extasier. Isabelle, la mère de Samuel, lui apparaissait d'une fragilité extrême, comme si elle avait été prédestinée à mourir jeune. Manuel, son père, ce bel adonis, était si élégant et si séduisant. Elle trouva les deux enfants Sanchez d'une beauté exceptionnelle, l'une blonde comme sa mère et l'autre noir comme son père.

Elle vit la maison des grands-parents Vanier et celle des grands-parents Sanchez. Elle comprit que ces deux familles étaient à l'aise et appartenaient à une classe sociale privilégiée. Elle fit la connaissance de Clara, l'ex-femme de Samuel, qu'elle trouva fort mignonne d'ailleurs. Elle ne pouvait s'expliquer l'abandon de cette femme. «Ils formaient pourtant un couple harmonieux. Que s'était-il passé? Que c'est triste pour Paolo!» se dit-elle.

Elle le vit, petit bébé, dans les bras de sa maman. Il ressemblait à Manuel et Samuel. On aurait dit que tous les trois avaient été coulés dans un même moule. Quant à Cunchita, elle était bien la copie conforme de sa mère, mais avec une étincelle dans les yeux qui lui donnait un air énergique que l'on ne percevait pas chez Isabelle. Elle reconnut la maison du Maine.

Finalement, elle vit Adèle en pleine jeunesse. C'était une femme robuste avec un air de bonne santé.

Tout cela l'émouvait au plus haut point. Elle entrait dans l'intimité de ces gens-là avec respect comme on entre dans un temple religieux.

«Merci, Adèle. Merci de m'avoir permis de me faire une idée de la famille Sanchez. J'en suis tellement heureuse.»

Malgré le plaisir évident qu'avait éprouvé Cybelle, Adèle vit une ombre de mélancolie passer dans ses jolis yeux verts.

«Qu'y a-t-il, Cybelle? Vous semblez soudain bien triste.»

En effet, un poids énorme lui comprimait la poitrine.

«Je me demandais si je reverrai un jour les photos de ma famille.

— Je vous le souhaite bien», lui dit Adèle de bonne foi.

Ce fut une matinée des plus agréables pour les deux femmes. Il était midi quand elles s'aperçurent qu'elles étaient encore à table. Elles se mirent à rire toutes les deux de bon cœur, satisfaites du bon temps qu'elles avaient passé ensemble.

«Adèle, puis-je vous emprunter quelques photos? Je souhaiterais peindre le portrait de chacun des membres de cette famille avant mon départ.

— Oui, bien sûr. Allez! servez-vous. Vous me les rendrez quand vous aurez terminé.

— Merci, Adèle, et merci pour cette belle matinée. Vous êtes très importante dans cette maison, vous le savez? »

Adèle roucoulait de plaisir. Cybelle croyait ce qu'elle disait. Ce n'était pas des paroles de séduction. Elle voyait cette femme se dévouer sans compter pour cette famille qui était devenue sienne par la force des choses. « Ils sont tous bien chanceux de vous avoir! » murmura-t-elle.

Pendant ce temps, Samuel, seul au volant de son auto, pensait. « Quoi faire d'autre en auto quand on se retrouve seul? » songea-t-il. La neige accompagnait ses rêveries. Elle tombait, doucement et silencieusement, en gros flocons. Dans cette atmosphère feutrée, on entendait à peine le roulement des voitures sur la neige. Il pensait à sa sœur Cunchita et à son ami Lucas. « Ils forment un si beau couple! Ils sont faits pour s'entendre. » Mais jamais il n'avait osé aborder ce sujet avec sa sœur. Il l'aimait et respectait ses choix. Ils avaient toujours été près l'un de l'autre dans leur jeunesse et, encore aujourd'hui, ils étaient inséparables. Il avait eu un chagrin fou quand elle avait décidé de suivre les traces de son père. Elle allait partir! Elle aussi! Pour devenir à son tour une concertiste internationale. « Est-ce mon destin? Dois-je toujours me séparer de ceux qui m'entourent? » se demanda-t-il. Il pensa à Cybelle. « Je ne supporterai pas de la perdre, elle. »

Arrivé à Boston, Samuel se rendit à l'hôtel où logeait sa sœur afin de s'y installer pour deux nuits. Il savait qu'elle répétait pour le concert du lendemain, auquel il assisterait d'ailleurs avec joie. Il aimait voir sa sœur sur scène s'exécuter au piano. Elle était gracieuse et fougueuse à la fois. Il était si fier d'elle.

À dix-neuf heures, ils étaient censés se rencontrer

pour le souper dans le hall de l'hôtel. D'ici là, Samuel devait passer le temps, ce qui ne lui causait aucun problème car il aimait déambuler dans la ville de Boston qu'il trouvait fort belle. Il prit un repas rapide et décida, sans l'avoir planifié auparavant, de se rendre à la bibliothèque de la Faculté de médecine de l'université afin de se renseigner sur les troubles de la mémoire. Il était de plus en plus curieux et intéressé par ce dont souffrait Cybelle. Il souhaitait qu'elle recouvre la mémoire même s'il était apeuré par ce qu'elle allait découvrir. Il était bien déterminé à y voir clair après Noël. Il passa donc l'après-midi à lire sur le sujet. Il comprit certaines choses. Par exemple, que la perte de la mémoire peut survenir à la suite d'un événement traumatique et qu'à cette occasion, le sujet peut même ne plus se souvenir de son identité. Il ne sait plus qui il est : sa personnalité, ses pensées, ses sentiments, ses actes sont perturbés par ce trouble. «C'est ce qui est arrivé à Cybelle, je crois.» Il découvrit également que la perte de la mémoire pouvait être une défense contre le traumatisme, comme si celui-ci était alors refoulé ou nié parce que trop douloureux.

Il s'attarda sur un passage consacré à la fugue dissociative. Il était écrit qu'elle se caractérise par un départ soudain et inattendu. Que ce départ s'accompagne d'une incapacité à se souvenir de son passé et que la personne est confuse face à sa propre identité et peut en adopter une nouvelle. «Que lui est-il arrivé pour qu'elle perde ainsi le souvenir total de son passé ?» Il était à la fois intrigué et anxieux.

Il vit dans un autre livre que l'hypnose était un bon moyen pour retrouver la mémoire. «Il va falloir que je me renseigne à mon retour pour trouver un bon hypnotiseur», se dit-il.

Il était déjà dix-sept heures quand il ferma ses livres

et quitta la bibliothèque, heureux de ses découvertes mais bien songeur, car il ne savait pas où tout cela le mènerait. Il retourna à l'hôtel pour se rafraîchir avant de descendre retrouver sa sœur dans le hall. Il avait hâte de la voir. Il lui téléphona pour l'avertir de son arrivée et entra sous la douche en se disant que son amour pour Cybelle était plein d'embûches. Il pensa qu'il devait informer Cunchita de la présence de Cybelle à la maison. «Je ne crois pas qu'elle sera ravie. Cunchita est comme Adèle: toujours à me protéger.»

Descendu dans le hall de l'hôtel, il aperçut sa sœur qui venait au devant de lui pour le serrer dans ses bras. Pour elle, Samuel était toujours le petit frère. Elle était très élégante. Elle portait un joli tailleur noir qui affinait sa taille. Ses cheveux blonds étaient torsadés sur sa nuque. Elle avait les yeux d'un bleu profond comme ceux de leur mère Isabelle, et encore une fois Samuel fut frappé par la ressemblance avec la photo accrochée au mur du salon.

«Grande sœur, comme je suis heureux de te voir!»

Ils ne s'étaient pas vus depuis l'été dernier, Cunchita étant trop occupée à parcourir le monde. Il lui trouva un air fatigué qu'elle camouflait sous un maquillage artistement réussi. Il n'était pas dupe. Il la connaissait si bien qu'il sut au premier coup d'œil qu'elle n'était pas au meilleur de sa forme.

«Que je suis heureuse, moi aussi, p'tit frère! Merci d'être là.»

Cunchita était habituellement d'une énergie débordante. Cette fois, il la trouva d'un calme qu'il ne lui connaissait pas et dont il s'inquiét immédiatement. Ils se dirigèrent vers la salle à manger et il commanda une bouteille de Chardonnay Arrowwood, d'un bon millésime, qu'ils commencèrent à déguster lentement. Ils avaient tellement de temps à rattraper qu'ils ne savaient par où commencer.

«Je suis ici pour te ramener à la maison. Si tu savais comme Adèle et Paolo ont hâte de te voir! Adèle cuisine depuis deux semaines. Tu la connais. Elle veut que tout ce que tu aimes soit sur la table. Prépare-toi, ma vieille, tu repartiras sûrement avec des kilos en plus. Paolo ne cesse de dire qu'il a hâte d'aller skier avec toi. Il veut te montrer ses progrès. Il t'attend avec impatience pour faire ceci, pour faire cela. Avec lui, tu n'auras pas vraiment de répit. Heureusement, il n'est en vacances que pour deux semaines. Tu pourras te reposer quand il retournera à l'école. Tu m'as bien dit que tu resterais un mois, n'est-ce pas?

— Peut-être plus. J'ai vraiment besoin de me reposer, Samuel. Tu sais, j'ai maintenant quarante ans et la vie que je mène n'est pas de tout repos. Je me sens lasse.

— On dirait que tu n'as plus envie de ce genre de vie. Est-ce que je me trompe?

— Non, tu ne te trompes pas. C'est vrai. Je vis dans mes valises depuis si longtemps. J'ai envie de m'arrêter un peu.

— Cunchita, es-tu malade?

— Non, je ne crois pas, seulement lasse.

— Mais ça te ressemble si peu. Toi si débordante d'énergie habituellement. Je ne te reconnais plus. Ça m'inquiète.

— J'envie, maintenant, ta vie simple et tranquille. J'ai toujours été contre ton retrait dans le Maine mais, à présent, je comprends mieux ton besoin. J'aurais envie de m'isoler, moi aussi.

— Mais, Cunchita, que se passe-t-il? As-tu un chagrin d'amour?

— Oh! tu sais, l'amour, je ne m'y suis jamais vraiment attardée. Je n'ai fait que de la musique dans ma vie.

— Et tu as réussi comme une championne.

— Je sais. Mais j'en ai marre maintenant. Toujours être belle. Toujours être bonne. C'est fatigant à la longue.

— Oh! Tu as besoin de repos, toi, ma vieille.

— C'est plus que ça. Je ne veux plus donner de concerts. Jamais. Ce sera le dernier demain soir.

— Quoi? Mais, Cunchita, tu divagues! C'est ta vie, les concerts. Tu as toujours vécu pour cela.

— Je sais. Je n'en ai plus envie. C'est tout. Je ne veux pas me retrouver comme mon père, morte à soixante-neuf ans d'un arrêt cardiaque en donnant un concert. Je ne veux pas faire comme lui, Samuel. Il a gâché sa vie. Je ne vais pas gâcher la mienne.

— Notre père, c'est autre chose, Cunchita. Il a eu une femme. Ils avaient deux enfants. Toi, tu es seule. Tu as fait délibérément ce choix. Nous en avons souvent parlé.

— Justement, je n'ai plus envie d'être seule. Je veux un enfant.

— Avec qui? Tu as un homme dans ta vie?

— Non, pas du tout. Les hommes de ma vie n'ont fait que passer. Je n'ai jamais été amoureuse sauf de Lucas, bien sûr. Mais Lucas, c'est autre chose. Je le connais depuis si longtemps.

— Que comptes-tu faire si tu ne donnes plus de concerts?

— Je te l'ai dit. Je vais faire un enfant. Je cherche un géniteur», dit-elle en riant pour la première fois.

Ils se donnèrent un répit pour consulter le menu. Une fois les plats commandés, la conversation reprit de plus belle.

«Sérieusement, Cunchita, tu blagues n'est-ce pas?

— Non, c'est le temps ou jamais. J'ai quarante ans, p'tit frère.

— Occupe-toi de Paolo, pour l'instant. Ça va te changer les idées. Il me cause du souci celui-là.

— Ça m'étonnerait. Il est si gentil.

— Oui, gentil à la maison. Mais c'est un vrai *diablito* à l'école. Il porte bien son surnom, je t'assure. J'ai dû rencontrer son professeur et là, maintenant, je dois aller rencontrer la psychologue de l'école dès mon retour. Il est bagarreur, il n'écoute plus son professeur, il a de mauvaises notes. Il m'inquiète. Il ne va pas bien. Il a érigé un mur de silence entre nous. Il ne veut rien me dire. Ton séjour parmi nous est le bienvenu, crois-moi. Mais laissons Paolo de côté et retournons à toi.

— Il n'y a plus rien à ajouter. Ma décision est prise. Je donne mon dernier concert demain soir. C'est pourquoi je tenais à ce que tu sois là. Tu as été là au premier et tu seras là au dernier. Ainsi la boucle sera bouclée. Je vais rester à la maison plus longtemps que prévu. Je ne sais pas encore pour combien de temps. Je verrai. J'ai besoin de repos. Je vais en profiter pour m'occuper de Paolo, surtout si tu me dis qu'il ne va pas bien. Ça ne te dérange pas si je reste plus longtemps à la maison?

— Non, bien sûr. C'est aussi ta maison, tu le sais bien. Papa nous l'a donnée à tous les deux. C'est moi qui en profite en ce moment, car tu n'es jamais là. Si maintenant tu désires vivre dans cette maison, tu y as droit autant que moi. Mais avant, je dois te parler de quelque chose, ou plutôt de quelqu'un. C'est très important pour moi.

— Tu sembles mal à l'aise. Tu as quelqu'un dans ta vie et tu me l'as caché. C'est ça?

— Oui!... Non!... Enfin!... Pas tout à fait.

— Tu es bien mystérieux.

— Je crains ta réaction.

— Dis toujours. On verra.

— Cunchita, je te répète que c'est important pour moi. Laisse-moi t'en faire le récit sans m'interrompre. Tu veux bien?

— Comment pourrais-je faire autrement?

— Eh bien! Voilà!»

Samuel narra à sa sœur comment Paolo avait découvert celle qu'il avait appelée Cybelle. Comment il en était devenu amoureux dès la première fois qu'il l'avait vue. Il lui raconta tout dans les détails.

«Mais enfin, Samuel! Une amnésique! Tu n'y penses pas! dit sa sœur en fronçant les sourcils.

— Oui, je me rends bien compte et je sais que ce sera compliqué. Mais j'aime cette femme, Cunchita. Je n'y peux rien. Elle habite tout mon être. C'est la première fois que je ressens cela, tu comprends. Tu es déçue? Dis-moi que tu comprends!

— Oui, je suis déçue, un peu quand même. Je voulais être avec toi, Adèle et Paolo pour un long moment. Je ne connais pas cette Cybelle. Je n'ai pas envie de me retrouver avec elle. Pas en ce moment. Ça m'apparaît compliqué, cette histoire, et je ne veux pas que tu souffres à cause d'elle.

— Cessez, Adèle et toi, de vouloir me protéger. Je n'ai pas eu de mère et voilà que je me retrouve avec deux femmes qui ont toujours peur pour moi. Je me suis toujours empêché de vivre, Cunchita, par peur de souffrir; cette fois, j'accepte l'enjeu, car je sens qu'il en vaut la peine. Pour rien au monde je ne rebrousserai chemin. Pardonne-moi de t'imposer sa présence.

— Et Paolo, qu'en pense-t-il?

— Il n'est pas content, je crois.

— Se pourrait-il que ses problèmes à l'école soient reliés à cet événement?

— Oui, j'imagine que ce pourrait être cela. Je suis

malgré tout bien décidé à poursuivre cette relation. Je suis amoureux pour la première fois de ma vie, Cunchita, est-ce que tu sais ce que ça représente pour moi?

— Je vois bien que c'est important puisque même ton fils ne te préoccupe plus autant. Qu'en pense Adèle?

— Je ne veux pas le savoir. Elle est comme toi, je suppose qu'elle a peur pour moi. Mais ça ne changera rien. Dès mon retour, je me mets à la recherche d'un hypnotiseur et, avec son aide, Cybelle parviendra peut-être à retracer son passé. Du moins, c'est ce que l'on conseille dans les livres.

— Ça m'apparaît déraisonnable, mon frère.

— Peut-être. J'irai quand même jusqu'au bout.

— À ce que je vois, tu es décidé.»

Cunchita avait retrouvé sa fougue pour la première fois de la soirée.

«Eh bien, dis donc! On a besoin de changement dans nos vies, on dirait. Je me retire et tu t'éclates. C'est assez curieux tout de même. En tout cas, on ne peut pas dire que la soirée est ennuyeuse, n'est-ce pas?

— En effet.

— Je dois aller dormir maintenant, car demain je veux donner un concert parfait. Ce n'est pas toutes les fois un soir de dernière, tu comprends?

— Bien sûr.

— Tu me retrouves à vingt heures demain soir, à la salle de concert. Ça te va? Et dès dimanche, nous partons ensemble pour Kinney Shores. Mes bagages sont prêts depuis longtemps. Fais de beaux rêves, dit-elle d'un ton espiègle en le serrant dans ses bras.

— Merci. Bonne nuit, sœurette. Fais aussi de beaux rêves! Qui sait? Peut-être trouveras-tu le bon géniteur dans ton sommeil», lui répondit-il sur le même ton.

Quand Paolo revint de l'école ce jour-là, il constata que quelque chose avait changé. Les rapports entre Cybelle et Adèle étaient plus cordiaux; ce qu'il n'appréciait guère. Il se mit à attirer l'attention d'Adèle de toutes les façons possibles. Et quand Cybelle lui proposait son aide, il ne voulait rien savoir. «Oh! apprivoiser cet enfant n'est pas pour demain», se dit-elle. Adèle essayait de le dérider, mais elle n'y arrivait pas. Ce ne fut qu'au coucher qu'elle y parvint un tantinet. Elle lui expliqua ce qui s'était passé entre Cybelle et elle aujourd'hui et lui fit part de leur conversation afin qu'il comprenne ce revirement d'attitude chez elle.

«Paolo, j'ai parlé avec Cybelle aujourd'hui. Elle est très gentille. Tu t'en rendras compte si tu lui en donnes la chance. Elle m'a dit qu'elle nous quitterait après Noël. Elle ne se souvient plus du tout de son passé et elle désire savoir qui elle était avant d'arriver ici, sur la plage.

— Pourquoi elle ne se souvient de rien?

— Elle n'en sait rien. C'est ce qu'elle veut comprendre.

— Et si mon papa partait avec elle? C'est ce que ma maman a fait autrefois. Elle est partie avec l'homme qu'elle aimait et elle n'est jamais revenue. Papa me l'a dit. Je ne la connais même pas. Je ne me souviens pas d'elle.

— Demain, je te donnerai une photo de ta maman. Tu la garderas précieusement avec toi. Est-ce que ça te ferait plaisir?

— Oui, répondit-il dans un sanglot.

— Et je sais que ton papa ne te quitterait jamais. Tu n'as pas besoin d'avoir peur. Jamais il ne ferait une chose pareille.

— Mais il aime Cybelle. Et quand on aime quelqu'un d'autre, on part avec la personne que l'on aime, c'est ça?

— Mais non, pas nécessairement. C'est donc cela

qui te fait si peur? C'est pour cela que tu n'es plus gentil à l'école?»

Paolo pleurait et Adèle l'entourait de ses bras. Il avait la tête enfouie dans sa généreuse poitrine et se laissait bercer par celle qui lui servait de mère depuis maintenant cinq années.

«Paolo, je connais ton papa depuis qu'il est bébé et je te jure que jamais il ne ferait une chose semblable. Est-ce que tu me crois?»

Il n'en était pas certain, mais il semblait un peu soulagé.

«Oui, je te crois, un peu.
— Dors, mon ange. Nous reparlerons de tout cela avec ton papa, dès son retour. Tel que promis, je te donnerai la photo de ta maman demain. Elle te tient dans ses bras quand tu étais bébé. Tu verras comme c'est joli. Tu es content?
— Oui, Adèle. Tous mes amis de l'école ont une maman très jeune, tu sais. Il n'y a que moi à avoir une vieille maman comme toi», lui dit-il en l'embrassant.

Ce qui fit bien rire Adèle.
Elle le quitta, malgré tout, le cœur gros, rempli de tendresse pour celui qu'elle considérait comme son propre fils. «Comme je souhaiterais qu'il cesse d'avoir peur! J'en parlerai à Samuel dès son retour de Boston», se promit-elle.

Chapitre VI

Cunchita offrit la prestation la plus réussie de sa vie. Elle mérita même une ovation. À la fin, sobrement, elle annonça qu'elle venait de donner son dernier concert. L'ovation reprit de plus belle. Elle avait joué avec tellement de passion que sa réussite resterait à jamais gravée dans le cœur des gens qui y assistaient. C'était son souhait le plus cher. Samuel était ému et très fier de sa sœur. «Quel talent!» se dit-il. Il ne pouvait concevoir que sa carrière se termine ce soir-là. Elle avait volontairement choisi d'y mettre un terme à Boston parce que c'est dans cette ville que sa carrière avait débuté. Son imprésario n'avait pas été mis au courant de sa décision. Il savait qu'elle désirait se reposer, mais il ignorait qu'elle souhaitait s'arrêter. Ce fut un choc pour lui quand il apprit la nouvelle bien qu'il n'y crût pas trop. Il connaissait Cunchita et il savait que sans la musique elle ne serait pas heureuse. S'il avait connu son projet d'avoir un enfant, sa réaction aurait été tout autre.

Après le concert, comme convenu, Cunchita retrouva son frère dans sa chambre d'hôtel afin de sabler le champagne de la réussite. Elle était émue et, en même temps, une certaine tristesse émanait d'elle. Elle ne regrettait en rien sa décision, mais elle se posait tout de même plusieurs questions: serait-elle capable de vivre sans l'admiration du public? Elle savait que cela lui collait à la peau comme un gant colle à une main. Sans le culte de son public, aurait-elle froid au cœur?

C'était le seul amour qu'elle pouvait recevoir sans se défiler sauf, bien sûr, celui d'Adèle, de Samuel et de Paolo. Saurait-elle se passer de cet amour et de cette admiration? Pourrait-elle avoir un enfant? Toutes ces questions l'angoissaient au plus haut point.

«Les décisions que l'on prend ne sont jamais sans conséquences. Et les changements de vie ne sont jamais anodins», se disait-elle.

Voyant son trouble, Samuel lui lança, tout en lui servant un verre de champagne:

«Les décisions que l'on prend ne sont jamais irréversibles, ma sœur. Tu ne cesseras pas de jouer du piano demain. Du moins à la maison, tu sais comme on aime t'entendre jouer, Adèle, Paolo et moi. Et puis, il sera toujours temps de revenir sur ta décision si tu n'es pas heureuse.»

Il ne pouvait, lui non plus, imaginer sa sœur sans cet oxygène. Ses concerts étaient l'air qu'elle respirait depuis si longtemps. Il avait l'impression qu'elle allait dépérir si elle s'en privait. Samuel la sentait d'une fragilité qu'il ne lui connaissait pas. Ils se mirent à boire le champagne et à manger du caviar sur canapés que Samuel avait pris soin de faire monter à la chambre. Ils rirent comme deux jouvenceaux au fur et à mesure que la bouteille de champagne se vidait. Cunchita riait d'elle et de ses appréhensions, et Samuel riait de lui et de l'aventure qu'il s'apprêtait à vivre avec une femme qui n'avait aucune identité propre. Tout devenait matière à rire. Ils se moquèrent de leur père, de son narcissisme. Ils imitèrent même sa démarche, son langage ostentatoire lorsqu'il s'adressait à eux en espagnol avec condescendance. Ils se moquèrent également d'Adèle, celle qui les couvait et qui s'alarmait pour un rien. Ils l'imitèrent en disant: «Vous allez prendre froid, petits che-

napans, venez vous couvrir comme il faut. Vous n'étudiez pas assez. Couchez-vous plus tôt...» Pauvre Adèle,
elle les aimait tant qu'elle exagérait parfois. «Que
serions-nous devenus sans elle?» dit Cunchita. Ils rirent
également de la rigidité de leurs grands-parents Vanier.
Ils parlèrent avec beaucoup d'émotion de leurs grands-
parents Sanchez, de leurs nombreuses vacances passées
en Espagne. Bref, cette soirée s'éternisa jusqu'à l'aurore. Frère et sœur conclurent qu'ils s'aimaient beaucoup et qu'ils étaient très importants l'un pour l'autre.
«Unis jusqu'à la mort», disait Cunchita, un peu ivre, en
faisant tinter son verre contre celui de son frère. «À la
vie, à la mort», répondait celui-ci, aussi gris que sa sœur.

Le lendemain, sur le chemin du retour, Samuel prit
soudain un air sérieux:

«Cunchita, j'aimerais te faire part de quelque chose
d'important.

— Encore! Ne m'énerve pas. J'ai un violent mal de
tête. Tu es sûr que tu ne peux attendre?

— Moi aussi, j'ai mal à la tête. Pas étonnant! Aurions-
nous bu un peu de champagne la nuit dernière?

— Alors attends, je t'en prie, avant de me parler de
quelque chose d'important. Tu m'en as assez dit
comme ça. Ça peut attendre, non?

— Non, ça ne peut pas attendre justement. Écoute
bien ceci. Il y a deux mois, Adèle s'est décidée à me
remettre le journal intime de notre mère. Elle l'avait
trouvé dans le tiroir du bureau d'Isabelle après son
décès. Maman avait écrit ce journal pour nous. Adèle
ne l'a donc jamais remis à papa. Elle attendait le bon
moment pour nous le rendre, je suppose. Je n'ai pas
encore compris pourquoi elle a attendu aussi longtemps. Maman a commencé ce journal après ta naissance. J'en ai lu une partie avec beaucoup d'attendrissement. Elle parle de sa rencontre avec notre père, de

sa grossesse lorsqu'elle était enceinte de toi... Honnêtement, je n'en ai pas encore terminé la lecture. J'étais
trop préoccupé par la présence de Cybelle.»

Au fur et à mesure que Samuel parlait, Cunchita
sentait monter sa rage.

«Maman a écrit ça pour nous et jamais Adèle ne
nous a donné accès à ce journal auparavant! Pour la première fois de ma vie, je déteste Adèle. Mais pourquoi a-
t-elle fait cela?

— Je ne le sais pas. Je ne me suis pas arrêté à cette
question. Elle avait ses raisons, j'imagine.

— Oui, mais ça ne l'excuse pas. Tu sais quoi,
Samuel! Je crois qu'Adèle était jalouse de maman. Elle
n'aurait pas supporté qu'Isabelle occupe nos pensées.
Elle préférait répondre elle-même à nos questions
parce qu'ainsi elle devenait indispensable pour nous.
Quand je pense à cela, ça me met en furie.

— Peut-être as-tu raison! Mais est-ce si important?
L'important, il me semble, c'est qu'Adèle se soit bien
occupée de nous.

— Je te trouve bien indulgent, mon frère. Moi, je ne
pourrai pas vivre en présence d'Adèle sans lui faire part
de ma colère. Je veux savoir pourquoi elle a agi de la
sorte. On avait droit à ce journal bien avant ce jour.

— Si tu crois que c'est ce que tu dois faire, vas-y, ma
vieille, mais sois prudente. C'est Noël, on ne doit pas
gâcher cette fête.

— Je te reconnais, va! La paix à tout prix! Je te promets d'attendre après Noël si c'est ce que tu souhaites.

— Très bien. Oh! que ce ne sera pas reposant après
Noël, ni pour moi ni pour toi, à ce que je vois.

— Je ne sais pas si j'ai envie de lire le journal de
maman. Je me suis bâti tout un scénario dans ma tête,
depuis que je suis toute petite, sur les amours de

Manuel et d'Isabelle. Et j'y ai cru, à ce scénario, durant toutes ces années. Je ne suis pas certaine de vouloir y modifier quelque chose.

— Libre à toi. Tu sais que j'ai ce journal. Si tu changes d'avis, tu n'as qu'à me faire signe.

— Mmm... mmm...», fit-elle, sans trop de conviction.

Cunchita était fatiguée. Elle avait suffisamment vécu d'émotions depuis deux jours. Elle avait un urgent besoin d'assimiler tout cela avant d'arriver à la maison. C'est donc en silence que frère et sœur parcoururent le reste de la route, chacun étant préoccupé par ses propres pensées.

Quand Paolo entendit le bruit du moteur de l'auto de son père, il se précipita à l'extérieur malgré les exhortations d'Adèle. Il était sorti, au froid, sans prendre le temps d'enfiler son manteau.

Samuel riait en écoutant cette voix maintes fois entendue dans son enfance.

«Papa, tante Cunchita!» criait Paolo avec frénésie.

Il courut se précipiter dans les bras de Cunchita avant même que son père eût le temps de déposer un baiser sur sa joue. Samuel lui ébouriffa les cheveux en lui disant:

«Salut, Diablito!

— Je suis si contente de te voir, Paolo, lui dit sa tante en le serrant très fort dans ses bras.

— Et moi alors! lui répondit Paolo, en embrassant sa marraine. Tu vas voir, il y a une "chipie" dans la maison», s'empressa-t-il de lui dire à voix basse.

On aurait dit qu'il fallait qu'il se débarrasse de ce fardeau au plus vite.

«Je sais, lui dit sa tante en riant. Viens! Aide-moi à porter mes bagages.»

Adèle était sur le seuil de la porte et criait:

«Voir si ça a du bon sens qu'un enfant soit dehors sans manteau, à ce temps-ci de l'année.
— Vite, entre, Diablito, lui dit son père, car si ça continue Adèle va mourir d'une attaque d'apoplexie.»

Cunchita riait. Elle était tellement heureuse de se retrouver en famille. Une seule ombre au tableau: cette femme. Comme elle comprenait Paolo. «Comment cette étrangère a-t-elle pu s'immiscer dans notre intimité?» se dit-elle. Adèle retrouva son humeur coutumière quand elle put serrer Cunchita sur son cœur.

«Quel plaisir de te voir! dit-elle, les larmes aux yeux.
— Belle pomme!» lui dit Cunchita en l'embrassant.

Toute sa colère contre Adèle s'était évanouie. Depuis son enfance, elle avait trouvé qu'Adèle avait les joues rondes et rebondies comme de belles pommes rouges qu'elle avait envie de croquer. À cause de cela, elle l'avait surnommée: ma pomme. Ce sobriquet convenait bien à Adèle qui avait toujours associé l'amour à la nourriture.

Ils entrèrent tous dans la maison où Cybelle les attendait, figée dans sa timidité. Quand Samuel l'aperçut, il fut ébloui par tant de beauté. Il eut envie de se précipiter, de la prendre dans ses bras et de l'embrasser fougueusement. Il n'en fit rien par respect pour les autres membres de la famille et pour ne pas effaroucher Cybelle. Il s'approcha, lui effleura les joues d'un baiser et Cybelle sentit le désir qu'il contenait. Elle sut dès lors qu'une nuit d'amour les attendait.

Samuel se réjouit du rapprochement d'Adèle et de Cybelle survenu durant son absence. Il sentit que l'atmosphère s'était apaisée. Il constata cependant que, pour Paolo, rien n'avait changé.

«Cunchita, je te présente Cybelle», dit Samuel avec fermeté pour se donner de l'assurance, car déplaire à ceux qu'il aimait lui avait toujours été intolérable. Il vit sa sœur se raidir.

Cybelle s'avança d'un pas hésitant, tendit sa main frêle vers Cunchita qui lui tendit la sienne à son tour, tout en la regardant comme on regarde un lion en cage, en le trouvant beau et effrayant à la fois. Le cœur de Cybelle se noua. «J'aurais dû partir», se dit-elle. Adèle la rassura d'un sourire.

«À table! dit immédiatement Adèle, pour changer l'ambiance de la maison. Je vous ai préparé un repas dont vous vous souviendrez longtemps», affirma-t-elle avec fierté.

Cuisiner pour ses enfants était pour elle un acte d'amour. Cunchita le savait et elle savourait avec délectation la cuisine traditionnelle d'Adèle, car c'était son enfance qu'elle retrouvait dans son assiette. Rien à voir avec les grands restaurants qu'elle avait l'habitude de fréquenter. Elle mangeait toujours en abondance quand il s'agissait des plats cuisinés par Adèle. Elle se laissait remplir d'amour et elle s'en rendait compte. «Ici, l'amour passe par le ventre», songea-t-elle avec émotion. Elle avait toujours eu à se battre contre cela, car refuser de manger toute son assiettée, c'était pour Adèle l'équivalent de refuser son amour; ce qui amenait parfois des conflits inévitables.

Adèle et Paolo furent fous de joie quand ils

apprirent que Cunchita resterait plus longtemps à la maison. Paolo parlait sans arrêt. Il était fébrile, tellement sa joie était grande. Seuls Cybelle et Samuel demeuraient silencieux. On aurait dit qu'ils faisaient bande à part. Samuel aurait tellement souhaité que sa sœur soit sous le charme de Cybelle comme lui l'avait été dès le premier instant.

Le soir venu, quand chacun se fut retiré dans sa chambre, Samuel alla retrouver Cybelle. Elle l'attendait. Elle portait cette fois un pyjama de satin vert tendre; la masse luxuriante de ses cheveux roux flottait sur ses épaules, ses yeux s'harmonisaient admirablement avec la couleur de sa tenue et ses taches de son ajoutaient un brin de fantaisie à sa figure. Quand elle souriait, une dentition parfaite apparaissait. Son sourire était à la fois tendre et triste. Cybelle n'était pas exubérante comme Cunchita. Elle était plutôt réservée, mais Samuel ne savait pas si c'était là sa vraie nature. Avait-elle toujours été ainsi ou bien était-ce une nouvelle façon d'être? C'était bien dérangeant tout cela. Quand il la prit dans ses bras, il retrouva son calme. Plus rien n'existait pour lui que la soif de son corps.

Samuel l'étendit sur le lit. Elle était légère comme un vol d'oiseau. Il la déshabilla avec une telle délicatesse qu'on aurait cru qu'il avait peur de la casser. Elle aimait cette façon qu'il avait de la découvrir lentement et d'admirer sa nudité avant d'entreprendre quoi que ce soit. Il pouvait la contempler très longtemps, sans la toucher, en silence, comme s'il voulait à jamais graver sa nudité dans son esprit. Elle avait un corps presque sculptural; comme s'il avait été taillé dans le marbre par Rodin. Ses yeux ne pouvaient se lasser de ce spectacle touchant et enchanteur. Cybelle se laissait regarder, immobile, sans rien dire, le temps qu'il fallait avant que Samuel entreprenne de la caresser. Il le faisait avec autant de tendresse que quand il la dévêtait.

Il aimait qu'elle reste immobile tant qu'il ne s'était pas satisfait des caresses qu'il avait à prodiguer à chaque partie de son corps. Il n'en oubliait aucune. Il aimait voir ses mains la palper comme si c'était lui l'artiste qui lui insufflait la vie. Il voulait que ses mains se souviennent à jamais de ce corps qu'il aurait touché dans ses moindres replis. Cybelle se prêtait à ce jeu avec délectation. Elle appréciait la façon unique qu'il avait de lui faire l'amour, bien qu'elle n'eût aucun souvenir de l'amour avant Samuel. Ce n'était qu'après qu'il se fut emparé de chaque partie de son anatomie qu'elle commençait à s'animer. Elle redevenait vivante. Chaque caresse avait électrifié son corps. Il se mettait à bouger à la recherche de celui de Samuel. Leurs deux corps se soudaient et s'aimaient jusqu'à ce qu'ils parviennent à l'extase, à l'unisson. Samuel savait qu'alors les larmes couleraient des yeux de sa bien-aimée. Il ne cherchait plus à comprendre. Il la serrait contre lui et continuait à l'aimer. Ils ne parlaient jamais après l'amour de peur de rompre le charme. Ils s'endormaient ainsi blottis l'un contre l'autre. Samuel se disait qu'il pouvait bien mourir maintenant, car il avait connu les plus beaux moments de sa vie.

Chapitre VII

Ce matin-là, Samuel avait un rendez-vous, à neuf heures trente, avec la psychologue de l'école, mademoiselle Margaret Harrisson. En allant reconduire son fils, il décida d'arrêter acheter le journal afin de passer le temps en attendant l'heure de la rencontre. Il faillit s'évanouir quand il aperçut, à la une du journal, la photo de Cybelle. C'était bel et bien un avis de recherche. Son cœur s'arrêta de battre. Il paya le journal et se précipita en courant, dans son auto. Paolo l'attendait patiemment.

« Qu'y a-t-il, papa? Tu as l'air tout drôle!
— Je crois que j'ai un problème de digestion, je ne me sens pas très bien, en effet.
— Tu vas vomir? »

Samuel n'eut pas le temps de répondre. Il se précipita hors de la voiture et vomit, en effet, tout son petit déjeuner. Cette nouvelle le terrassait. Il remonta dans la voiture. Paolo le regardait, apeuré.

« Tu vas quand même aller rencontrer Margaret?
— Oui, Diablito. J'irai. Ne sois pas inquiet. Je crois que c'est passé maintenant. »

Il laissa Paolo à l'école et retourna s'enfermer dans sa voiture afin de pouvoir lire en paix cette nouvelle qui le troublait tant. Il lut, le souffle court: «Avis de recherche. Madame Élisabeth Thompson est disparue de North Hatley, dans les Cantons de l'Est, province de Québec, le 10 octobre dernier. Elle mesure 5 pieds 7 pouces et pèse 120 livres. Elle a les cheveux roux, les yeux verts, des taches de rousseur dans la figure. Elle portait un blouson de cuir brun et une jupe longue, couleur miel, lors de sa disparition. Si vous la reconnaissez, prière de communiquer avec le poste de police de North Hatley au numéro... Son cœur s'arrêta de battre. «Il n'y a aucun doute, c'est bien elle, se dit Samuel avec une infinie tristesse. Elle ne s'appelle pas Élisabeth, elle s'appelle Cybelle!» cria-t-il avec colère comme l'eut fait un enfant contrarié. Bien sûr qu'il fallait en arriver là, un jour, se dit-il. Mais pas avant Noël. Non! «Je cacherai le journal et j'irai moi-même, après Noël, rencontrer l'agent de police, à North Hatley. Cybelle n'en saura rien. Ça, je le jure!»

Il ne pouvait plus se concentrer sur la lecture du journal. Aux cinq minutes, il regardait l'heure, sur sa montre, tellement il avait hâte d'être en présence de madame Harrisson afin d'oublier, ne serait-ce que quelques instants, ce qu'il venait de lire dans le journal du matin. Il était dans tous ses états. Penser qu'il pourrait perdre Cybelle un jour lui était intolérable. Pourtant la logique des choses lui laissait supposer qu'il en arriverait là. «Et si elle était mariée? Si elle avait des enfants? Qu'adviendrait-il alors? Elle retournerait chez elle, tout simplement, comme si rien ne s'était passé?» Samuel, rempli de rage et de désespoir, réfléchissait tout haut. «La seule chance qu'il me reste, c'est qu'elle ne les reconnaisse pas et qu'elle refuse catégoriquement de les suivre. Peut-être serait-il préférable que je ne lui parle pas de ce que j'ai lu à Boston au sujet de l'hypnose? Mais préférable pour qui? T'es un beau salaud, Samuel Sanchez. Cybelle n'acceptera jamais de vivre avec toi sans avoir entrepris des recherches au préalable. Je lui ai demandé un répit jusqu'à Noël en lui promettant de l'aider, par après, à retrouver son identité. Je dois me conformer à cette promesse. Elle souffre, je le sais. Quel déchirement!»

La peur de perdre Cybelle était immense et le chagrin qu'elle provoquait, incommensurable. Tout cela réveillait d'anciennes blessures endormies au fond de lui et grossissait, à la loupe, la souffrance qu'il éprouvait. Il avait perdu plus d'un être cher dans sa vie, à commencer par sa mère, à sa naissance. Il avait constamment été séparé de son père qui lui consacrait un peu de temps aux vacances de Noël et aux vacances d'été. Le reste du temps, il lui préférait ses concerts et sa vie de célibataire. Il avait dû se séparer de Cunchita, sa sœur, qui avait choisi de vivre le même style de vie que son père. Même Clara l'avait quitté pour partir à Paris avec un homme dont elle était devenue amoureuse. Toutes ces pertes lui signifiaient, bien malgré lui, qu'il était indigne d'être aimé. Il s'était toujours cru responsable de la mort de sa mère survenue quand il était sorti de son ventre. À son avis, il payait ce crime par les nombreuses pertes qu'il avait dû subir par la suite. Le départ de Cybelle viendrait confirmer l'hypothèse avec laquelle il jonglait depuis longtemps. Il n'y avait qu'Adèle qui le réconfortait dans son indignité puisqu'elle était toujours là. Elle était loin de se douter à quel point elle était importante dans la vie de Samuel. Il n'avait pas compris qu'en se croyant indigne d'amour, il influencerait ses choix dans ses rapports amoureux.

Il se ressaisit et descendit de la voiture pour aller rejoindre Margaret Harrisson qui l'attendait. Elle le fit entrer dans son bureau et, dès qu'il la vit, Samuel se sentit en confiance.

C'était une femme dans la cinquantaine. Elle avait un regard franc et bon. Son sourire était accueillant. Sa voix était mature et chaude. On aurait dit que sa profession lui collait à la peau. Dès le premier regard, elle trouva Samuel Sanchez très séduisant, mais elle pressentit qu'il n'avait rien d'un séducteur. Elle avait développé avec ses années de pratique du métier un sixième sens qui lui permettait de saisir les gens dès la première rencontre. Ses observations s'avéraient très souvent exactes. Elle jouissait d'une qualité essentielle dans la pratique de sa profession : elle ne prononçait pas de paroles inutiles. Les mots qui sortaient de sa bouche étaient spontanément réfléchis. Le degré de conscience auquel sa profession l'avait habituée l'avait sensibilisée à l'impact que pouvaient avoir les mots sur autrui. Elle ne parlait pas avec des paroles vides de sens, simplement pour le plaisir de parler. Elle n'était pas là pour faire mal mais pour aider.

« Monsieur Sanchez, je suis heureuse de vous rencontrer, lui dit-elle en lui tendant la main et en lui présentant une chaise.

— Bonjour, madame », lui répondit-il d'un air absent.

Margaret Harrisson vit immédiatement que Samuel Sanchez était nerveux et préoccupé. Elle crut que son trouble venait du fait qu'il appréhendait cette rencontre. Elle n'était pas devin et ne pouvait se douter d'aucune façon que Samuel était plus préoccupé par ce qu'il avait lu dans le journal du matin que par le comportement de son fils Paolo à l'école, bien qu'il n'en fût pas complètement dégagé. Il n'était pas certain d'avoir envie d'entendre ce que cette femme avait à lui révéler. Il était obnubilé par la peur de perdre Cybelle et son inquiétude venait interférer avec sa disponibilité habituelle quand il était question de son fils. Mais cette femme saurait comment l'amener à entendre et à recevoir ce qu'elle avait à lui communiquer sans qu'il se sente coupable pour autant.

«Vous êtes au courant, monsieur Sanchez, de l'inquiétude que nous cause le comportement de Paolo à l'école?

— Oui. Mademoiselle Davis m'a déjà mis au courant. J'ai essayé de parler à Paolo à plusieurs reprises,
mais je n'ai rien pu tirer de lui. Il semble se buter dans
un mutisme auquel il ne m'avait pas habitué auparavant: il a toujours été avec moi comme un grand livre
ouvert. Ce temps est maintenant révolu. J'ai accepté de
vous rencontrer afin que vous m'aidiez à résoudre ce
mystère. Je veux comprendre ce qui se passe.

— J'ai rencontré votre fils trois fois, cinquante
minutes chaque fois.

— Et vous en avez tiré des conclusions?

— J'ai bien quelques hypothèses à formuler. Mais
j'aurai besoin de vous pour les valider.

— Je collaborerai de mon mieux, n'en doutez pas.

— Bien. Alors voici comment j'ai procédé. Dès la
première rencontre, j'ai vite compris que Paolo ne
collaborerait qu'à travers le jeu et non pas à l'aide de la
parole. D'ailleurs, il est rare, vous savez, que les enfants
puissent mettre des mots sur leur souffrance. Les mots
sont encore trop abstraits pour eux. Votre fils ne fait
pas exception à la règle. Tout comme avec vous, il s'est
réfugié dans un mutisme total pour me signifier qu'il
ne répondrait pas à mes questions.

— Ça ne m'étonne pas et ça me rassure d'un certain
côté; je ne suis pas le seul à qui il ne veut pas parler.

— Après avoir clarifié l'objet de nos rencontres,
comme j'avais besoin de l'observer, je l'ai incité à
explorer le matériel de jeux. Il pouvait s'amuser selon
son désir. J'intervenais uniquement s'il m'invitait à le
faire. Il semblait content, car il ne sentait de ma part
aucune pression, aucune attente.

— Et avec quoi jouait-il?

— Il a commencé par construire une maison avec
de gros blocs en carton. Cela a pris passablement de

temps, car, disait-il, il la voulait grosse. Devant l'ampleur de la tâche, il m'a demandé si je pouvais l'aider. J'y suis allée en prenant soin de respecter son plan. Je suivais son tracé le mieux possible. La maison terminée, il s'est levé, je me suis retirée et j'ai constaté qu'il cherchait quelque chose à mettre dedans. Il a pris les meubles de plastique, les a transportés et placés avec soin dans la maison. Ensuite, il a tourné en rond et s'est dirigé vers des personnages de carton, des marionnettes. Il a pris le père, le petit garçon et la grand-mère et les a placés à l'intérieur de la maison. Il est retourné chercher la mère. Il l'a lancée au fond de mon bureau. Il a pris un fusil de plastique et a tiré sur elle en criant taratatata... Je l'ai regardé en lui disant :

— "Paolo, la rencontre est maintenant terminée. Tu pourras continuer demain si tu le désires." Il a semblé déçu, mais j'ai eu droit, malgré tout, à un sourire. Il paraissait plus détendu, son corps était moins rigide qu'à l'arrivée. Ce jeu l'avait vraisemblablement libéré de certaines tensions.

— C'est fascinant, rétorqua Samuel.

— Désirez-vous que je continue, monsieur Sanchez, ou si vous préférez, au préalable, me poser quelques questions?

— Non, je préfère que vous continuiez, madame Harrisson.

— À la deuxième rencontre, je l'ai mis face à un choix. "Paolo, tu peux poursuivre le jeu entrepris hier ou tu peux dessiner le portrait de ta famille."

— Je parie qu'il a choisi de dessiner, dit Samuel. Paolo adore dessiner. Il le fait parfois pendant des heures. Et il réussit assez bien.

— Effectivement, il a choisi de dessiner sa famille et il l'a fait avec soin durant toute la durée de la séance. Son dessin mérite que l'on s'y attarde. Vous en jugerez par vous-même. »

Madame Harrisson laissa à Samuel quelque instants pour regarder attentivement le dessin de Paolo.

« Quel étrange dessin! Vous ne trouvez pas, madame Harrisson?

— C'est un dessin assez significatif, il me semble. À lui seul, il vaut bien mille mots. »

Au centre de la feuille, Paolo avait dessiné son père. Il occupait la moitié de l'espace. Collé sur le père, on pouvait apercevoir, à gauche, un petit garçon avec son chien à ses pieds. À la gauche du petit garçon, il y avait une dame aux cheveux gris avec un large sourire. Dans le coin droit de la feuille, de biais, il avait dessiné une femme avec une longue chevelure rouge et, dans le coin gauche de la feuille, tout à fait en haut et toujours de biais, une femme, sans traits ni cheveux, apparaissait. En bas de la feuille à droite, mais pas de biais cette fois, il avait dessiné une femme à la chevelure blonde. Il avait redessiné le père avec des ailes, cette fois. Il semblait flotter dans l'espace. Finalement, il avait ajouté des larmes au petit garçon.

« Je suis bouleversé, madame Harrisson. Comment a-t-il pu exprimer aussi clairement par le dessin ce que je m'acharnais à comprendre par le langage?

— L'enfant a son propre langage, vous savez. Il appartient aux adultes d'y être attentifs et de le déchiffrer.

— Je m'en rends bien compte, affirma Samuel.

— Cette vieille dame placée à l'intérieur de la maison et celle dessinée avec un large sourire, est-ce sa grand-mère?

— Paolo n'a plus de grand-mère. Elles sont toutes les deux décédées. La dame âgée, sur le dessin, c'est probablement Adèle. Elle était au service de mes parents avant la naissance de ma sœur aînée. C'est une femme remarquable. Elle ne nous a jamais quittés depuis la mort de ma mère, à ma naissance. C'est elle qui prend soin de Paolo. La dame blonde, en bas, à droite de la page, c'est ma sœur Cunchita, je crois. C'est la marraine de Paolo. Elle est très importante pour lui, mais, malheureusement, elle est presque toujours absente. C'est une pianiste de concert. Elle est reconnue mondialement. Elle nous rend visite à l'occasion.

— Je vois. Vous semblez très important aussi pour Paolo, car vous occupez le plus grand espace sur la feuille.

— Oui, je sais. Nous sommes, Adèle et moi, les seules personnes stables dans la vie de mon fils. Sa mère nous a quittés, un an après sa naissance pour aller étudier à Paris avec un homme dont elle était amoureuse. Paolo ne l'a jamais revue; il s'est écoulé cinq années depuis. C'est possiblement pour cela qu'il l'a dessinée sans traits ni cheveux. Il ne se souvient pas d'elle. Nous n'en parlons jamais.

— Croyez-vous qu'elle reviendra un jour?

— Je ne le crois pas et, honnêtement, je ne le désire pas. Nous avons notre vie bien à nous maintenant. Elle viendrait nous troubler inutilement.

— Je décèle une grande inquiétude dans le dessin de Paolo. Il vous a dessiné avec des ailes et il a ajouté des larmes au petit garçon. C'est assez révélateur. Qu'en pensez-vous?

— Il a peur que je l'abandonne à mon tour, sans doute.

— C'est bien possible. Nous n'avons pas encore identifié la dame à la chevelure rouge. Qui est-elle, selon vous?

— Cette femme, c'est Cybelle. Elle a les cheveux roux. Elle est amnésique. Paolo l'a aperçue sur la plage et, depuis ce temps, elle habite avec nous. Je suis amoureux de cette femme.

— Voilà, je crois, l'origine de l'inquiétude de Paolo. J'ai été en mesure de le vérifier lors de notre troisième rencontre à partir de certains tests que je lui ai fait passer. Ils confirment que Paolo a peur de vous perdre, monsieur Sanchez.

— Je comprends. Je suis moi-même habité par cette peur de perdre. Je n'aurais jamais cru que Paolo puisse vivre les mêmes tourments. Cela me désole, croyez-moi. Que me proposez-vous?

— Dans un premier temps, je désirerais continuer mes rencontres avec Paolo si vous n'y voyez pas d'objection. Cet enfant a besoin de se libérer de ses craintes.

— Bien sûr, je vous accorde ce droit. Mais moi, que puis-je faire pour lui?

— Faites en sorte que sa mère devienne une réalité. Ce ne sera pas facile pour vous, je le sais. Vous avez banni sa mère de votre existence et je vous comprends, mais pour Paolo ce n'est pas une bonne chose. Le non-dit, les secrets, vous savez, c'est nocif pour les enfants. Parlez-lui d'elle et de ses grands-parents maternels et paternels. Montrez-lui des photos. Permettez-lui d'entrer en contact avec sa propre histoire. Ne laissez pas Adèle le faire à votre place. Ce n'est pas l'histoire d'Adèle, c'est la vôtre et celle de votre fils.

— Cela ne sera pas facile, en effet. J'aurais souhaité que Paolo oublie l'existence de sa mère.

— Je comprends, monsieur Sanchez. Mais ce ne serait pas bon pour votre fils, croyez-moi. Plus il prendra contact avec son histoire, plus il se détendra, vous verrez. Si vous avez besoin de mon aide, je peux vous recevoir en bureau privé. Vous n'avez qu'à me téléphoner et je vous fixerai un rendez-vous.

— Merci, je le ferai si j'en sens le besoin. Et pour Cybelle? Que me suggérez-vous?

— Tenez-le au courant de vos démarches. Parlez-lui de l'amnésie, du sentiment qui vous habite. Il ne s'agit pas d'entrer dans les détails de votre vie intime. Il s'agit de l'informer afin qu'il n'invente pas des scénarios qui le fassent douter de vous. Il a besoin de savoir s'il est encore important pour vous. La femme qu'il tue, dans son jeu, pourrait être à la fois sa mère et Cybelle. L'agressivité qu'il ne se permet pas de vivre à la maison, il la libère avec ses amis à l'école. C'est pourquoi on le retrouve souvent en train de se battre, ce qu'il ne faisait pas l'an dernier, en classe maternelle. Il va vous demander des nouvelles de notre entretien, j'en suis persuadée. Parlez-lui franchement. Et je vous demanderais pour terminer de trouver des moments où vous pourrez être seuls tous les deux. Des activités père-fils seraient fortement recommandées.

— Je ne sais trop comment vous remercier, madame Harrisson. Vous m'avez éclairé. Je comprends mieux, à présent, le comportement de mon fils. J'essayerai de suivre vos conseils. Je ne sais pas si j'y arriverai seul, mais je vous promets d'essayer. Le bonheur de mon fils m'importe beaucoup. Soyez-en certaine.

— Je vous répète que vous pouvez me téléphoner au besoin. Évidemment, si je vous reçois en bureau privé vous devrez payer votre consultation. Ici, c'est différent. C'est l'école qui me paie.

— Ce n'est pas un problème.

— L'amnésie de Cybelle semble vous tourmenter. Je connais un hypnotiseur, à Portland. Je peux vous donner son nom et son numéro de téléphone. Peut-être saura-t-il aider cette jeune femme? Elle pourrait tenter l'expérience.

— Merci. Je ne vous cache pas que cela me tourmente beaucoup. »

Madame Harrisson griffonna sur un bout de papier le nom, l'adresse, ainsi que le numéro de téléphone de l'hypnotiseur. Elle se leva, lui indiquant ainsi que la rencontre était terminée. Samuel se leva à son tour, la remercia chaleureusement et se dirigea vers sa voiture en ayant l'impression d'être aussi lourd qu'une grue de chantier.

Chapitre VIII

Il ne restait plus que dix jours avant Noël. Samuel s'était bien juré que l'avis de recherche lu dans le journal ne viendrait en rien contrecarrer l'atmosphère qui régnait dans cette maison pendant les préparatifs de Noël. Comme d'habitude, Adèle travaillait à ses fourneaux. Elle aimait toujours cuisiner les mêmes plats pour la période des fêtes : tourtières, tartes, gâteau aux fruits, beignets et petits biscuits de Noël. Cunchita aidait son frère à décorer la maison autant à l'extérieur qu'à l'intérieur.

Cybelle s'enfermait dans sa chambre pour peindre ses portraits, bien résolue à leur offrir en cadeau, à Noël, un souvenir de son passage dans la famille Sanchez. Samuel s'inquiétait de ce retrait, croyant qu'elle préférait demeurer loin de Cunchita. Elle lui fit comprendre avec un brin de malice dans les yeux qu'elle s'enfermait pour préparer des surprises pour Noël. Samuel n'insista pas, voyant qu'il n'en tirerait rien, ce qui ne l'empêchait pas de se demander ce qu'elle pouvait bien mijoter là-haut dans sa chambre. Le soir venu, quand il allait la rejoindre, rien n'y paraissait. Elle prenait toujours soin de ranger sa toile et ses pinceaux dans le placard.

Dès qu'arrivèrent les vacances scolaires, Samuel en profita pour donner du temps à son fils. Ils allèrent ensemble acheter les cadeaux pour la famille. Ils prirent le lunch au resto quelquefois, ce qui donna à Samuel l'occasion de mettre en pratique les conseils de madame Harrisson. Ils bavardèrent longuement et le bavardage reprenait chaque fois qu'ils allaient ensemble faire une promenade avec le chien César.

Aussitôt que Samuel se mit à parler de Clara, Paolo ne tarit plus de questions. Il dut lui dresser un portrait physique des plus complets de sa mère. Paolo était d'une curiosité sans bornes. Il voulait savoir comment son père l'avait connue, à quel endroit, pourquoi il l'avait épousée... Samuel répondait simplement sans toutefois entrer dans les détails. Il lui parla de sa grand-mère Isabelle, de son grand-père Manuel. Il lui fit part du peu de chose qu'il savait sur ses grands-parents maternels. Samuel les avait très peu connus puisque Clara elle-même s'en tenait éloignée. Elle avait honte du milieu social dont elle était issue. Elle avait honte également des manières et du langage de ses parents. Plus les conversations se multipliaient, plus Paolo se détendait. Il prenait contact avec ses racines. « Madame Harrisson avait bien raison », songea Samuel.

Paolo allait également en skis avec sa marraine Cunchita et l'accompagnait aussi dans les magasins pour ses achats de Noël. Tout semblait bien aller dans le cœur de chacun.

On attendait la venue de Lucas avec beaucoup de plaisir. On en parlait à table, le soir. On riait à l'avance de ses tours et de tout ce qu'il pouvait inventer d'un peu fou.

Lucas avait la réputation d'être un homme de cœur. Depuis que Samuel le connaissait, sa grandeur d'âme ne s'était jamais démentie. Lucas semblait toujours apporter avec lui une provision de bonheur qu'il distribuait à chacune des personnes qu'il côtoyait. Il ne jugeait ni ne condamnait qui que ce soit. Il n'avait pas peur des différentes façons de vivre et de penser. Chacun avait le droit d'être qui il était et méritait d'être respecté. De plus, il aimait la vie. Il aimait rire, s'amuser, danser et chanter. C'était l'idole d'Adèle. Elle n'avait jamais compris, pas plus que Samuel d'ailleurs, les nombreux refus de Cunchita lorsque Lucas lui déclarait son amour et la demandait en mariage.

Cunchita avait toujours refusé parce qu'elle se prétendait mariée à son art et incapable de jamais l'aimer comme il le méritait. Lucas ne se décourageait pas. Il assistait à ses concerts dans toutes les grandes villes d'Europe : Paris, Londres, Madrid, Bruxelles, Rome... Il prenait l'avion et allait la rejoindre pour la fin de semaine. Ils vivaient des moments remplis de tendresse et d'amour. Il était le havre de paix de Cunchita. Il avait fait ces allers-retours pendant de nombreuses années. Tellement que Cunchita tenait pour acquis que Lucas l'aimerait toujours. Cependant, il avait cessé ce manège depuis un an. Il avait compris qu'elle ne deviendrait jamais sa femme et il avait renoncé, au grand désespoir de Cunchita qui n'en avait jamais parlé à qui que ce soit. Elle n'avait jamais essayé de contacter Lucas depuis leur rencontre où, pour la dernière fois, il lui avait demandé de l'épouser. Elle avait refusé, bien sûr, mais elle n'avait jamais envisagé qu'il cesserait de la voir. Elle s'était emmurée dans son silence. Elle ne voulait pour aucune considération avoir à quémander son amour. « Il reviendra un jour », se disait-elle. Mais Lucas avait interprété son silence comme un refus définitif. À partir de ce moment, il l'avait rayée de sa vie à jamais. Curieusement, l'absence de Lucas avait provoqué l'effet contraire chez Cunchita. Ce vide lui avait permis de réaliser qu'elle ne pouvait concevoir sa vie sans lui. Elle avait donc décidé de mettre un terme à sa carrière et elle s'était surprise à désirer un enfant de lui. Elle comptait sur les vacances de Noël pour reprendre contact.

Comme d'habitude, Lucas arriva chez les Sanchez le 24 décembre, les bras chargés de cadeaux. Mais cette fois, il n'était pas seul; une fiancée l'accompagnait. C'était une jeune femme aux cheveux noirs légèrement ondulés, au teint basané, aux yeux noirs pétillants et intelligents. Ses légères rondeurs accentuaient sa sensualité débordante. Elle était joyeuse, volubile et dépourvue de timidité. Il l'avait connue un an auparavant, quand elle s'était jointe à l'équipe du journal où travaillait Lucas. Visiblement, il en était follement amoureux.

La surprise qu'il réservait à la famille Sanchez ne se voulait pas cruelle. Il désirait simplement partager son bonheur avec ceux qu'il chérissait depuis longtemps, y compris Cunchita. Sa rencontre avec Margarita Lopez lui avait permis de guérir à jamais de la blessure que lui avait causée la perte de Cunchita. Comment aurait-il pu se douter qu'elle souffrirait de la présence de Margarita puisqu'elle n'avait pas donné signe de vie depuis leur dernière rencontre un an auparavant. Il était loin de penser qu'il pouvait lui faire mal. Ce n'était pas son genre d'agir par vengeance. Il avait conclu de son silence qu'elle ne l'aimait pas et ne l'aimerait jamais. Il avait donc abdiqué.

Margarita, sans aucun effort, conquit le cœur de tous, même celui de Cybelle et de Paolo. Cunchita, orgueilleuse comme son père, souffrit en silence sans que rien n'y paraisse. Au fond d'elle-même, elle s'en voulait d'avoir cru à l'amour éternel et elle finit par admettre qu'aucun être humain ne pouvait être acquis pour la vie. Elle s'en voulait, maintenant, d'avoir placé Lucas sur le même pied que ses nombreux admirateurs. Elle ne pouvait s'empêcher de trouver Margarita charmante. Elle se rendait compte que Lucas et cette femme étaient de la même trempe; ils étaient faits pour le bonheur. Elle apprit de Lucas que le mariage serait célébré à l'été, en Espagne, et que, bien sûr, la famille Sanchez serait invitée.

Samuel réussit, comme lui seul savait le faire, à contenir les émotions qu'avait suscitées l'avis de recherche d'Élisabeth Thompson, car rien ne devait venir entraver la fête de Noël. Il ne le permettrait pas. Noël avait toujours été la période de l'année où il avait été le plus heureux durant son enfance. Il tentait de reproduire ce bonheur chaque année et il y parvenait puisqu'il traînait en dedans de lui les traces de ces instants de bonheur passés chez ses grands-parents Sanchez à l'occasion des fêtes. «C'est toujours avec un cœur d'enfant, qu'on soit gai ou triste, que l'on accueille Noël et ce, pour le reste de nos jours», se dit-il. Avec enthousiasme, il monta réveiller Paolo qui comme d'habitude avait dormi quelques heures avant le réveillon. Cette année, il avait la permission, pour la première fois, d'assister à la messe de minuit avec Cunchita, Lucas, Margarita et Cybelle. Adèle préférait rester à la maison pour dresser la table et surveiller ses fourneaux.

«C'est l'heure de te réveiller, Diablito.
— C'est Noël, papa?
— Bientôt. Nous allons d'abord à la messe de minuit. Tu veux venir avec nous ou rester avec Adèle? Je peux te réveiller à mon retour, si tu préfères.
— Non, non, j'y vais. Attends-moi, papa», s'empressa-t-il de répondre.

Il ne voulait manquer pour rien au monde ce qu'on lui avait refusé depuis longtemps. Samuel souriait devant un tel empressement. Il aida son fils à se vêtir convenablement et ils partirent tous ensemble vers l'église du village.
Une neige fine agrémentait la nuit, alors que chaque demeure était illuminée et saluait Noël à sa façon. À l'église, une chorale inspirait un brin d'émotion aux gens. La messe de minuit était un rituel dans la famille

Sanchez dont les grands-parents étaient à l'origine. Très fervents, ils leur avaient transmis cette habitude de la messe de minuit à leurs descendants. Depuis, ceux-ci n'avaient jamais dérogé à cette règle. La messe de minuit du 24 décembre était leur période de grâce et de dévotion de l'année.

Samuel et Paolo habitaient le Maine depuis cinq ans et, à chaque Noël, Cunchita n'avait jamais manqué d'accompagner au piano la chorale de la messe de minuit. Paolo était émerveillé par la musique, les chants et les décorations. Pouvoir assister à la messe de minuit lui donnait l'impression d'avoir grandi soudainement et de faire désormais partie du monde des adultes. Son père souriait de le voir se gonfler le torse. Il avait envie de l'imiter tellement il était fier d'avoir Cybelle à son bras à la sortie de l'église. «Une fierté bien éphémère», songea-t-il l'espace d'un instant. Il enviait Lucas et Margarita qui semblaient si sereins dans leur amour. Son regard se posa sur sa sœur. Il fut troublé par la pâleur de son visage. «À plus tard, les inquiétudes», se dit-il. La messe terminée, c'est au son joyeux des cloches de l'église que la bande retourna festoyer avec Adèle qui les attendait.

«Joyeux Noël, Adèle!» crièrent-ils en chœur à leur arrivée.

Adèle les embrassa l'un après l'autre en leur souhaitant à chacun le plus beau des Noëls.

Comme ça sentait bon dans la maison! Adèle, comme d'habitude, s'était appliquée à leur offrir un festin dont ils se régaleraient tous ensemble. On entendait déjà la voix de Paolo qui criait, impatient:

«Papa! papa! On peut déballer les cadeaux?

— Un peu de patience, fiston. Je sers d'abord à boire et ensuite nous ferons la distribution des cadeaux.

— Non, tout de suite, papa! S'il te plaît!

— Non, j'ai dit après, Paolo», lui répondit son père avec fermeté.

Paolo, déçu, tourna autour du sapin en examinant, l'un après l'autre, les nombreux cadeaux harmonieusement disposés au pied de l'arbre. Il y en avait à profusion, ce qui l'excitait encore plus.

Samuel, tout en servant le champagne, jetait un coup d'œil du côté de Cybelle qui entretenait une conversation avec Margarita. Il prêta l'oreille et entendit cette dernière lui demander:

«Cybelle, tu viendras à notre mariage, cet été, avec Samuel?»

Il vit que Cybelle était embarrassée par cette question, mais il n'entendit pas la suite. Lucas comme toujours faisait le clown avec Adèle qui riait à gorge déployée. Cunchita suivait Paolo et observait à son tour, silencieusement, les nombreux cadeaux.

«Levons notre verre à nous tous et au plaisir d'être, encore une fois, réunis pour fêter Noël, dit Samuel.

— À nous tous, répondirent-ils en chœur.

— Les cadeaux! Maintenant!» criait Paolo, n'en pouvant plus d'attendre.

Samuel acquiesça et passa à la distribution des cadeaux. «Un cadeau par personne et à tour de rôle», dit-il. Ce fut évidemment Paolo qui en récolta le plus. Cybelle fut impressionnée quand elle déballa la chaîne en or ornée de trois émeraudes ainsi que les boucles d'oreilles. Samuel les avait choisies avec soin, persuadé que les émeraudes viendraient renforcer le vert de ses yeux. Il lui mit le collier au cou et constata que l'effet recherché était très réussi, d'autant plus qu'elle portait, ce soir-là, une robe de velours vert forêt. Émerveillé, devant tous, il l'embrassa et lui dit: «Tu es magnifique et je t'aime, Cybelle.» Nul ne put rester insensible. Tous furent émus, y compris Paolo.

Lucas offrit à Margarita une bague de fiançailles. Elle était magnifique, sertie de diamants qui brillaient à l'unisson avec les étincelles que Margarita avait constamment dans ses yeux. Lucas ne put s'empêcher de lui dire, à son tour, qu'il l'aimait. Heureux, ils échangèrent un ardent baiser.

Paolo devenait de plus en plus surexcité à chaque cadeau qu'il déballait: des skis, des bottines de ski, des patins, des jeux... Il ne pouvait contenir ses piétinements et ses cris de joie.

Cunchita reçut de Lucas une broche en or. C'était un piano, symbole de ce qui était, selon lui, le plus important pour elle: son art. Quand il lui remit la broche, on ne sentait aucune amertume de sa part. Margarita profita de l'occasion pour lui demander d'être sa dame d'honneur à leur mariage; ce qu'elle accepta avec beaucoup de grâce.

L'apothéose de la soirée survint lorsque Cybelle remit à chacun le portrait qu'elle avait peint d'eux. Tous en furent sidérés tellement ils étaient conformes aux modèles. Elle avait peint Paolo bébé dans les bras de sa mère. Elle avait pressenti que ce serait important pour lui. Paolo n'en croyait pas ses yeux. Il s'approcha d'elle, l'embrassa sur les deux joues en la remerciant tendrement. Samuel était frappé d'admiration devant un tel talent, car son portrait lui ressemblait vraiment. Quant à Cunchita, elle l'avait réunie dans une même scène avec sa mère Isabelle. C'était touchant, car Isabelle y paraissait vingt ans à côté d'une Cunchita qui en faisait quarante. La fille était plus âgée que la mère. Cunchita pleurait doucement, émue devant une telle délicatesse. Elle remercia sincèrement Cybelle qui, sans vraiment l'avoir recherché, venait de conquérir les membres de cette famille. Quant à Adèle, elle l'avait peinte, comme maintenant, entourée de Samuel, Cunchita et Paolo enfants, ce qui bouleversa beaucoup la vieille nounou qui leur avait consacré sa vie.

Troublée, elle lança son habituel: «À table maintenant. C'est l'heure de manger.» Tous se conformèrent à la demande d'Adèle. Ils mangèrent et burent avec un plaisir débordant. Pour terminer la soirée, Cunchita se mit au piano et tous entonnèrent en chœur les chants de Noël. Elle joua également des airs de valse qui leur permirent de danser jusqu'à l'aube. Ce fut un beau Noël pour tous, malgré le chagrin que pouvait éprouver Cunchita par moments. Elle avait l'habitude de la solitude, mais ce soir elle l'avait ressentie plus fortement à cause de la présence de Margarita dans la famille.

Chapitre IX

Pendant ce temps, à North Hatley, Noël était des plus tristes. Le mari d'Élisabeth Thompson, Jack Kinslay, était complètement démoli depuis le départ de sa femme. Elle l'avait surpris au lit avec une jeune femme rencontrée par hasard un soir dans un bar, alors qu'il avait bu et qu'il savait Élisabeth absente pour quelques jours. Elle était rentrée plus tôt que prévu et était ressortie en claquant la porte quand elle avait aperçu Jack au lit, dans leur lit, avec cette inconnue.

L'inquiétude des parents d'Élisabeth et de son frère Andrew grandissait de jour en jour. Jack s'était bien gardé de leur raconter ce qui s'était passé. Il aimait Élisabeth et s'en voulait à se détester pour cette étourderie commise un soir de grande beuverie avec ses amis.

Il connaissait bien sa femme et il savait qu'elle n'était pas du genre à disparaître aussi longtemps sans donner signe de vie. Il savait également qu'elle n'aurait pas choisi de les inquiéter à ce point pour une question d'infidélité. Elle avait le droit d'être en colère contre lui, certes, mais il était persuadé qu'il lui était arrivé quelque chose; sinon, elle lui aurait téléphoné ou, à tout le moins, elle aurait contacté ses parents. Il en avait perdu l'appétit, ses nuits d'insomnie ou de cauchemars se multipliaient. Il sentait qu'il était en train de perdre la raison.

Un matin, après une nuit sans fin, Jack avait eu l'idée de placer une annonce dans les journaux du Maine. Il savait que, dans sa jeunesse, Élisabeth s'était

111

réfugiée dans le Maine à la suite d'un chagrin d'amour afin d'y retrouver un certain équilibre. «Peut-être a-t-elle fait la même chose, cette fois-ci?» s'était-il dit.

Jack était un grand gaillard robuste. Il était marié à Élisabeth depuis maintenant deux ans. Professeur d'éducation physique à l'école secondaire de North Hatley, il était aussi un sportif invétéré. Sa vie tournait autour de ces deux pôles. Élisabeth et lui s'étaient rencontrés dans un centre où elle allait s'entraîner deux fois par semaine. Il était tombé amoureux de cette femme rousse, unique en son genre. Elle avait été attirée par sa force physique, présage d'une même force à tous les niveaux, s'était-elle imaginé.

Élisabeth était propriétaire d'une petite boutique de mode dans le même village. La boutique Top Modèles. Elle dessinait elle-même les modèles de vêtements et avait deux couturières à son service. Le plus souvent, elle dessinait ses modèles sur demande tout en ayant quelques vêtements sur les présentoirs du magasin pour les touristes américains qui parcouraient le village de North Hatley. De plus, elle aimait peindre. Quand son mari partait faire du sport, elle peignait. Ils avaient décidé d'avoir un enfant quelques mois avant sa fuite. Jack était torturé à l'idée qu'elle puisse être enceinte et qu'il ne le sache pas.

Élisabeth avait été élevée par une mère francophone et un père anglophone dans le petit village de North Hatley. Son père était restaurateur et sa mère avait toujours travaillé avec lui au restaurant. Andrew, son frère, faisait des études universitaires en droit, à l'Université de Sherbrooke. Il devait se présenter à l'examen du barreau au printemps prochain. Il était tellement chamboulé par ce qui arrivait à sa sœur aînée qu'il craignait de ne pouvoir se présenter à cet examen, incapable qu'il était de se concentrer sur ses études depuis sa disparition.

Toute la famille était bouleversée. Son père et sa mère étaient incapables de travailler au restaurant comme ils avaient l'habitude de le faire chaque jour. Heureusement, des amis compatissants prenaient la relève pendant que les parents se mobilisaient pour la recherche de leur fille. Ils avaient engagé des enquêteurs privés qui travaillaient de concert avec les policiers du village. L'hypothèse la plus plausible, selon eux, était l'enlèvement. Jack ne croyait pas vraisemblable une telle supposition : Il eût fallu un concours de circonstances presque miraculeux pour que le rapt coïncide avec le choc qu'avait eu Élisabeth en le surprenant au lit avec une autre femme. Il ne s'en perdait pas moins en conjectures sur les motifs de sa disparition.

Quand la sonnette retentit ce soir-là à leur petit appartement, Jack, négligé, en survêtement, la barbe longue, assis devant la télé avec une bière, se leva pour aller répondre sans enthousiasme. Devant lui, se trouvait un policier accompagné d'un homme dans la quarantaine.

« Jack, je te présente monsieur Samuel Sanchez », dit le policier Pierre Letendre.

Jack connaissait tous les policiers du village puisqu'il y habitait depuis sa tendre enfance. Samuel Sanchez lui tendit la main. Jack était mal à l'aise devant cet homme élégant et, selon lui, à l'air prétentieux. « Jack est le mari d'Élisabeth Thompson », indiqua Pierre Letendre. Samuel eut du mal à imaginer Cybelle dans ce décor avec ce mari qu'il trouva peu soigné et bien jeune.

« Monsieur Sanchez est ici pour te donner des nouvelles d'Élisabeth, ajouta Pierre Letendre. Il sait où elle se trouve.

— Où est-elle? demanda Jack, étonné.

— Elle est chez moi, dans le Maine, lui répondit Samuel, tiraillé entre la pitié et la jalousie.

— Que fait-elle chez vous?» répliqua Jack d'un ton agressif.

Il en voulait à cet homme, comme s'il avait été responsable de la disparition de sa femme.

«Calme-toi, Jack, lui dit Pierre Letendre. Monsieur Sanchez a eu l'amabilité de venir jusqu'ici après avoir pris connaissance de l'avis de recherche placé dans les journaux du Maine.

— Je veux savoir. Je suis malade d'inquiétude. Sa famille l'est également et vous, vous arrivez sans prévenir, l'air au-dessus de tout, en me lançant tout bonnement que ma femme est chez vous. Rien de plus. Mais ça ne va pas! Je veux des explications et tout de suite.»

Samuel se rendait compte, malgré l'inquiétude légitime de Jack, que c'était un être impulsif et colérique. Il eut envie de retourner chez lui en le laissant mariner dans son désarroi. Il n'avait qu'un désir: protéger Cybelle et la garder près de lui à jamais. Mais il ne pouvait donner suite à son désir: ne lui avait-il pas promis de l'aider à retrouver ses origines après Noël? Il tiendrait sa promesse. Il avait menti à Cybelle et aux autres en prétendant qu'il allait rencontrer un éditeur à Montréal pour soumettre un de ses manuscrits. Bien sûr, ils l'avaient cru. Lui seul connaissait sa vraie destination. Il lui fallait, à tout prix, élucider le mystère de l'avis de recherche. Pierre Letendre expliqua à Jack que monsieur Sanchez n'avait aucune velléité de lui cacher la vérité.

«Monsieur Sanchez, vous pouvez raconter à Jack ce dont vous m'avez entretenu dans mon bureau il y a quelques instants?

— Oui, bien sûr. Je n'ai rien à cacher à monsieur Kinslay. »

Samuel se mit donc en frais de lui raconter ce qui était arrivé ce dimanche après-midi d'octobre, sur la plage de Kinney Shores. Il lui parla également de l'amnésie d'Élisabeth.

Ébranlé par le récit de Samuel, Jack était décontenancé. La savoir vivante l'apaisait, mais la perte de sa mémoire, la jalousie qu'il ressentait envers cet homme racé et son désir impétueux de revoir sa femme le plus rapidement possible le troublaient. Il ne trouva rien de mieux à dire que:

« Je veux la voir, tout de suite, m'entendez-vous!

— Oui, je vous entends très bien, mais je ne crois pas que ce serait une bonne idée pour l'instant, lui dit calmement Samuel.

— Comment ça, pas une bonne idée? Élisabeth est ma femme et vous êtes en train de me dire à moi que ce ne serait pas une bonne idée de la voir. Mais vous êtes fou ou quoi?

— Elle ne vous reconnaîtra pas et vous risquez de vous faire encore plus de mal. Il serait préférable, avec l'aide d'un hypnotiseur, qu'elle essaie de retrouver la mémoire avant de vous revoir. C'est elle alors qui désirera reprendre contact avec vous et sa famille. Sinon, on risque de la perturber davantage.

— Je veux aller la chercher et je la ferai soigner ici, comprenez-vous cela, monsieur Sanchez?

— Oui, je comprends tout ce que vous me dites, mais je ne crois pas, pour son bien, que ce soit la bonne façon de procéder.

— Son bien? Et le vôtre, sans doute? Laissez-moi rire avec votre bien. Dites-moi! Pourquoi avez-vous attendu aussi longtemps pour la faire voir par un hypnotiseur, monsieur Sanchez, pour votre bien, je suppose?

— Cybelle n'en a jamais manifesté le besoin.

— Cybelle! De qui me parlez-vous?

— Chez moi, Élisabeth se nomme Cybelle puisqu'elle a oublié son nom.

— Monsieur Sanchez, j'irai chercher Élisabeth, croyez-moi.

— Je vous crois et vous êtes dans votre droit. Seulement laissez-moi la préparer. Elle ignore que je suis ici. Nous sommes aujourd'hui le 4 janvier. Je retourne dans le Maine aujourd'hui même et je lui parlerai de vous et de sa famille. Présentez-vous le six. Ce sera mieux ainsi.

— Non, j'irai la chercher dès demain.

— Jack, vaut peut-être mieux suivre le conseil de monsieur Sanchez, lui dit Pierre Letendre. Élisabeth risque d'être très perturbée. Laisse-lui deux jours pour s'habituer à sa nouvelle réalité. Il me semble que ce n'est pas trop te demander. »

Nerveux, Jack se renfrogna. Il se prit la tête dans les mains et, après quelques minutes d'hésitation, dit:

« D'accord, je serai chez vous vers treize heures, le six tel que vous le souhaitez. »

Samuel quitta Jack après lui avoir laissé ses coordonnées. Il était troublé. Il ne pouvait concevoir de perdre Cybelle. Il était persuadé que Jack ne pouvait ni l'aimer ni la choyer comme lui pouvait le faire. Mais il était trop tard pour rebrousser chemin puisqu'il serait chez lui dans deux jours. Il avait tellement espéré découvrir, en allant à North Hatley, qu'elle était une femme libre de toute attache. Attristé, il se posa la même question qui revenait sans cesse à son esprit: « Pourquoi faut-il encore que je perde un être cher? »

Sur le chemin du retour, seul dans sa voiture, il ne put s'empêcher de pleurer, puis il se résigna. «Je parlerai à Cybelle dès mon retour», résolut-il.

Quant à Jack, il fit à ses beaux-parents le récit des derniers événements de la journée. Ceux-ci respirèrent d'aise en sachant qu'au moins leur fille était vivante. Jack était songeur. Il ne comprenait toujours pas pourquoi Élisabeth était soudain devenue amnésique. Pour lui, c'était un mystère. De plus, il n'aimait pas cet homme, ce monsieur Sanchez. Avec son corps d'athlète, Jack se croyait irrésistible. Il était persuadé qu'en le voyant Élisabeth retrouverait la mémoire. Jamais il ne lui serait venu à l'idée qu'elle puisse cesser de l'aimer.

Il faisait nuit quand Samuel entra chez lui. Adèle, Paolo, Cunchita et Cybelle dormaient à poings fermés. Lucas et Margarita étaient retournés en Espagne depuis deux jours déjà. Samuel déposa son sac de voyage dans sa chambre et alla dans la chambre voisine se glisser dans le lit de Cybelle qui se réveilla en lui offrant un sourire ensommeillé. Elle se glissa tendrement dans ses bras. Il aurait souhaité, à ce moment-là, qu'une fée les transforme, à l'aide de sa baguette magique, en statue de pierre afin qu'ils restent à jamais soudés l'un à l'autre. Cybelle, confiante, s'était rendormie pendant que lui ruminait des pensées sombres qui le gardaient éveillé. Il avait envie de la caresser et de la prendre dans son sommeil, mais il n'en fit rien.

À l'aube, il ne retournerait pas dans sa chambre comme il le faisait habituellement par respect pour les autres membres de la maison. Il resterait avec elle, lui parlerait, l'aimerait avant de descendre pour le petit déjeuner. Le sommeil finit par lui fermer les yeux. Ils se réveillèrent au petit matin encore rivés l'un à l'autre.

«Tu es revenu plus tôt que prévu. Ça n'a pas marché avec ton éditeur? lui demanda-t-elle.

— Laisse-moi t'aimer, Cybelle, la pria-t-il d'une voix lasse. Nous en reparlerons plus tard. »

Il se mit à la caresser avec fougue. Elle pressentait que quelque chose n'allait pas. Elle fut étonnée par autant d'ardeur, lui habituellement si lent et si tendre dans ses caresses. On aurait dit qu'il était en état d'urgence. Il ne l'avait pas habituée à ce rythme. Pour elle, c'était un réveil assez brutal.

« Ça ne va pas, Samuel? »

Il se mit à pleurer.

« Pardonne-moi », dit-il.

Elle lui caressait doucement les cheveux.

« Samuel! Que s'est-il passé à Montréal? Je me réveille à tes côtés, ce matin, ce qui n'est pas habituel, tu avoueras. Ensuite, tu me fais l'amour comme si tu en avais été privé et maintenant, voilà que tu pleures. Ça me rend perplexe. Qu'est-ce qui ne va pas? Tout cela te ressemble si peu.
— Tu as raison. Je te dois des explications. J'ai tellement peur, Cybelle, tellement peur de te perdre. Je t'ai menti dernièrement, mais ce n'était pas de gaieté de cœur. Je ne pouvais tout simplement pas faire autrement. »

Samuel parlait lentement. Il craignait les réactions de Cybelle. Ils n'avaient jamais été confrontés à des situations ambiguës depuis qu'ils vivaient ensemble.

« Tu m'as menti! Pourquoi? Je crois que tu me caches quelque chose d'important, Samuel. Est-ce que je me trompe?

— Non, tu as raison. Écoute bien ce que je vais te dire : avant Noël, j'ai vu ta photo, dans le journal de Saco, elle était accompagnée d'un avis de recherche. C'était le jour où je suis allé rencontrer la psychologue de l'école au sujet de Paolo. Tu t'en souviens ?

— Oui, très bien. Et alors, qu'y avait-il d'écrit dans ce journal ?

— On te recherche, Cybelle. C'est pourquoi je suis si bouleversé.

— Et pourquoi tu ne m'as rien dit ?

— Je ne voulais pas gâcher la fête de Noël. Tu te souviens : je t'avais demandé d'attendre après Noël pour retracer ton passé. Et je t'avais promis de t'aider alors. Je ne trahissais pas ma promesse en me taisant.

— Et qu'as-tu découvert dans ce journal ?

— Tu t'appelles Élisabeth Thompson et tu habites North Hatley.

— Élisabeth Thompson ! North Hatley !

— Je ne suis pas allé rencontrer un éditeur à Montréal comme je vous l'avais dit. Je suis allé au poste de police de North Hatley parce que je voulais clarifier la situation, pour toi. Il fallait que je tienne ma promesse.

— Et alors ?

— Alors, tu es mariée, Cybelle. Ton mari s'appelle Jack Kinslay.

— Ça ne me dit rien, dit-elle en se blottissant de nouveau dans ses bras.

— Je t'aime, Cybelle, et je ne veux pas te perdre, tu le sais, n'est-ce pas, mon amour ? Je suis si heureux depuis que tu habites dans cette maison. Je ne veux pas renoncer à ce bonheur. Que ferons-nous ? Que deviendrons-nous ?

— Je ne sais pas. Je t'aime aussi. Mais je suis mariée ! Tu as rencontré mon mari ?

— Oui, dit-il simplement de peur de lui transmettre sa mauvaise intuition.

— Comment est-il? »

Samuel ne voulut pas répondre à cette question.

« Il veut venir te chercher dans deux jours, dit-il.
— Dans deux jours!
— Oui. Tes parents et ton frère Andrew te cherchent également. Ils sont malades d'inquiétude, paraît-il.
— Je suis désolée. Je n'aurais pas voulu causer du tort à qui que ce soit, pas plus à toi qu'à mon mari ou à ma famille. C'est terrible, Samuel. Je ne sais plus qui ils sont et j'ai peur moi aussi. Je suis bien, ici, avec toi. Je me sens à l'abri de tous les dangers. Que va-t-il m'arriver?
— J'aurais tellement souhaité que cela se passe autrement. J'avais pensé te faire rencontrer un médecin spécialiste en hypnose afin qu'il t'aide à recouvrer la mémoire. Jack n'a pas accepté. Il prétend que, si tu ne recouvres pas la mémoire en le voyant, il sera toujours temps d'aller consulter quelqu'un en Estrie. Je n'ai aucun pouvoir sur lui. Il est ton mari. »

Cybelle pleurait à son tour. Comme chaque fois qu'elle pleurait après l'amour, Samuel la berçait tendrement en caressant lentement du bout des doigts sa belle chevelure. Une vague de tristesse le submergea.

« Comment ferai-je pour vivre quand tu ne seras plus là? Je ne le pourrai pas. »

Il s'empara doucement de ses lèvres, les savoura comme si c'était la dernière fois. Il embrassa ses seins voluptueusement. Il promena ses mains sur son corps. Il fit monter en elle le plaisir, lentement, jusqu'à ce qu'il éclate, la laissant sans souffle. Alors, il la prit délicatement. Ils gardèrent le silence nécessaire pour savourer l'amour après l'amour.

Cybelle, dans les bras de Samuel, avait voulu fuir, pour quelques instants, sa triste réalité. Mais après un certain temps, elle fut rattrapée. Ce fut donc elle qui rompit le charme la première en affirmant :

« Je dois partir, Samuel. Il faut que j'aille marcher dans mes anciennes traces si je veux retrouver mes origines. Je dois savoir qui je suis, apprendre ce qui m'est arrivé. Après, on verra. Je ne t'oublierai pas, je le jure. Je t'écrirai. Je te dirai où j'en suis. Je reviendrai vers toi. Il ne faut pas cesser d'espérer. Tu dois me faire confiance. Je ne veux pas te perdre, moi non plus.

— Je ne peux y croire. Pour moi, c'est comme si je te perdais à jamais.

— Je comprends. Mais cette fois, ce sera différent. Tu verras. Je ne suis pas Clara. Il faut me croire. »

Il était midi lorsque Samuel et Cybelle sortirent de la chambre. Ils avaient longuement bavardé, s'étaient aimés encore et encore et ils s'étaient finalement promis l'un à l'autre de ne jamais se laisser sans nouvelles.

Paolo était parti skier avec sa marraine qui n'avait rien trouvé de mieux pour le distraire, car, à son réveil, dès qu'il avait aperçu l'auto de Samuel dans l'entrée du garage, il était remonté en trombe pour aller le retrouver dans sa chambre. Cunchita l'avait intercepté :

« Paolo, reviens ici. Laisse dormir ton père. Je crois qu'il est entré très tard cette nuit. Viens prendre ton petit déjeuner. Toi et moi, nous allons skier aujourd'hui. »

Paolo qui adorait skier avec sa marraine ne se le fit pas dire deux fois. Il redescendit aussitôt.

Adèle et Cunchita avaient constaté que la porte de la chambre de Samuel était restée entrouverte et que le lit n'avait pas été défait depuis son départ pour Montréal.

Comme Adèle avait un sommeil léger, elle entendait toujours Samuel retourner dans sa chambre à l'aube, après une nuit passée auprès de Cybelle. Elle fut étonnée de le savoir encore dans la chambre de la jeune femme à cette heure tardive. Une fois Cunchita et Paolo partis skier, pressentant quelque chose d'anormal, elle en profita pour s'absenter faire des courses afin de les laisser seul à seul.

Le soir, au souper, Samuel annonça à Adèle et à Cunchita la nouvelle qui les attristait tant, Cybelle et lui. Il leur parla de l'avis de recherche, de son séjour à North Hatley et il finit par leur dire que le mari de Cybelle viendrait la chercher le lendemain après-midi. Adèle en fut sincèrement chagrinée. Elle s'était finalement attachée à cette femme, depuis le séjour de Samuel à Boston. Elle avait appris à l'apprécier. Et surtout, c'était réconfortant de voir son Samuel enfin heureux. Elle ne trouva rien d'autre à dire que : « Tu reviendras, Cybelle, je le sais », tout en lui tapotant la main. Paolo s'inquiétait, surtout pour son père. Depuis Noël, à cause du tableau que Cybelle avait peint pour lui, il commençait à mieux l'accepter. Il lui dit : « Il va falloir que tu reviennes parce que papa, lui, ne partira pas. » « Bien sûr », lui répondit-elle. Quant à Cunchita, connaissant peu Cybelle, elle était soulagée de pouvoir retrouver la maison comme elle l'avait connue autrefois, mais en même temps elle avait peur d'affronter la tristesse de son frère. Depuis le départ de Lucas et de Margarita, elle avait suffisamment de difficulté à vivre avec sa propre tristesse. Elle finit par lui dire : « C'est dommage ! »

Les derniers moments furent si pénibles que Samuel se dit : « C'était une erreur de retarder le départ de Cybelle; il eût mieux valu que Jack vienne la chercher immédiatement. » Depuis son enfance, il détestait les séparations et l'angoisse qui les accompagne. Il n'en pouvait plus de cette horrible sensation d'étouffement.

Il dut convaincre Cybelle d'emporter avec elle tous les vêtements qu'il lui avait achetés, sans oublier son nécessaire pour peindre, ainsi que les émeraudes qu'il lui avait offertes en cadeau à Noël. Après une longue discussion, elle finit par y consentir. Tout ce qu'il souhaitait garder, c'était son pyjama de satin vert pomme, avec lequel il pourrait s'endormir le soir, comme un enfant avec son ourson en peluche.

Chapitre X

Jack se pointa, à treize heures pile, à la porte de la maison de Samuel Sanchez. Ils étaient tous là à l'attendre. Jack était à la fois ému et inquiet. Dans ces moments-là, il devenait plus crâneur. Il avait toujours eu de la difficulté à laisser libre cours à ses émotions. Pour lui, il fallait être fort en tout temps. Il camouflait sa sensibilité sous un air autoritaire et parfois dominateur. Lorsqu'il sonna à la porte des Sanchez, son cœur battait la chamade et, comme pour le faire taire, il se dit : «Idiot, arrête ça tout de suite!» Au fond, il attendait beaucoup de cette rencontre, persuadé qu'Élisabeth allait retrouver la mémoire dès qu'elle le verrait.

Samuel vint lui répondre et le fit entrer avec courtoisie afin de faciliter la tâche à Cybelle. Elle se tenait à quelques pieds de Samuel; Paolo, derrière eux, curieux, ne voulait rien manquer de la scène. Quant à Adèle et à Cunchita, elles restèrent à l'écart, dans la cuisine, convaincues que cela ne les regardait pas.

«Bonjour, Jack, entrez, lui dit Samuel. Donnez-moi votre coupe-vent.

— Non, merci, je vais le garder. Je ne serai ici que quelques instants», dit-il, arrogant.

Cybelle avait remis les vêtements qu'elle portait lors de sa disparition : jupe couleur miel et blouson de cuir brun. Samuel se fit discret et s'effaça en entraînant

Paolo avec lui. Jack s'approcha d'elle afin de la prendre dans ses bras.

« Élisabeth, c'est moi, Jack, ton mari. »

Elle recula.

« Je suis navrée, je ne vous connais pas, monsieur. »

Ce fut comme si Jack recevait un coup de fouet en plein cœur.

« Mais voyons, Élisabeth, bien sûr que tu me connais. Je suis Jack, ton mari », répéta-t-il, n'en croyant pas ses yeux.

Il avait cru que Samuel Sanchez avait volontairement exagéré le problème, mais maintenant il en mesurait toute l'ampleur. « Oh my God! se dit-il. Qu'est-ce que je vais faire avec ça? » Au fur et à mesure qu'il voyait Cybelle prendre ses distances, son air de triomphe se transformait en celui d'un chiot que l'on venait de battre. Cybelle eut pitié de cet homme et, afin de le mettre à l'aise, elle le tutoya, espérant ainsi adoucir le choc.

« Je ne te reconnais pas, Jack. Je ne sais pas ce qui m'est arrivé. Je ne sais pas qui je suis, mais je vais aller avec toi. Il faut que je retourne vivre avec les gens que je côtoyais autrefois. C'est la seule façon, je crois, de recouvrer la mémoire.

— Oui, tu as raison, dit-il, soulagé de ne pas avoir à la convaincre. Tu verras, rendue chez nous, après avoir vu tes parents et ton frère Andrew, tu sauras qui tu es.

— Je l'espère. Je te prie de m'attendre quelques minutes, dit-elle d'un air résigné, sans aucun enthousiasme. Je vais faire mes adieux aux gens de la maison et les remercier pour tout ce qu'ils ont fait pour moi. Et ensuite, je te suis. »

Jack ne pouvait plus respirer l'air de cette maison. Il se sentait comme un cheval de course qu'on empêche de partir. « Fais vite. On a une longue route à faire », lui dit-il, un brin impatienté.

Samuel, Paolo, Adèle et Cunchita, assis autour de la table de la cuisine, se levèrent pour aller la saluer. Elle embrassa chacun tendrement, les remercia sincèrement et partit. Samuel l'observa par la fenêtre de son bureau, les yeux embués, le cœur déchiré en lambeaux. « Il me semble que c'était hier, le jour où Paolo l'a trouvée sur la plage, regardant la mer sans la voir. » Étrangement, le brouillard était aujourd'hui au rendez-vous.

Personne n'avait envie de parler, comme ç'avait été le cas la première journée où elle était entrée dans cette maison. Samuel s'excusa auprès d'eux et resta enfermé dans son bureau. À l'heure du souper, Adèle frappa à sa porte.

« Samuel, le repas est servi.
— Merci, Adèle, je ne mangerai pas ce soir. »

Sur le chemin du retour, Jack, mal à l'aise, ne savait trop comment rompre ce silence glacial et il voyait bien que Cybelle ne l'y aiderait pas. Elle ne se sentait pas bien. Étourdie, elle avait mal au cœur, elle avait l'impression qu'elle allait perdre connaissance. Elle se mit à prendre de grandes respirations.

« Ça ne va pas ? dit-il, embarrassé.
— Je ne me sens pas bien. »

Il la trouva si pâle qu'il lui demanda si elle désirait arrêter pour manger ou boire quelque chose.

«Un thé me ferait peut-être du bien.»

Au premier restaurant, ils s'arrêtèrent. Elle commanda un thé et lui une bière. Il la regarda attentivement. Quelque chose en elle avait changé. Il ne retrouvait plus celle qu'il avait épousée. Elle était distante, lointaine. Un gouffre s'était creusé entre eux. Elle n'avait plus cet air juvénile qui l'avait séduit jadis. Elle était devenue une étrangère pour lui. Son air grave l'impressionnait. Il se sentait comme un adolescent devant elle alors qu'il s'était toujours senti le plus fort des deux. Afin de reprendre son aplomb, il essaya de la culpabiliser en lui disant:

«Nous étions tous fous d'inquiétude, tu sais. Nous t'avons crue séquestrée ou morte assassinée pendant que toi tu étais au chaud, dans une belle maison, à te faire dorloter comme une princesse. Sache que ce fut terrible pour nous.

— Je ne savais pas que vous existiez.

— Tu savais bien qu'il y avait quelqu'un, quelque part, qui te cherchait. Le contraire eût été impossible.

— Oui, mais j'étais si lasse et je ne savais pas par où commencer. Samuel m'a offert de me reposer avant d'entreprendre des démarches et j'ai accepté.

— Je ne comprends pas et je n'accepte pas que tu aies fait ce choix, Élisabeth.

— Ce que tu ne comprends pas, c'est que, pour moi, vous n'existez pas.

— Et ce monsieur Sanchez, il est amoureux de toi?

— Oui.

— Et toi, tu es amoureuse de lui?

— Oui.

— La belle affaire! Je suis ton mari, Élisabeth!

— Pas pour moi.

— Nous essayions de faire un enfant depuis quelques mois déjà.

— Un enfant! Nous voulions un enfant?»

Elle blêmit davantage, car elle savait qu'elle n'avait pas eu d'écoulement sanguin depuis deux mois. Elle ne s'en était pas inquiétée outre mesure, pensant que c'était une conséquence de l'amnésie. Maintenant que Jack abordait le sujet, elle s'avoua qu'elle était enceinte, car il lui arrivait souvent d'avoir la nausée et d'être mal en point. Elle s'était dit qu'elle irait consulter un médecin après Noël. En panique, elle se demanda si l'enfant était de Samuel ou de Jack. «Oh mon Dieu! je n'ose pas y penser!»

«Je souhaite que tu recouvres la mémoire le plus rapidement possible, car je constate que ce ne sera pas facile de vivre avec toi. Tu es si différente, dit-il, agacé.

— Ce ne sera pas plus facile pour moi de vivre avec un étranger. Je ne te connais pas, Jack, répliqua-t-elle sur le même ton.

— Tu aurais préféré rester avec Samuel Sanchez, c'est ça, hein?

— Non. J'ai besoin de retracer mon passé et aussi de savoir ce qui m'est arrivé. C'est sûrement grave, puisque j'en ai perdu la mémoire. J'avoue que j'ai été très heureuse avec cet homme depuis bientôt trois mois, mais je savais que ça ne pouvait pas continuer ainsi. Je dois clarifier certaines choses. Après, je verrai. Pour l'instant, je ne peux pas te dire que je ne retournerai jamais dans le Maine, chez Samuel Sanchez. Je ne le sais pas.

— Tu as fini de boire ton thé? Il faut y aller maintenant. La route est longue et ta famille a vraiment hâte de te revoir.

— J'aimerais tellement partager leur joie.
— Allez, viens!»

Comme elle avait très peu dormi ces deux dernières nuits, elle s'endormit aussitôt installée dans la voiture. Jack s'en réjouissait, car ainsi les conversations seraient limitées. Quand ils arrivèrent à North Hatley, elle se réveilla, surprise d'avoir dormi tout au long du trajet.

«Excuse-moi, dit-elle, un peu confuse. Je ne suis pas de très bonne compagnie.
— Tu avais besoin de récupérer sans doute. Les dernières nuits ont dû être trépidantes», dit-il, insolent.

Elle ne répondit pas. Pendant qu'elle dormait, Jack avait eu le temps de ruminer bien des pensées, surtout d'imaginer sa femme au lit avec Samuel Sanchez, ce qui le mettait en rogne. Il stationna la voiture devant leur maison et lui dit:

«C'est ici que nous habitons, au deuxième étage. Ce n'est pas luxueux comme chez monsieur Sanchez, il s'en faut de beaucoup.»

Tout en demeurant silencieuse, elle jeta un regard rapide sur la maison. Elle ne reconnaissait pas l'endroit. Elle monta les marches, lentement, une à une, comme si elle allait au supplice. Rendue à l'intérieur, elle trouva, en effet, que c'était un bien petit appartement, mais elle se garda d'en souffler mot. Elle fit le tour des pièces. Il y en avait quatre en tout. Elle demanda à Jack si elle pouvait ranger ses vêtements dans la commode de la chambre à coucher. Il approuva, sans apprécier toutefois qu'elle en ait autant puisqu'elle était partie sans bagages.

«Pendant que tu t'installes, je téléphone à tes parents pour leur dire que nous sommes rentrés. Ils vont sûrement vouloir nous rendre visite.

— Tu ne peux pas leur demander d'attendre à demain? lui cria-t-elle de la chambre. Je me sens si lasse.

— Non, Élisabeth, je ne peux pas leur faire cela. Ils ont hâte de te voir. Et comme tu as dormi dans la voiture tout au long du parcours, tu ne dois pas être si fatiguée.

— Les émotions sans doute!»

Les parents et le frère d'Élisabeth arrivèrent une heure plus tard, les bras chargés de nourriture. Ils avaient en effet pris à leur restaurant tout ce dont ils auraient besoin pour le souper. Il fallait voir le bonheur de chacun lorsqu'ils prirent Élisabeth dans leurs bras. Elle s'abandonna à ces effusions, certaine que, si elle était à leur place, elle ferait de même. Cependant, elle ne leur laissa aucun espoir quand il fut question de savoir si elle les reconnaissait. Non, elle ne les reconnaissait pas, pas plus que Jack.

Ses parents, malgré leurs propres doutes, essayèrent de la rassurer en lui affirmant que tout rentrerait dans l'ordre sous peu. Ils la trouvèrent fort jolie. Ils lui parlèrent de son travail à la boutique en espérant une étincelle de réminiscence. Ce fut en vain. Cependant, cela lui permit de faire un lien avec les nombreux dessins de modèles et de portraits qu'elle avait faits pendant son séjour dans le Maine. Elle leur en fit part. Malgré tout, elle se sentait en confiance avec ces gens-là, plus qu'avec Jack d'ailleurs. Elle ne désirait aucunement leur départ, craignant de se retrouver seule avec son mari et d'avoir à partager sa couche. Quand arriva le moment fatidique, elle se refusa à lui. Il avait tenté de la prendre dans ses bras, mais elle s'en était dégagée; Samuel lui manquait trop. Elle ne pouvait en vouloir à Jack. Elle comprenait son désir et se disait que, si elle n'avait pas été amoureuse de Samuel, ce n'aurait pas été si difficile de faire l'amour avec ce bellâtre. Jack, offensé, lui dit :

« Élisabeth, nous sommes mari et femme et j'ai envie de toi. Je ne t'ai ni vue ni touchée depuis presque trois mois.

— Je le sais. Je suis désolée, je ne le peux pas. Pas encore. Sois patient, je t'en prie. Réglons une chose à la fois.

— Que veux-tu régler de plus important que nous ?

— Tout d'abord, je veux voir un médecin, voilà ce qui m'importe le plus pour l'instant.

— D'accord. Je sais que c'est important. Il y a le docteur Surprenant, au village. Il te connaît depuis que tu es toute petite. Nous irons le voir. Je prendrai un rendez-vous dès demain, à mon réveil. Aussi, nous lui demanderons le nom d'un médecin pratiquant l'hypnose puisqu'il appert, selon monsieur Sanchez, que cette technique puisse être efficace. J'aurais préféré ne pas en arriver là, mais je vois que ça s'avère impossible. Et ensuite ?

— Et ensuite, j'aimerais aller au restaurant de mes parents et revoir la maison de mon enfance au cas où les souvenirs referaient surface. Et pour terminer je veux aller à la boutique. J'ai besoin de me retremper dans mon milieu de travail. Je veux rencontrer les deux couturières qui travaillent pour moi.

— Très bien. Nous irons chez tes parents et à ta boutique comme tu le désires. J'ai tout mon temps pour t'accompagner. J'ai prévenu que je ne rentrerais pas au travail cette semaine. J'aimerais tellement que tu te souviennes !

— Moi aussi, crois-moi. C'est très difficile d'avoir à affronter tous ces gens bien intentionnés qui ne correspondent à rien pour moi. Tu vois, moi, ma vie a commencé dans le Maine, chez Samuel Sanchez. Tout ce qui s'est passé avant, c'est le néant. Je ne sais même plus mon âge.

— Tu as eu vingt-cinq ans le 3 août dernier. Et moi, j'ai trente ans depuis le 15 décembre.

— Merci, Jack, je suis si fatiguée. J'aimerais dormir maintenant.

Malgré sa frustration, Jack refréna son tempérament plutôt belliqueux et prit le parti d'être gentil afin de ne plus rebuter Élisabeth.

— D'accord, bonne nuit», dit-il en lui donnant un baiser sur le front.

Élisabeth avait beaucoup de difficulté à fermer l'œil. Dormir près de cet étranger ne l'amusait guère. Elle craignait qu'il se rapproche d'elle durant son sommeil et elle n'en avait aucune envie. Elle s'installa le plus près possible du bord du lit de façon à ce qu'il n'ait pas à la frôler en se déplaçant. Elle le croyait quand il prétendait être son mari, mais elle ne se sentait pas sa femme. Elle était celle de Samuel. Elle souriait en pensant qu'elle avait eu du goût tout de même, car Jack était sans contredit un bel homme, bien que très différent de Samuel Sanchez. «Il me manque tellement», soupira-t-elle.

Jack, de son côté, ne parvenait pas à s'endormir tellement son insatisfaction était grande. «C'est ma femme et je ne peux même pas la toucher», songea-t-il. Il était envahi par un sentiment de jalousie extrême envers ce Samuel Sanchez. «Ce prétentieux! Ce richard! Cet Espagnol de mes fesses. J'aimerais pouvoir lui casser la gueule.» Il ne pouvait imaginer cet homme en train de faire l'amour avec sa femme. «Elle n'avait pas le droit de me faire ça.» Il avait omis de penser, bien sûr, dans quel état Élisabeth l'avait trouvé le soir avant sa fuite dans le Maine. Il se résigna à son triste sort en se disant qu'elle finirait bien par retrouver la mémoire et, ainsi, son séjour dans le Maine ne serait plus qu'un vague souvenir.

Chapitre XI

À la première heure, le lendemain matin, Jack téléphona pour prendre rendez-vous avec le docteur Surprenant, ami de la famille Thompson. Heureux d'apprendre le retour d'Élisabeth, le médecin fixa un rendez-vous la journée même.

Jack prépara le petit déjeuner et entra dans la chambre pour la réveiller. Elle était déjà levée, en train d'examiner, dans la garde-robe et les tiroirs de la commode, tous les vêtements qui lui appartenaient. Elle n'avait aucun souvenir de ses possessions d'avant. Elle se félicitait tout de même pour son bon goût. Comme une fillette, elle avait une envie folle de tout essayer. « Il n'y a pas de doute, les vêtements, ça me connaît! Dessinatrice de mode et propriétaire d'une boutique, cela me convient bien. J'ai hâte d'y mettre les pieds d'ailleurs », s'avoua-t-elle.

« Élisabeth, lui dit Jack, ton petit déjeuner est servi. Après, nous irons rencontrer le docteur Surprenant. Il nous attend à dix heures.

— Je serai prête. »

Elle enfila la robe de chambre en ratine orange suspendue dans sa garde-robe, passa à la salle de bains pour se rafraîchir et s'installa à table avec Jack. D'un seul coup d'œil, elle fit le tour du petit appartement et reconnut qu'il avait été joliment décoré. Il était accueillant; ce qui n'empêcha pas son cœur de se serrer quand elle pensa à la maison de Samuel dans le Maine. «Comment est-il, ce matin?» songea-t-elle. Elle l'imagina dans son décor avec Adèle, Paolo et Cunchita. «Heureusement, il n'est pas seul!» se dit-elle afin de se réconforter.

«Tu es bien songeuse, lança Jack.
— Tout cela est si nouveau pour moi.
— Et si ancien pourtant.
— Je sais, Jack, mais tu dois comprendre que je ne parviens pas à m'en souvenir.»

Ils déjeunèrent en échangeant très peu de paroles. Finalement, ils se rendirent chez le docteur Surprenant à l'heure convenue. Élisabeth avait insisté auprès de Jack pour qu'il la laisse seule avec le docteur. Elle se croyait enceinte et ne voulait pas, pour l'instant, que Jack soit mêlé à cela. Il finit par accepter après une longue discussion, persuadé que les affaires de sa femme le concernaient.

Le docteur connaissait la famille Thompson depuis plus de trente ans. C'était lui qui avait accouché la mère d'Élisabeth à sa naissance et à celle de son frère Andrew. Il avait soigné les enfants depuis leur plus jeune âge ainsi que leurs parents. Il était devenu depuis longtemps un ami de la famille. Il s'était beaucoup inquiété de la disparition d'Élisabeth et il l'avait l'accueillie avec un enthousiasme qu'Élisabeth s'expliquait difficilement.

«Élisa, comme je suis heureux de te retrouver! Tu nous as tellement manqué. Nous étions si inquiets.
— Je n'ai pas voulu cela, croyez-moi. Je ne me souviens de rien, pas plus de vous que des autres et ça me torture. J'aimerais bien pouvoir vous expliquer ce qui s'est passé, mais je n'en ai pas la moindre idée.

Pourrez-vous m'aider? On m'a dit que sous hypnose je parviendrais peut-être à retracer les événements traumatiques qui m'ont plongée dans le noir. Qu'en pensez-vous?

— Je le crois aussi. Je connais un psychiatre à Sherbrooke qui utilise cette technique. On le dit très compétent. C'est le docteur Palmer. Je l'ai connu il y a longtemps, c'était à la Faculté de médecine, à l'Université McGill à Montréal, et déjà il s'intéressait à l'hypnose. Il a fait sa spécialité en Californie. Son expérience est grande dans ce domaine.»

Il remit à Élisabeth une note rédigée sur un bout de papier.

«Voici une demande de consultation. Je te donne également son numéro de téléphone. Dis-lui que c'est moi qui t'envoie.

— Merci. Je le ferai. Il y a autre chose, docteur. Je crois que je suis enceinte. Je n'ai plus de menstruations. J'ai des nausées le matin au réveil et je suis très somnolente. Pourriez-vous me confirmer si je le suis ou pas?

— Oui, passe à la salle d'examen. Je vais voir ça.

— Si ça s'avère, docteur, je veux pour l'instant garder le secret. Voilà pourquoi j'ai insisté pour que Jack ne m'accompagne pas dans votre cabinet. Je ne sais pas qui est le père. Jack m'a dit que nous essayions de faire un bébé avant mon départ pour le Maine. J'ai eu des relations sexuelles avec un homme que j'ai connu dans le Maine et que j'aime. Il est possible que ce soit lui, le père.»

Elle sentit une grande émotion l'envahir et ne put s'empêcher de verser quelques larmes.

«Je comprends ton trouble. Tout cela était si imprévisible. Personne ne peut expliquer ta disparition. C'est si mystérieux. Je te connais depuis que tu es toute petite et je sais que tu n'as jamais été du genre à faire des fugues. Enfin! Viens, que je t'examine.»

Il fit son travail avec beaucoup de douceur. Il la sentait si fragile et si inquiète.

«Tu es enceinte, Élisabeth. De huit semaines, il me semble. L'échographie te confirmera plus exactement le nombre de semaines. Tu prendras rendez-vous à l'hôpital de Sherbrooke pour cela. Si le nombre de semaines est exact, l'enfant n'est pas de Jack. Que désires-tu alors? Le garder ou te faire avorter? Il est encore temps à huit semaines de procéder à un avortement.

— Non, je veux garder cet enfant. Je porte l'enfant de l'homme que j'aime et qui m'aime. Pour moi, c'est un cadeau du ciel.

— Qu'en pensera Jack?»

Le docteur Surprenant était également attaché à ce grand gaillard qui selon lui ne méritait pas ce qui lui arrivait. Il connaissait Jack depuis sa tendre enfance, également. En fait, il connaissait tout le monde du village de North Hatley depuis fort longtemps, car il y avait installé son cabinet de médecin dès sa sortie de l'université.

«Il ne sera pas content et voudra sans doute que je me fasse avorter. Mais, docteur, je n'éprouve rien pour cet homme. Vais-je gâcher ma vie pour quelqu'un qui n'existe pas pour moi?

— Pour l'instant, tu n'éprouves plus rien pour Jack, je te crois, mais Dieu sait combien tu l'aimais quand tu l'as épousé. Et si, sous hypnose, le sentiment amoureux que tu éprouvais pour lui revenait, l'enfant d'un autre ne serait-il pas de trop?»

Le docteur Surprenant croyait de son devoir de la préparer à toute éventualité.

«Si tel était le cas, il faudra qu'il m'aime avec l'enfant. Je ne pourrai jamais nier ce que j'ai vécu avec Samuel Sanchez durant ces quelques mois passés dans le Maine. Cet enfant provient de cet amour. Jamais je ne m'en séparerai.»

Encore une fois, les larmes lui montèrent aux yeux. Samuel lui manquait tellement en cet instant. «Il serait si heureux d'apprendre que j'attends un enfant de lui», songea-t-elle.

«Très bien. Je comprends. Il faudra pourtant que tu lui en parles un jour ou l'autre.
— Oui, je sais. Je verrai ce que je dois faire.
— Donne-moi des nouvelles, Élisabeth. Il ne faut pas oublier tes parents dans tout ce brouhaha, n'est-ce pas? Ils ont le droit de savoir eux aussi. Ils t'aiment beaucoup. Je peux en témoigner. Je les connais depuis si longtemps.
— Je ne l'oublie pas. Ma vie est devenue si complexe et si difficile que, parfois, il m'arrive de penser que j'aurais dû rester dans le Maine avec Samuel. C'était si simple.
— Tu aurais été tourmentée par ton passé, Élisa. On ne peut vivre sans savoir qui l'on est et d'où l'on vient, il me semble.
— Je sais. Merci, docteur. Vous parler m'a fait beaucoup de bien.
— Je serai là pour toi. Tu n'as qu'à prendre rendez-vous et je te recevrai.

— Merci. J'apprécie beaucoup. »

À contrecœur, Élisabeth alla retrouver Jack. Il semblait nerveux. Il était assis bien droit dans la salle d'attente et se rongeait les ongles. Elle aurait voulu s'enfuir pour se retrouver seule.

« Et puis? demanda-t-il sans attendre.
— Tout va bien. Un peu de fatigue. C'est tout. Il m'a donné le nom d'un médecin hypnotiseur. Je prendrai rendez-vous avec lui, demain, sans faute. »

Ce qui eut l'heur de plaire à Jack, car, malgré la crainte qu'Élisabeth se remémore la raison de sa fuite dans le Maine, il désirait par-dessus tout qu'elle recouvre enfin la mémoire. « Elle me pardonnera. Tout ira bien après », se répétait-il pour s'en convaincre.

Dans les moments troubles, Jack avait souvent recours à la pensée magique. C'était plus facile pour lui de croire que les choses se régleraient d'elles-mêmes.

« Maintenant, Jack, lui dit Élisabeth, je souhaiterais aller chez mes parents. Je veux revoir la maison de mon enfance ainsi que le restaurant.
— C'est une excellente idée. Nous en profiterons pour prendre le lunch. »

Quand Élisabeth arriva devant la maison de son enfance, elle fut troublée de constater à quel point elle ressemblait à celle de Samuel Sanchez. Elle était blanche, à lucarnes, ornée de volets rouges, tout à fait semblable à celle où elle avait vécu dans le Maine. « Ce n'est donc pas par hasard si je me suis arrêtée devant la maison des Sanchez, se dit-elle. J'aurais pu m'arrêter devant n'importe quelle autre. Que c'est étrange! Il n'y a pas de hasard. »

Le restaurant était attenant à la maison. Il se nommait Au palais gourmand. Quand elle y pénétra, elle fut frappée par les odeurs qui s'en dégageaient. On aurait dit qu'elles lui étaient familières. C'était comme si son odorat se souvenait. Elle avait vécu toute sa vie à proximité de ce restaurant. Son enfance était teintée de toutes sortes d'arômes agréables ou désagréables parfois; il lui semblait qu'ils faisaient partie intégrante de son existence.

Ses parents l'accueillirent avec chaleur.

« Veux-tu manger quelque chose, ma princesse? » lui demanda son père.

Son père avait pris l'habitude de l'appeler « ma princesse » depuis son plus jeune âge.

« Non, merci, je n'ai pas faim. Je préférerais faire le tour de la maison si ça ne vous dérange pas, maman et toi, répondit-elle.

— Mais bien sûr, tu es ici chez toi », lui dit sa mère, bouleversée.

Ses parents étaient très occupés à cette heure de la journée et ne pouvaient l'accompagner dans sa tournée. Ce fut avec son frère Andrew qu'elle s'aventura à travers toutes les pièces de la maison. Jack resta dans le restaurant, commanda une bière et raconta aux parents d'Élisabeth leur visite chez le docteur Surprenant et l'intention qu'avait Élisa d'aller consulter le docteur Palmer, hypnotiseur, dans la ville de Sherbrooke.

« Ce médecin lui a été recommandé par le docteur

141

Surprenant, précisa-t-il. Il paraît qu'il a une longue expertise dans ce domaine.

— Tant mieux. C'est tellement difficile. Nous ne reconnaissons plus notre fille, lui dit madame Thompson. Elle se comporte en parfaite étrangère. Ça me fait si mal.

— Elle est comme cela avec moi aussi, si ça peut vous rassurer », lui dit Jack pour la réconforter.

Il voyait bien qu'elle souffrait et qu'elle avait envie de pleurer.

« Vous savez, j'ai compris, hier soir en m'endormant, qu'elle ne se comportait pas en étrangère mais qu'elle en était une. Pour elle, nous ne sommes pas importants puisqu'elle ne nous connaît pas. Je crois qu'elle est bien malheureuse. Elle ne veut pas nous attrister, mais nous n'existons tout simplement pas dans son passé. Il va falloir beaucoup de patience et je compte sur ses rencontres avec le docteur Palmer. Je ne veux pas perdre Élisabeth. Vous savez, elle est amoureuse d'un homme qu'elle a connu dans le Maine. Ce monsieur Sanchez, il est dangereux.

— Elle l'oubliera, lui dit Flora Thompson. Il le faut!

— Viens, Flora, lui dit le père, on doit s'occuper de nos clients. Tout rentrera dans l'ordre avant longtemps, tu verras. »

En se mouchant et en s'essuyant les yeux, Flora suivit Joey Thompson. Pendant ce temps, Élisabeth essayait, à l'aide d'Andrew, de faire remonter des souvenirs à sa conscience. C'était pénible car elle voyait ces gens si bien attentionnés autour d'elle et elle était incapable de leur rendre un peu de leur amour. Elle était vraiment coupée de cette réalité. Le frère et la sœur passèrent beaucoup de temps ensemble à faire le tour de la maison.

«Ici, c'est ton ancienne chambre», lui dit Andrew.

Sa mère n'avait rien changé à la décoration de la pièce depuis qu'elle avait quitté la maison pour se marier. Bien qu'elle ne fût pas familière avec ce décor, elle s'arrêta pour regarder les photos une à une. Elles étaient suspendues au mur de la chambre. Bien sûr, elle se reconnaissait sur la photo, en robe de mariée, avec Jack à son bras, mais le tableau ne déclenchait aucun souvenir, aucune émotion. Il venait juste confirmer qu'elle était bien mariée à cet homme. Sur une autre photo, elle se vit fillette. Oui, c'était bien elle. Elle se reconnaissait à sa crinière rousse. Elle sourit, car elle se trouva fort jolie. Andrew avait également les cheveux roux. Ils avaient hérité cela de leur père irlandais dont toute la famille avait les cheveux roux.

Andrew observait sa sœur avec une profonde émotion. Il n'osait pas rompre le silence, car il la voyait à l'affût du moindre signe de réminiscence. Pour la première fois depuis l'incident, Élisabeth était sans ambivalence: elle désirait avec fougue recouvrer la mémoire. Son désir était maintenant si intense qu'elle ne comprenait plus comment elle avait pu demeurer aussi longtemps dans la famille Sanchez sans entreprendre aucune démarche. Et, où en serait-elle si Samuel n'avait pas acheté le journal, ce jour-là? «Samuel!» répétait-elle, tout bas. Elle eut, soudain, le sentiment que son cœur allait se rompre. Les larmes ruisselaient sur son visage. Andrew, touché par le chagrin de sa sœur, la prit dans ses bras en lui répétant: «Je comprends. Je comprends ta peine.» Élisabeth, sans trop savoir pourquoi, se sentit proche de lui.

Après avoir terminé la visite de la maison, ils descendirent rejoindre Jack qui les attendait pour le lunch. Joey Thompson avait fait préparer le menu préféré de sa fille: une entrée d'aubergine grillée, une raie citronnée aux câpres suivie d'une croustade aux pommes. Il la vit manger avec beaucoup de plaisir. Il en fut ravi, mais il aurait souhaité que sa fille se rende compte qu'il avait choisi ce menu pour elle. Elle félicita son père pour le choix du repas. « C'est exquis! » lui dit-elle. À cette heure, la clientèle avait presque totalement quitté les lieux. Joey et Flora se joignirent à leurs enfants pour prendre le café.

« Nous sommes si heureux de ton retour, lui dit sa mère en lui prenant la main. Nous nous sommes tellement inquiétés. J'ai cru que j'en mourrais.

— Je sais, maman, lui répondit sa fille, en s'efforçant de l'appeler ainsi afin de tempérer l'humeur de sa mère. Je suis désolée. Je ne voulais pas vous inquiéter, ni vous rendre malade.

— Mais pourquoi es-tu restée aussi longtemps dans le Maine? reprit sa mère.

— Maman, une autre fois, je t'en prie. Je t'expliquerai quand j'aurai compris moi-même. »

Joey faisait de gros yeux à sa femme. Il ne voulait pas qu'elle importune sa fille avec toutes ses questions. Il savait qu'il fallait y mettre le temps, mais Flora était impatiente; elle aurait souhaité tout comprendre maintenant. Andrew, sensible à ce qui se passait, fit bifurquer la conversation. Il parla de ses études en droit, du cabinet d'avocats où il faisait un stage. Jack enchaîna en disant que ses étudiants devaient bien se demander pourquoi il n'était pas revenu au travail depuis les vacances de Noël. Les parents racontèrent à quel point le restaurant les avait rendus captifs durant la période des fêtes. « C'était toujours plein de monde! » lui dit sa mère. Élisabeth se rendait compte de l'effort qu'ils faisaient tous pour la mettre à l'aise. Elle appréciait ces gens de plus en plus et se disait, persuadée que ses parents étaient de braves gens, qu'il serait facile de les aimer si elle vivait parmi eux. Le repas terminé, elle manifesta le besoin d'aller faire un tour à sa boutique. La famille se réjouissait de cette demande.

«Très bien, lui dit Jack. Je t'emmène. Marie et Jeanne seront si contentes de te revoir. Allons-y.»

Marie et Jeanne étaient les deux couturières qui travaillaient pour Élisabeth depuis bientôt trois ans. Toutes les deux étaient dans la vingtaine.

En l'absence d'Élisabeth, aucun effort n'avait été épargné pour garder la boutique Top Modèles ouverte. Élisabeth, de nature prévoyante, avait dessiné plusieurs modèles de vêtements à l'avance. De plus, elle n'était jamais à court pour ce qui concernait l'achat des tissus. Grâce à cela, ces deux filles avaient réussi à faire rouler la boutique avec bénéfices. Elles en étaient très fières. Mais il était temps qu'Élisabeth revienne, car les deux couturières commençaient à désespérer. Il n'y avait à peu près plus de modèles et encore moins de tissus. Aussi, quand elles virent Élisabeth entrer dans la boutique au bras de Jack, c'était comme si le Sauveur venait d'entrer.

«Élisabeth, tu es revenue!» crièrent-elles en chœur.

Prise de court, Élisabeth ne savait plus que dire. Jack dut présenter les deux couturières à sa femme en leur expliquant ce que lui-même avait de la difficulté à comprendre. Les deux filles étaient sincèrement peinées pour leur patronne, car elles l'appréciaient beaucoup. Elles racontèrent ce qu'elles avaient fait, pendant trois mois, pour maintenir la boutique en marche, tout en manifestant leur inquiétude vis-à-vis du manque de tissus et de modèles dessinés.

Élisabeth les remercia pour leur fidélité à la boutique et en fit le tour. On aurait dit que l'endroit lui était familier. Malgré l'absence de souvenirs, c'était comme si elle n'avait jamais quitté ces lieux. De plus, elle trouvait ces deux filles fort sympathiques et leur promit qu'elle serait là, le lendemain matin, à la première heure, pour reprendre son boulot. Marie et Blanche furent soulagées et heureuses que leur patronne reprenne le gouvernail de la boutique.

Elle avait hâte de recommencer. Elle comprenait maintenant pourquoi elle avait tant aimé dessiner des vêtements quand elle habitait chez Samuel. Elle avait l'impression que la reprise de son travail l'aiderait à retrouver son identité première. Il fallait également qu'elle aille, comme à l'habitude, acheter des tissus aux États-Unis puisque les filles lui avaient confirmé qu'elle achetait ses tissus à New York ou à Boston. « Au boulot! » se dit-elle avec enthousiasme. Jack était heureux de la voir dans cet état. Il retrouvait la femme avec laquelle il s'était marié.

Comme convenu, dès le lendemain matin, Élisabeth se rendit à la boutique. De là, elle téléphona au docteur Palmer qui accepta, à son grand soulagement, de la recevoir le lendemain soir, à dix-neuf heures.

Le docteur Palmer était, depuis toujours, fasciné par l'amnésie. Il avait très peu de patients qui souffraient de cet état et, quand il en avait un, il ne le laissait pas échapper facilement. De tels patients contribuaient grandement à faire avancer ses recherches. C'est donc sans se faire prier qu'il accepta de venir en aide à Élisabeth Thompson. Ce cas était très intéressant pour lui. Il avait tellement hâte de la rencontrer qu'il ferma à peine l'œil durant la nuit.

Le lendemain soir, Jack la conduisit au bureau du docteur Palmer à dix-neuf heures précises.

Chapitre XII

Le docteur Palmer était un homme d'âge mûr. Ses cheveux argentés donnaient du poids à son expérience et ajoutaient à sa crédibilité. C'était un homme chaleureux. Il était assez imposant. Il mesurait six pieds, était de forte carrure, avait la voix grave et des yeux bleus limpides. Dès les premiers instants, Élisabeth se sentit à l'aise en compagnie de cet homme à l'allure paternelle. Il la pria de s'asseoir et lui posa directement la question :

«Madame Thompson, dites-moi ce que vous attendez de moi.

— Comme je vous l'ai dit au téléphone, je suis amnésique depuis bientôt trois mois. J'aimerais que vous m'aidiez à découvrir ce qui m'a mise dans un tel état et par le fait même à retrouver la mémoire de mon passé.

— Vous ne vous souvenez de rien ?

— Rien, à part, il me semble, les odeurs familières qui émanaient du restaurant de mes parents, ou encore l'espèce de bien-être que j'ai ressenti quand je me suis retrouvée dans la boutique de vêtements dont je serais propriétaire.

— Oui, il arrive parfois que les sens se souviennent sans que l'on puisse mettre des mots sur nos souvenirs. Le corps a sa propre mémoire, vous savez.

— Il m'arrivait souvent de pleurer après avoir eu des

rapports amoureux avec l'homme qui m'a accueillie, dans le Maine.

— Vous étiez dans le Maine durant ces trois mois?

— Oui et je n'ai pas la moindre idée de la façon dont je me suis retrouvée là. Jack, mon mari, que je ne reconnais pas à son grand désarroi, me dit que je suis partie avec ma voiture. Je ne sais pas où elle se trouve. J'allais apparemment souvent aux États-Unis acheter du tissu pour la fabrication de vêtements pour ma boutique. Peut-être s'est-il passé quelque chose à ce moment-là?

— Dans quel état étiez-vous quand on vous a retrouvée?

— Selon Samuel Sanchez, c'est ainsi que se nomme l'homme qui m'a hébergée, j'étais épuisée. J'ai dormi pendant deux jours et deux nuits. En fait, ce n'est peut-être pas important, mais c'est Paolo, son fils de six ans, qui m'a trouvée. Je regardais la mer et je ne bougeais plus. Il croyait que je dormais debout. C'est curieux car la maison des Sanchez ressemble, en plus gros, à la maison de mes parents. Elle est de la même couleur et du même style. Et c'est devant cette maison que je me suis arrêtée.

— Tout est important, madame Thompson. Ne m'épargnez aucun détail. Il y a une hypothèse qui pourrait peut-être expliquer votre épuisement. Mais pour l'instant ce n'est qu'une hypothèse. Il arrive parfois, lors d'une fugue suivant un grand traumatisme, que la personne traumatisée marche pendant des jours sans être capable de s'arrêter. Peut-être était-ce votre cas. Vous étiez épuisée d'avoir marché aussi longtemps et probablement sans avoir mangé.

— Oui, c'est possible. J'étais si épuisée que durant ces mois de répit je n'ai fait aucun effort pour retrouver qui j'étais ni d'où je venais. Je me suis laissée vivre, tout simplement. Je me sentais bien avec Samuel. Nous étions amoureux l'un de l'autre et je ne désirais rien de plus. N'eût été de cette annonce dans le journal, j'y serais probablement encore.

— La personne amnésique peut se reconstruire une nouvelle identité. C'est ce que vous avez fait.

— C'est vrai, tout en sachant qu'il me faudrait bien retrouver un jour qui j'étais dans mon autre vie. Je suis de retour depuis trois jours; j'ai vu mes parents, mon frère, mon mari, les deux couturières qui travaillent pour moi et aucune de ces personnes n'a réussi à déclencher un souvenir chez moi. C'est déroutant! Je ne suis pas heureuse. Je m'ennuie de Samuel. Je crois être enceinte de lui. Mon mari me désire, mais je n'aime pas qu'il me touche. Quel imbroglio! J'ai besoin d'y voir clair. Croyez-vous pouvoir m'aider?

— Nous pouvons essayer en utilisant la technique de l'hypnose avec laquelle je suis très familier. Pourrez-vous vous prêter à cela?

— Oui, je le crois. C'est pourquoi je suis ici. Mais dites-moi en quoi ça consiste?

— À l'aide de la suggestion, je provoquerai chez vous un sommeil artificiel et, pendant ce sommeil, je vous ferai revivre des événements passés en espérant que nous pourrons découvrir celui qui a contribué à vous rendre amnésique. Pour cela, vous devrez vous abandonner sans résistance. Le pourrez-vous? Nous allons procéder lentement au rythme de deux sessions par semaine. Ça vous irait?

— J'accepte. Je ne sais trop comment l'expliquer, mais j'ai confiance en vous. Je crois que je pourrai m'abandonner.

— Très bien. Je serai à votre disposition le mardi et le jeudi, à treize heures. Nous commencerons dès demain.

— J'y serai. Merci, docteur.»

Il se leva, se dirigea vers la porte et l'invita à en faire autant.

Élisabeth se sentait apaisée. Elle était persuadée que cet homme pourrait l'aider. Jack, qui l'avait attendue dans la voiture, l'encouragea à poursuivre sa quête. Il la conduisit à la boutique et la quitta pour aller au gym. Avant toute chose, elle écrivit à Samuel Sanchez pour lui raconter ce qui s'était passé depuis son retour à North Hatley. Elle le pria de ne pas prendre contact avec elle avant qu'elle le lui demande, espérant ainsi mettre toutes les chances de son côté pour retrouver son identité première.

**

Cybelle avait quitté Samuel depuis déjà une semaine lorsqu'il reçut la première lettre en provenance de North Hatley. Il était comme un enfant à qui l'on vient de faire une surprise. Depuis le départ de Cybelle, il n'était pas parvenu à retrouver la joie de vivre. Il passait ses journées enfermé dans son bureau à écrire. Il sortait de son isolement seulement pour prendre ses repas quand Adèle le priait de le faire. Cunchita se plaignait de l'absence de son frère et Paolo s'inquiétait pour son père. L'atmosphère de la maison était plutôt tendue.

« Je le savais depuis le début que cette femme viendrait troubler notre paix, dit un jour Adèle à Cunchita.

— Ma pauvre pomme! On n'y peut rien. Samuel est en âge de vivre comme il l'entend.

— Il ne s'occupe plus de son fils. Il t'ignore alors qu'il devrait être content de t'avoir près de lui et en profiter pendant que ça passe. Je n'ai rien contre Cybelle, mais il savait que cette femme devrait partir un jour. Alors pourquoi s'est-il laissé prendre à l'aimer? maugréa-t-elle.

— Il est amoureux, Adèle. Privé de celle qu'il aime, c'est comme s'il n'avait plus d'oxygène. Ça ne lui était jamais arrivé auparavant. Dommage pour lui que cela se soit terminé ainsi. Je ne l'avais jamais vu aussi heureux auparavant.

— Ce n'est peut-être pas terminé à jamais, mais il n'est quand même pas pour s'enfermer jusqu'à ce qu'elle revienne.

— Ça ne fait qu'une semaine. Soyons patients. Il faut le laisser vivre sa peine. Je lui parlerai bientôt. Ne t'en fais pas.

— Je me fais du souci pour toi aussi. Je te sens triste. Rien ne va plus dans cette maison. »

Adèle semblait lasse. Elle était pâle. Elle ne respirait plus la santé comme avant. Cunchita l'avait remarqué et cela la troublait. Elle préférait croire que son frère et elle étaient la cause de son mauvais teint plutôt que de croire à la maladie. Elle lui répondit :

« Mais non, j'ai été surprise tout au plus par le mariage de Lucas et de Margarita. Il faut que je m'habitue à cette idée.

— Tu n'as jamais voulu de Lucas comme mari. Alors, qu'est-ce qui te trouble tant ? »

Adèle était plus impatiente qu'à l'accoutumée et cela énervait Cunchita.

« Oui, je sais, je ne voulais pas me marier. Mais il était toujours là pour moi. Je croyais qu'il ne cesserait jamais de m'aimer. Je me suis trompée. C'était prétentieux de ma part. Une illusion, sans doute.

— Mais, Cunchita, d'où sors-tu ? Tu te croyais irrésistible ? Sais-tu que tu me fais penser à ton père ? »

«Le pire, c'est qu'il l'était, irrésistible», songea-t-elle.

«Tu croyais que Lucas allait t'attendre indéfiniment? C'est bien mal connaître les hommes, ma fille.

— Qu'est-ce que tu connais aux hommes? fit Cunchita, amère. Tu n'as jamais été amoureuse, ma pomme, à ce que je sache.

— Oui, je l'ai été autrefois, en secret, dit-elle, et de ton père à part cela, mais il n'en a jamais rien su. De toute façon, il ne voyait qu'Isabelle. Je n'étais pas le genre à lui inspirer le grand amour.

— Ah! ma pauvre pomme! Je ne le savais pas, lui dit Cunchita en la prenant dans ses bras.

— Ah non! pas d'apitoiement inutile. J'étais née pour un petit pain. C'est bien connu. Mais quand je vois vos chagrins d'amour, je me dis que Dieu m'a épargnée. Merci à lui.

— C'est vrai. Tu as raison», lui affirma Cunchita, histoire de calmer Adèle.

Cunchita n'osa pas la chagriner en lui disant qu'elle avait été privée de beaucoup de joies en ne connaissant pas l'amour d'un homme. Elle préférait que la discussion s'arrête maintenant. Mais Adèle reprit de plus belle. On aurait dit qu'elle voulait se vider le cœur.

«Dommage que tu aies perdu Lucas. Je l'aime bien, moi, ce garçon. J'aurais aimé qu'il fasse partie de la famille. Il est si drôle, si enjoué, ça t'aurait fait du bien, tiens! Tu es trop sérieuse. Il n'y a pas que le piano dans la vie. Là aussi, tu me rappelles ton père. Rien ne passait avant la musique. Même pas ta mère. Encore moins ses enfants.»

Cunchita n'était pas habituée à ce ton mordant.

C'était comme si Adèle avait eu besoin de déverser son fiel tout à coup. Cunchita n'avait jamais su qu'Adèle avait souffert à cause de son père. Et ça la peinait. « Elle ne méritait pas cela », songea-t-elle.

« Voilà pourquoi j'abandonne la musique. Je veux savoir ce qu'est la vraie vie avant qu'il ne soit trop tard.

— Comment, tu abandonnes la musique! Qu'est-ce que c'est que cette folie? Tu as trop de talent pour te permettre cela. Tu vas le regretter.

— Adèle, tu dis n'importe quoi aujourd'hui. Qu'est-ce qui ne va pas, ma pomme? Tu me reproches d'avoir fait passer la musique avant toutes choses et tu me reproches de vouloir arrêter de jouer. Tu n'es vraiment pas reposante.

— Ah! dit-elle, impatiente. Vous me troublez avec toutes vos histoires. J'aurais souhaité que votre vie soit moins compliquée.

— Ce qui était à peu près impossible avec les parents que nous avons eus ou plutôt que nous n'avons pas eus. Avoue! »

Cette phrase blessa profondément Adèle, car elle considérait qu'elle avait été la mère de Cunchita et de Samuel.

« N'en parlons plus », lui dit Adèle, lasse de cette discussion.

Samuel avait lu mille fois la lettre :

Cher Samuel,
Me voilà de retour chez moi et, jusqu'à présent, aucun souvenir n'a refait surface. Je ne suis donc pas plus avancée que je l'étais avant de te quitter. Ma vie avec toi me manque beaucoup et je pense à toi chaque minute qui passe.

Je t'en prie, ne me donne aucune nouvelle de toi. Je te ferai signe le moment venu. Pour l'instant, mes efforts seront concentrés sur mes rencontres avec le docteur Palmer, hypnotiseur. Quand mes souvenirs auront refait surface et que je saurai qui je suis, je t'aviserai. D'ici là, en pensée, je me fais toute petite dans tes bras, je t'embrasse tendrement et je te laisse m'aimer comme tu sais si bien le faire.

Cybelle

Samuel se demandait bien comment il ferait pour respecter la demande de Cybelle. Il avait plutôt envie de repartir, sans plus attendre, pour North Hatley. Une question le hantait. Il se demandait comment elle se comportait avec son mari, si elle faisait l'amour avec lui. À cette pensée, il sentait son cœur devenir aussi lourd que le roc. Ce poids dans sa poitrine l'oppressait. «Comme je deviens possessif!». Il se disait que l'amour qu'il éprouvait pour Cybelle ne ressemblait en rien à sa relation de jadis avec Clara. Il avait besoin de l'avoir à ses côtés, de respirer son odeur capiteuse, de la regarder, de la contempler, de la caresser, de se fondre en elle, de dormir avec elle, de l'enlacer avec passion. Une vague de nostalgie le submergea. Le vide laissé par son absence était insupportable. «Je ne pourrai pas attendre», se dit-il.

On frappa à la porte de son bureau.

«Entrez, dit-il

— C'est moi, Samuel, dit Cunchita. Puis-je te parler un instant?

— De quoi s'agit-il? demanda-t-il sans avoir l'air de s'y intéresser vraiment.

— Adèle ne va pas bien, il me semble. Sa santé m'inquiète. Elle est pâle. Elle s'impatiente facilement. Elle est triste.

— Je crois que tu exagères. Adèle s'en fait pour nous. Voilà tout.

— Non, Adèle est forte, habituellement. Elle s'est toujours inquiétée pour nous, mais elle a toujours gardé son sang-froid dans toutes les situations. Cette fois-ci, c'est différent. Je la sens fragile, vulnérable. Je crois qu'elle est malade.

— Elle vieillit, rien de plus.

— Ton indifférence m'agace. Samuel, sors de ta torpeur. Tu n'es pas seul dans cette maison. Il y a ton fils, Adèle et moi. Je sais que tu as du chagrin, mais est-ce la bonne façon de t'en sortir que de t'enfermer dans ton bureau?

— J'ai besoin d'être seul pour l'instant.

— À ruminer ta peine? Sors de ta retraite. Tu t'isoles, Samuel. Tu nous exclus comme si on ne pouvait rien pour toi. C'est frustrant. Viens skier avec Paolo et moi.

— Cunchita, laisse-moi du temps. Ma blessure est grande. Elle me manque tellement.

— Et tu nous manques aussi.

— Tu es déçue, je le sais, mais je n'y peux rien.

— Paolo est triste.

— Je n'y peux rien non plus.

— Bon, à ce que je vois, tu veux la paix, n'est-ce pas?

— Tout à fait. Tu as très bien compris

— Très bien. Je te laisse. »

Cunchita quitta le bureau de son frère, en colère contre lui. «Quel sale égoïste! Est-il nécessaire de nous punir pour le départ de Cybelle alors que nous n'y sommes pour rien?» Cunchita avait toujours vécu seule. Le peu de temps passé en famille était si précieux qu'elle n'acceptait pas que son frère s'en soustraie.

Samuel était rarement désagréable avec qui que ce soit et encore moins avec sa sœur. Mais là, il n'était plus en contrôle de ses émotions, ce qui déroutait Cunchita, habituée à un frère gentil, prévenant et attentif aux autres. Tout comme Adèle, elle en voulait à Cybelle qui, par son départ, avait transformé son frère en un être égocentrique. Elle se prit à regretter sa vie de concertiste. «J'ai perdu Lucas à jamais, mon frère m'ignore, Adèle me rebat les oreilles avec mon choix de vie... Mais que suis-je venue faire ici, grands dieux! Pouvez-vous me le dire?» Ce soir-là, elle se mit au lit le cœur dans la tourmente.

Le lendemain matin, quand Cunchita descendit pour prendre le petit déjeuner, elle ne sentit pas l'arôme du café qu'Adèle avait l'habitude de préparer, pour eux, chaque matin. La table n'était pas mise, Samuel et Paolo dormaient encore. «Adèle n'a donc pas réveillé Paolo pour l'école!» Son cœur se noua. «Mais où est donc passée Adèle?» Elle regarda dehors. L'auto était à la porte. Elle n'était pas partie faire des courses. Cunchita se mit à parcourir la maison à sa recherche. Déchirée par l'angoisse, elle monta l'escalier et se dirigea vers la chambre. Elle trouva Adèle étendue sur son lit, immobile. Cunchita s'en approcha, rongée par la peur, et vit qu'Adèle était blafarde comme si le sang s'était retiré de ses veines durant son sommeil. Elle la toucha et se rendit compte qu'elle était de glace et ne présentait aucun signe de vie.

Adèle était morte durant son sommeil. Cunchita lança un cri strident. Aussitôt, Samuel et Paolo accoururent et ils comprirent d'un coup d'œil ce qui s'était passé. Paolo se mit à sangloter sans retenue pendant que Samuel demeurait atterré, comme paralysé d'étonnement et de chagrin. Pour eux tous, Adèle était éternelle et n'avait pas le droit de les abandonner. Leur vie venait d'être chambardée. Le pilier de cette maison venait de disparaître à jamais. Ils avaient toujours compté sur elle pour les tâches domestiques et elle avait toujours été là pour eux quand ils en avaient besoin. Comment pourraient-ils concevoir leurs jours sans elle?

Les obsèques furent d'une telle tristesse qu'on aurait

cru que jamais ils ne pourraient être heureux à nouveau. Cunchita, toute de noir vêtue, avait l'air d'une
veuve éplorée. Paolo, les yeux rougis, faisait peine à voir,
et Samuel, figé dans son mutisme, avait l'air d'un
zombi. Même Lucas, venu seul pour la circonstance,
était profondément touché par la perte d'Adèle. Cybelle
avait reçu un télégramme de Samuel sur lequel on pouvait lire ces quelques mots : *Adèle est décédée d'un infarctus
durant son sommeil, la nuit dernière. Ta présence me manque
beaucoup. Samuel.*

Cybelle souffrit en silence. Elle imaginait Samuel
écrasé par le poids de son absence et du décès d'Adèle.
Malgré cela, elle jugea préférable de ne pas se rendre
dans le Maine. Samuel avait secrètement espéré, en vain.
Elle se contenta de lui envoyer à son tour un télégramme
sur lequel on pouvait lire ces quelques mots : *Sincèrement
attristée par la mort d'Adèle. Je pense à toi. Cybelle.*

Lucas passa quelques jours avec Cunchita, Paolo et
Samuel afin de les réconforter du mieux qu'il le pouvait
dans les circonstances, sans oublier toutefois de téléphoner chaque soir à Margarita, retenue en Espagne
par un travail urgent. Elle participait de loin au chagrin
des Sanchez malgré le fait qu'elle les avait très peu
connus.

Depuis ce triste événement et surtout depuis
l'arrivée de Lucas, Samuel ne s'enfermait plus dans son
bureau. Les deux amis passèrent des soirées entières à
échanger, comme au bon vieux temps dans les cafés, en
Espagne, devant une bière. Lucas connaissait si bien
son ami de jeunesse qu'il réussit à le dérider et à le faire
parler du décès d'Adèle et du départ de Cybelle.

Un soir, à brûle-pourpoint, Lucas lui dit :

« Je te souhaite sincèrement de rencontrer une femme
de la même trempe que Margarita. Une femme qui
respire la joie de vivre. Avec Margarita, tout est simple. Je

sais immédiatement si elle est contente ou déçue, heureuse ou triste. Elle est si transparente. Je m'inquiète pour toi, car tu ne connais pas vraiment Cybelle. Je me demande si tu n'es pas amoureux d'une image.

— C'est la première fois de ma vie que j'éprouve un tel sentiment. J'aime aimer cette femme.

— Retrouveras-tu la femme que tu aimes quand elle aura recouvré la mémoire? Et si elle redevenait amoureuse de son mari à la fin du traitement? À condition, bien sûr, que le traitement réussisse. Tu prends de gros risques, avoue.

— Je sais. Et je te prie de me croire, ce que tu dis me préoccupe beaucoup.

— J'ai connu cette souffrance avec Cunchita. Elle était si ambivalente. À un moment, elle me voulait près d'elle et, à un autre moment, elle ne me voulait plus. Cela alimentait mon amour, je crois, car je n'avais jamais le sentiment qu'elle était conquise. Alors je repartais de plus belle à sa conquête. La course à l'amour, ça me connaît, mon vieux. Depuis que j'aime Margarita et que les choses sont si simples pour nous, je respire le bonheur, la paix, la tranquillité, et c'est bon, si tu savais.

— D'un certain côté, je t'envie. Ta vie est stable maintenant. Tu n'as plus à courir aux quatre coins du globe, comme tu le faisais, pour aimer ma sœur quelques jours par mois.

— Oui, et je souhaiterais que Cunchita connaisse l'amour à son tour et qu'elle soit heureuse, enfin.

— Tu sais qu'elle ne veut plus donner de concerts?

— Non, je l'ignorais. Mais pourquoi?

— Elle s'est mis dans la tête d'avoir un enfant, à quarante ans. Elle cherche un géniteur, me dit-elle. Et, d'après moi, tu étais son premier choix. Je crois qu'elle a été déçue par l'annonce de ton mariage.

— Ça m'étonnerait. Elle a toujours refusé de m'épouser.

— Je connais ma sœur, tu sais.

— Moi aussi, pourtant. J'ai sincèrement aimé Cunchita. Je l'aurais épousée volontiers et lui aurais fait tous les enfants qu'elle aurait souhaité avoir. Il est trop tard, maintenant, je suis amoureux de Margarita et je veux l'aimer aussi longtemps que je vivrai. Cunchita fait une grave erreur en abandonnant la musique. Elle a besoin de l'admiration de son public pour vivre. Seule la célébrité a le pouvoir de répondre à sa quête éperdue d'amour et de reconnaissance. Moi, je n'y peux rien. Je l'ai finalement compris. Et toi! Peut-être rencontreras-tu ta Margarita, un jour? J'aimerais tellement que tu sois aussi heureux que moi.

— J'étais très heureux quand Cybelle était près de moi.

— Oui, mais qui est Cybelle? Je voulais également te parler de ton fils. Il m'inquiète. Tu as dû remarquer sa tristesse. Il ne faut pas oublier qu'Adèle lui servait de mère. C'est une grande perte pour lui. Cunchita fait son possible pour l'entourer de soins, mais tu ne devrais pas la laisser seule aux prises avec ce problème. Avec ce que tu viens de me révéler, je ne crois pas qu'elle soit en mesure de prendre sur elle le désarroi de Paolo. Tu dois l'aider et le soutenir dans sa peine. T'en sens-tu capable?

— Oui, tu peux partir en paix. Tu agis comme une vraie mère, Lucas. Où as-tu appris cela? lui demanda Samuel en se moquant un peu de lui.

— De ma mère, sans doute.

— Oui, je la connais, ta mère, et je t'ai toujours envié d'en avoir une pareille, d'ailleurs.

— Elle est heureuse depuis que Margarita est dans ma vie. Elle n'a jamais vu d'un bon œil ma relation avec Cunchita, tu sais.

— Je peux la comprendre. Cunchita est si instable. Elle a une telle peur de s'engager.

— Pauvre Cunchita! Je dois lui parler avant de re-partir pour l'Espagne. Elle me fuit depuis mon arrivée.

Je comprends mieux pourquoi maintenant. Si j'étais venu accompagné de Margarita, je suis certain qu'elle ne m'aurait pas fui de la sorte.

— Et pourquoi, selon toi?

— Je crois qu'elle se méfie de ses sentiments pour moi.

— Oui, tu as raison.

— Il faut qu'elle se libère de moi et qu'elle se sente libre d'aimer quelqu'un d'autre, si elle le peut.

— Mais le peut-elle?

— J'en doute parfois. Cunchita craint l'amour. Quand elle est aimée, elle croit perdre sa liberté. J'en sais quelque chose.»

Heureux de leur entretien, les deux amis se quittèrent sur ces quelques réflexions.

Le lendemain matin, au petit déjeuner, alors que Samuel était allé conduire Paolo à l'école, Lucas posa directement la question à Cunchita :

«Pourquoi me fuis-tu depuis mon arrivée? Je t'ai fait quelque chose?»

Elle rougit jusqu'à la racine des cheveux, prise par surprise et incapable de trouver une réplique valable.

«Quelle idée! Je ne te fuis pas.

— Oui, tu me fuis, Cunchita. J'aimerais que tu sois franche avec moi. Je ne veux pas repartir pour l'Espagne avec le sentiment qu'il y a un malaise entre nous. Regarde-moi. Qu'as-tu? On dirait que tu m'en veux. Je croyais que les choses avaient été claires lors de notre dernière rencontre, à Paris, il y a un an, tu te souviens? Je t'ai demandé de m'épouser, pour la dernière fois. Je t'ai dit clairement : c'est le mariage ou c'est la fin de notre amour. Et tu as refusé de m'épouser. J'en ai conclu que c'était là ton désir et que tu préférais mettre un terme à notre relation.

— Je ne voulais pas rompre, je voulais simplement que ça continue comme c'était.

— Ce n'était plus possible pour moi, Cunchita. Je désirais plus que cela. Je voulais t'épouser, avoir des enfants avec toi. Tu le sais bien. Samuel m'a dit que tu ne voulais plus donner de concerts. C'est vrai?

— C'est vrai. Je veux un enfant avant qu'il ne soit trop tard. J'ai beaucoup réfléchi depuis un an et j'en suis venue à cette conclusion.

— Cunchita, tu ne pourras pas vivre sans la musique.

— Je veux un enfant! Je t'en prie, Lucas! Au nom de toutes ces années passées ensemble, fais-moi un enfant avant de partir. Je ne te demanderai plus rien par la suite. Ce sera notre secret. Je t'en prie, Lucas!»

Ce fut au tour de Lucas d'être désarçonné. Elle, habituellement si fière et si indépendante, elle l'implorait de lui faire l'amour pour avoir un enfant de lui! Il ne la reconnaissait plus. Sa soudaine insistance le bouleversait.

«Cunchita, la mort d'Adèle t'a ébranlée. Tu regretteras ces paroles quand je serai parti.

— Fais-moi un enfant!» répétait-elle en pleurant.

Il se leva de table, alla vers elle, la prit dans ses bras, la serra contre lui et lui dit:

«Il est trop tard, Cunchita, trop tard! Il aurait fallu y penser avant aujourd'hui. J'aime Margarita et c'est à elle que je ferai des enfants. Je ne t'en veux pas et je te souhaite bonne chance dans l'avenir.»

Il ne l'avait pas souvent vue pleurer. Il la quitta, profondément troublé.

Chapitre XIII

Après le départ de Lucas, chacun essaya de survivre à sa façon au décès d'Adèle. Cunchita se donna pour mission de la remplacer, ce qui ne lui convenait guère. Elle abandonna complètement le piano et se consacra aux tâches ménagères. Elle fouillait dans les livres de recettes d'Adèle, cuisinait, manquait son coup, recommençait et n'était jamais satisfaite de ses résultats. Sans relâche, elle récurait la maison, allait faire les courses, s'occupait de Paolo. Elle était fourbue et toujours aussi abattue quand elle montait à l'étage, le soir, pour aller dormir. Sa vie était bien différente de celle qu'elle avait vécue jadis.

Malgré la présence de Cunchita, Paolo ne se remettait pas du décès d'Adèle. Pour la seconde fois, il était privé d'une mère. À l'école, en dépit de ses rencontres avec madame Harrisson, rien n'allait plus. Les batailles avec ses camarades reprenaient de plus belle et ses résultats scolaires avaient encore chuté. Heureusement, madame Harrisson avait été mise au courant du décès d'Adèle et comprenait le désarroi de Paolo. Elle se doutait bien qu'à la maison l'enfant se sentait responsable de la tristesse de son père et qu'il faisait tout pour l'épargner. «Voilà pourquoi il se défoule à l'école, songea-t-elle. À la maison, les rôles sont inversés. Paolo agit comme s'il était le père de son père et pourtant cet enfant a besoin d'être protégé et soutenu. Son père doit le comprendre.» Elle se promit de fixer un rendez-vous à Samuel afin de trouver avec lui une stratégie pour que Paolo puisse manifester ses émotions ailleurs que dans la bataille.

Quant à Samuel, il avait encore une fois trouvé refuge dans la solitude et le silence de son bureau. Il continuait à lire le journal intime de sa mère, comme s'il avait besoin de vivre dans une autre époque, en un autre lieu.

Il commença à rédiger le récit de la première vision qu'il avait eue de Cybelle, cet après-midi d'octobre sur la plage. *Elle était là, pieds nus sur le sable gris, immobile devant la mer. Elle ne voyait rien. Un épais brouillard l'enveloppait et la pénétrait tout entière. Elle ne se demandait pas comment ni pourquoi elle se trouvait là, seule, inlassablement immobile. On aurait dit une momie...*

Un bon matin, après quelques semaines de retrait et d'écriture acharnée, Samuel sortit de sa torpeur et prit conscience qu'il n'avait pas tenu compte des avertissements de madame Harrisson et qu'il s'était complètement réfugié dans la solitude. Il réalisa tout à coup que, sans Cunchita, Paolo se serait retrouvé seul, orphelin de père et de mère. Il décida d'aller prendre l'air, ce qu'il n'avait pas fait depuis la mort de sa chère Adèle.

« Cunchita! Je sors! Je reviens à la fin de l'après-midi et j'irai chercher Paolo à l'école », lança-t-il à sa sœur.

Cunchita fut surprise mais contente de ce revirement soudain chez son frère. Elle avait été profondément affligée par son attitude, car il n'avait pas adressé la parole à quiconque depuis longtemps. On aurait dit qu'il était devenu aphasique.

« Tu ne prends pas le lunch dans ton bureau aujourd'hui? lui demanda-t-elle.
— Non, merci, j'irai au restaurant. »

Depuis le départ de Lucas, chaque jour Cunchita lui avait apporté ses repas dans son bureau qu'il refusait de quitter.

Bien décidé à mettre fin à sa vie de reclus, Samuel se rendit, ce jour-là, au restaurant du village et s'installa pour lire le menu quand il vit une femme s'approcher de lui. De loin, il eut l'impression qu'il connaissait ce visage. Plus elle s'approchait, plus ses traits se précisaient.

«Clara! Que diable fais-tu ici, dans le Maine? lui demanda-t-il, d'un air courroucé.

— Puis-je m'asseoir avec toi? S'il te plaît», implora-t-elle.

Samuel, très contrarié, ne savait pas s'il devait acquiescer à sa demande. Elle arrivait tout à coup, sans prévenir, et voilà qu'il devait l'inviter à se joindre à lui. «Quel culot! Après cinq ans d'absence, sans aucun signe de vie.»

Elle n'avait pas changé. Samuel la trouva encore très jolie, mais pas d'une beauté exceptionnelle comme l'était Cybelle. Comme elle avait toujours été franche et directe, il savait qu'il connaîtrait, sous peu, le but de sa venue dans le Maine. Il était certain qu'il s'agissait de Paolo; ce qui eut l'heur de l'indisposer davantage.

«Oui, assieds-toi, finit-il par dire.

— Je sais que tu es surpris de me voir ici. Nous sommes revenus de France, François et moi, depuis un mois.»

Samuel comprit qu'elle était toujours avec l'homme qui l'avait amenée à le quitter cinq ans plus tôt. «Au moins, elle est partie avec quelqu'un qu'elle aimait vraiment puisqu'elle est toujours avec lui», se dit-il.

« Où vivez-vous depuis votre retour ? »

Il craignait vraiment qu'elle se soit installée dans le Maine de façon permanente.

« Nous habitons à Montréal, sur le Plateau.

— Comment m'as-tu retrouvé ?

— Je suis allée à Outremont. On m'a dit que tu avais vendu la maison et que tu t'étais installé dans le Maine. J'ai pensé que c'était dans la maison de ton père. Alors, je suis venue.

— Et pourquoi ? Je te trouve pas mal culottée, après cinq ans d'absence. Tu t'imagines que tu vas revenir dans notre vie aussi facilement ?

— Je veux revoir Paolo.

— Il n'en est pas question.

— Paolo est mon fils. Je veux le voir.

— Tu es inconsciente, ma parole. Paolo ne t'a pas vue depuis cinq ans et tu t'imagines qu'il sera ravi de te retrouver ? Tu ne sais rien de lui. Tu ne t'es pas intéressée à lui pendant toutes ces années. Et voilà que, soudainement, ton instinct maternel se réveille. Mais de quel droit crois-tu pouvoir revenir comme ça dans nos vies ?

— Je suis sa mère et cela, tu ne peux pas le nier.

— Tu ne verras pas Paolo, est-ce que tu me comprends bien ?

— Samuel, ce sont de vieilles rancunes. Laisse tomber ! Je t'ai blessé. Je le sais. Mais tu ne m'aimais pas vraiment. Tu m'as épousée parce que j'étais enceinte de Paolo. Voilà la vraie raison. Je suis devenue amoureuse de François parce que tu ne m'aimais pas. Quand je suis partie, j'ai eu tellement de remords en te quittant que j'ai jugé bon de ne pas t'enlever ton fils en plus. J'en ai fait le sacrifice. Voilà ce que j'ai fait. Et maintenant, je souhaiterais que Paolo vive avec moi et avec toi, chacun à notre tour.

— Jamais! Tu entends, Clara? Jamais! Et ne me parle surtout pas de sacrifice. Ça faisait bien ton affaire de partir sans ton fils. Qu'aurais-tu fait à Paris, étudiante, avec un bébé? »

Clara préféra ne pas répondre à cette question. Elle ne souhaitait pas que la conversation s'envenime davantage. Elle changea de sujet.

« J'ai appris le décès d'Adèle. Je suis désolée. Peut-être réagirais-tu autrement si elle était encore vivante?

— Oui, Adèle est décédée il y a peu de temps et je n'ai aucun besoin de ta sympathie. Et non, la mort d'Adèle n'a rien à voir avec ma réaction. Elle aurait été la même, Adèle vivante.

— Samuel, ma décision est prise; coûte que coûte, je reverrai mon fils.

— Il n'en est pas question. Retourne à Montréal, Clara, et laisse-nous en paix, Paolo et moi.

— S'il le faut, je verrai un avocat, Samuel, mais je te promets que je reverrai mon fils. Je te laisse le numéro de mon téléphone cellulaire. Si tu ne m'as pas contactée d'ici deux semaines, j'aurai recours à la loi. Réfléchis bien. »

Elle écrivit son numéro de téléphone sur un papier, le remit à Samuel et quitta les lieux en se jurant qu'elle reverrait son fils. Connaissant l'entêtement de Clara, Samuel frémit à la pensée qu'elle pourrait aller à l'école lui ravir Paolo. « Le mauvais sort s'acharne contre moi, on dirait. Première journée où je quitte ma tanière et voilà que la première personne rencontrée est mon ex-femme! Cela vaut peut-être mieux ainsi? Elle aurait été capable de venir directement à la maison réclamer Diablito. Il vaut mieux que Paolo reste loin de tout cela. » Il quitta le restaurant sans avoir pris le temps de manger et se rendit directement à l'école.

Clara avait vu de la tristesse dans les yeux de Samuel. «Assurément, cet homme n'est pas heureux. Dommage qu'il ne réponde pas à ma demande», songea-t-elle. Faire appel à un avocat ne lui plaisait guère, d'autant plus que François et elle n'avaient pas encore trouvé de travail et qu'ils auraient de la difficulté à défrayer les honoraires. «Comment m'y prendre pour le faire changer d'avis?» se demanda-t-elle. Elle était loin de se douter qu'une autre personne interviendrait en sa faveur.

Samuel se précipita à l'école de Paolo. La directrice, surprise de le voir là, sans rendez-vous, demanda immédiatement :

«Monsieur Sanchez, puis-je faire quelque chose pour vous?

— Oui, madame.

— Passez dans mon bureau.»

Samuel la suivit. Il avait l'air nerveux et elle comprit qu'il se passait quelque chose d'important. Elle le pria de s'asseoir et de lui dire ce qui l'amenait à l'école.

«Madame, c'est très important. Écoutez-moi bien. Il ne faudra jamais laisser Paolo sans surveillance dans la cour de l'école jusqu'à ce que ma sœur Cunchita ou moi soyons venus le chercher.»

Samuel parlait avec un débit tellement rapide qu'elle eut du mal à le suivre.

«Monsieur Sanchez expliquez-vous. Je ne vous comprends pas très bien. Il y a toujours une surveillante dans la cour de l'école pour prendre soin des enfants qui attendent leurs parents.

— Oui, je sais. Mais maintenant, je voudrais un accompagnement soutenu afin que mon enfant ne soit jamais seul dans la cour de l'école. La surveillante devra veiller sur lui. Aucune autre personne, à part ma sœur ou moi, ne devra partir avec lui.

— Craignez-vous un enlèvement, monsieur Sanchez?

— Oui, justement.

— Et par qui, je vous prie?

— Par sa mère.

— Elle est donc revenue?

— Oui, et elle désire revoir son fils après cinq ans d'absence. Elle me demande déjà une garde partagée. Elle habite le Canada. Vous voyez cela d'ici? Évidemment Paolo n'est pas au courant du retour de sa mère.

— Et s'il était au courant, vous pensez que Paolo s'intéresserait à la présence de sa mère?

— Non, bien sûr que non.

— En êtes-vous certain, monsieur Sanchez? Quoi qu'il en soit, soyez rassuré, je trouverai quelqu'un pour veiller sur Paolo tant que votre conflit avec votre ex-femme ne sera pas réglé.

— Dès maintenant, je vous prie. Quoique, doré-navant, il serait préférable que je vienne chercher Paolo avant la fin de la classe. Je serai très vigilant. Je vous remercie d'acquiescer à ma demande.

— Votre demande est légitime. Pour le bien de votre enfant, je vous souhaite de régler ce conflit le plus rapidement possible. »

Comme Samuel sortait du bureau de la directrice, Margaret Harrisson passait devant le bureau.

« Monsieur Sanchez, quelle surprise!

— Bonjour, madame Harrisson.

— Il me fait plaisir de vous rencontrer. Le hasard fait bien les choses car, justement, je m'apprêtais à vous

téléphoner. Avez-vous un peu de temps? J'ai trente minutes à ma disposition avant mon prochain rendez-
vous. J'aimerais bien vous parler.

— Oui, avec plaisir.»

Ravi de cette rencontre fortuite, Samuel la suivit
jusque dans son bureau.

«Ça va, monsieur Sanchez? Je suis étonnée de vous
voir à l'école à cette heure.

— Non. Pour tout vous dire, ça ne va pas du tout.

— Puis-je vous être utile?

— Mon ex-femme est revenue. Paolo n'est pas au
courant. Je suis troublé. Elle veut revoir son fils. Elle
voudra sûrement en avoir la garde, du moins la garde
partagée.

— Avez-vous l'intention de le dire à Paolo?

— Il n'en est pas question.

— Vous savez, Paolo est très affecté par la mort
d'Adèle. Présentement, il est très agressif dans les jeux
que nous élaborons au cours de nos rencontres. Je
voulais justement vous voir à ce propos. Il se déprécie
et se croit responsable du départ de sa mère et du
décès d'Adèle. Il se demande également s'il n'a pas
contribué à faire fuir Cybelle et à vous rendre triste.

— Je n'avais pas envisagé qu'il puisse se sentir coupable à ce point.

— Les enfants sont souvent imprévisibles. Revoir sa
mère pourrait peut-être lui être bénéfique. On ne sait
jamais! Je ne crois pas que ce soit sage de lui cacher la
vérité. Paolo est un enfant très intuitif. Il fonctionne
comme un radar et il sentira que vous lui cachez
quelque chose. Je suis défavorable au "non-dit." C'est
ma marotte, on dirait. Peut-être serait-ce une bonne
chose de lui en parler? Qu'en pensez-vous, monsieur
Sanchez?

— Je ne sais trop quoi vous répondre. Je suis pris entre ma colère et le bonheur de mon fils, je crois.

— Je vous comprends. Mais qu'il revoie sa mère ne vous fait pas nécessairement perdre votre fils, si c'est ce qui vous inquiète. Paolo a un attachement très particulier pour vous. Je serais très étonnée qu'il veuille se séparer de vous. »

Samuel écoutait attentivement cette femme en qui il avait une grande confiance. L'amour qu'elle vouait aux enfants et l'attention qu'elle portait à leur souffrance le touchent beaucoup. Elle était là pour eux, pour mettre un baume sur leur chagrin. Non pas qu'elle fût insensible à la souffrance de l'adulte, mais, c'était plus fort qu'elle, elle choisissait d'abord l'enfant. « L'adulte, se disait-elle, a plus de ressources pour affronter sa douleur. »

« Je dois vous paraître monstrueux, n'est-ce pas?

— Non, vous m'apparaissez plutôt souffrant et contrarié. Vous ne vous attendiez plus à revoir votre ex-femme, j'imagine.

— Aucunement. Rien ne laissait présager cela. Voilà cinq ans qu'elle nous a quittés. Pourquoi revenir maintenant?

— Il y a des choses, parfois, qu'on s'explique difficilement dans le comportement d'autrui et même dans notre propre comportement.

— Vous croyez que je devrais répondre à sa demande?

— Je ne peux pas décider pour vous. Je vous dis simplement qu'il serait préférable pour Paolo de connaître la vérité. C'est difficile, je le sais, mais pour le bien de l'enfant, il faut parfois passer par-dessus nos vieilles rancunes.

— Je le ferai, si vous croyez que c'est préférable pour lui. Mais je n'accepterai jamais de le perdre.

— Qui vous parle de le perdre? Faites confiance à Paolo. Il ne voudra jamais vous quitter réellement. Il a compris que vous aviez besoin de lui pour être heureux.

— Je lui parlerai de sa mère.

— Je crois que vous ne le regretterez pas.

— Merci pour vos sages conseils. Je me sens moins dépourvu qu'à mon arrivée.

— Tant mieux si je peux vous être utile. Vous êtes toujours le bienvenu ici. Je travaille pour le bien-être de votre fils.

— Je ne l'oublierai pas. »

Depuis le début de ses rencontres avec madame Harrisson, Samuel s'était rendu compte qu'elle était une excellente conseillère. Dès la première fois, il avait eu confiance en cette femme. Elle avait le don de le sensibiliser à des choses auxquelles il n'aurait jamais pensé. Ses conseils étaient souvent difficiles à suivre, mais, en bout de piste, ils s'avéraient très judicieux puisque Paolo en sortait plus heureux.

Samuel retourna chez lui, la tête pleine mais le cœur vide. Tant d'événements s'étaient produits depuis le jour où il avait lu l'avis de recherche dans le journal de Saco. Il s'ennuyait de sa vie paisible avec Cybelle. Il aurait tellement souhaité l'avoir à ses côtés, encore plus depuis la mort d'Adèle et le retour de Clara. « Oh! ce n'est pas qu'elle serait volubile, elle écouterait plutôt », songea-t-il en souriant. Mais il appréciait sa discrétion, sa façon d'être là sans trop y être. Il avait envie d'elle. Il y rêvait chaque nuit. Ses rêves érotiques le troublaient: il la déshabillait, la caressait et se réveillait chaque fois en sueur, serrant contre lui le pyjama de satin vert, son fétiche. « Dieu qu'elle me manque! Attendre qu'elle me fasse signe est au-dessus de mes forces, surtout en ce moment. J'ai tellement besoin d'elle. » En cet instant, il avait le sentiment d'avoir été un mauvais père et un mauvais frère depuis le départ de Cybelle. Il s'était volontairement retiré de leur vie. «Au moins, le retour de Clara me forcera à sortir de mon isolement.»

Le soir même, il prit le repas avec Cunchita et Paolo. Cela ne s'était pas produit depuis longtemps. Son fils était si heureux qu'il laissa échapper ses aliments par terre et renversa son verre de lait. Cunchita comprenait sa maladresse et essuyait les dégâts en silence. Tout à coup, Samuel leur dit:

«J'ai quelque chose d'important à vous raconter.»

Cunchita et Paolo se regardèrent inquiets, les nouvelles n'étant pas particulièrement bonnes pour eux ces temps-ci. Tous deux pensèrent, sans s'être consultés, que Samuel leur annoncerait qu'il allait rejoindre Cybelle à North Hatley. Paolo blêmit.

«Qu'est-ce qu'il y a, papa?
— Parle, tu m'effraies, renchérit Cunchita.
— Paolo, c'est surtout à toi que cette nouvelle s'adresse. Aujourd'hui, je suis allé au restaurant à Saco et, par hasard, j'ai rencontré ta mère.
— Ma mère? lança Paolo, étonné.
— Oui. Elle est revenue de France depuis un mois. Elle vit avec l'homme qu'elle aimait quand elle nous a quittés. Ils se sont installés à Montréal. Elle est à ta recherche et elle désire te revoir, ajouta-t-il en ayant envie d'avaler ses mots.
— Qui lui a dit où nous habitons? demanda Cunchita.
— Les gens qui ont acheté notre maison à Outremont lui ont dit que nous habitons le Maine. Elle connaît la maison. Elle est venue pour te voir, Paolo.
— Tu connais ma mère, tante Cunchita?
— Oui. Je la connais, Paolo.

— Elle est gentille?

— Quand elle vivait avec ton père, je la trouvais gentille.

— Est-ce que je vais la voir, papa?

— Est-ce que tu aimerais la voir, Paolo?

— Oui, j'aimerais la voir, si ça ne te dérange pas trop.

— Alors, tu la verras. Je te le promets.

— Quand?

— Je vais lui téléphoner et elle viendra te voir dès qu'elle le pourra. »

Paolo était surpris de la tournure des événements. Il voulait revoir sa mère et en même temps il appréhendait cette rencontre, car il était curieux et furieux à la fois. Après tout, elle l'avait abandonné! Mais la pensée de la voir le faisait frémir de plaisir. Il sentait que son père n'était pas content du retour de Clara; mais, même s'il n'aimait pas le contrarier ou lui faire de la peine, son désir de revoir sa mère demeurait plus fort que tout.

« Tu es fâché, papa?

— Non, pas fâché mais troublé. Je ne veux pas te perdre, Paolo. Je n'aimerais pas que tu ailles habiter avec ta mère.

— Habiter avec ma mère! Tu crois que c'est ce qu'elle veut?

— Je le crois.

— Mais voyons, enchaîna Cunchita, ce n'est pas possible. Elle ne peut pas vouloir ça! Après cinq ans d'absence!

— Je connais Clara. Pour elle, tout est simple, le moment est venu de vivre avec son fils et voilà, c'est tout.

— Je ne veux pas cela, moi. Je ne veux pas te quitter, papa. Je veux vivre ici, pas à Montréal.

— C'est ce qu'il faudra tirer au clair, j'en ai bien peur. »

Les commentaires de Samuel avaient refroidi Paolo. Il voulait bien revoir sa mère, mais sans plus. Quant à Samuel, il était soulagé d'avoir dit la vérité à son fils. « Après tout, pensa-t-il, cette femme n'est pas mauvaise. Il est vrai qu'elle avait le droit d'être aimée comme elle le souhaitait et elle a raison, jamais je ne l'aurais épousée si elle n'avait pas été enceinte. Ce que je n'accepte pas, c'est son silence durant toutes ces années. Cinq ans! Tout de même! Je veux bien qu'elle revoie son fils mais à certaines conditions. »

Le lendemain matin, il communiqua avec Clara. Elle n'avait pas quitté le Maine. Elle avait loué une chambre à Saco et avait la ferme intention d'aller à l'école, le jour même, pour y voir son fils. Elle n'aurait pas à donner suite à son projet, car Samuel lui fixa rendez-vous à quinze heures trente, après l'école de Paolo, au restaurant où ils s'étaient rencontrés la veille. Il lui amènerait lui-même son fils. Elle aurait le droit de le voir une heure, pas plus, et il l'attendrait dans sa voiture. Clara accepta sa proposition. « Ce n'est qu'un début et cela vaut mieux que rien du tout », se dit-elle.

Quand elle aperçut son fils tenant la main de son père, elle fondit. Ils étaient si beaux à voir tous les deux. Ils se ressemblaient tellement. Paolo était, décidément, un Samuel miniature.

Dans la voiture, Samuel avait préparé son fils à cette rencontre. Mais, quand l'enfant vit sa mère, il se sentit tellement intimidé qu'il n'avait aucune envie de voir partir son père.

« Paolo, voici ta mère. Je te laisse avec elle et je t'attends dans la voiture, à seize heures trente précises.

Clara, je te prierais d'être à l'heure. Ma voiture sera garée devant le restaurant où je t'attendrai, Diablito. »

Il donna un baiser sur le front de son fils en lui ébouriffant les cheveux comme il le faisait toujours dans les moments de grande tendresse. Le cœur lourd, il retourna à sa voiture ruminer ses sombres pensées. Clara comprit le lien important qui unissait Paolo à son père et elle eut peur soudain d'échouer dans sa démarche. Elle se sentait tellement malhabile. Jamais il ne lui serait venu à l'idée qu'elle pourrait être aussi intimidée devant ce petit bonhomme au regard noir troublé.

« Paolo, tu veux manger quelque chose avec moi? Une frite? Un dessert, peut-être?
— Non, merci.
— Si tu ne manges pas, je serai mal à l'aise de manger devant toi. Tu veux bien m'accompagner?
— D'accord, je prendrai une glace, s'il vous plaît. »

Clara commanda une glace pour son fils et des frites accompagnées d'un café pour elle. Tout en suivant son instinct, elle amorça un semblant de conversation. Elle se sentait si dépourvue devant son propre fils.

« Je suis contente d'être avec toi, Paolo. Tu es un beau petit garçon. J'espère que nous pourrons nous revoir souvent.
— ...
— Tu aimes vivre dans le Maine?
— Oui.
— Tu vis seul avec ton père?
— Avec tante Cunchita aussi. Adèle est morte et Cybelle est partie.
— Qui est Cybelle?
— L'amoureuse de papa.

— Cunchita ne donne plus de concerts?

— Non. Elle reste avec nous.

— Est-ce que vous voyez encore ton parrain Lucas?

— Oui, mais pas souvent.

— Paolo, il faut que je t'explique. Quand je suis partie en France pour aller étudier, je n'ai pas voulu t'amener avec moi, car je ne voulais pas que ton papa reste seul.

— Alors il fallait pas partir.

— Je voulais aller étudier à Paris.

— Papa m'a dit que tu étais partie avec un autre homme. Tu n'aimais plus mon papa?

— Je suis partie avec un homme qui s'appelle François. Il est très gentil, tu verras. Je suis partie parce que nous ne nous aimions plus, ton père et moi. Ce sont des choses qui arrivent, tu sais. Tu vois, Cybelle aussi a quitté ton père. Mais je suis persuadée que ton papa est un bon papa.

— Cybelle n'a pas quitté papa parce qu'ils ne s'aimaient plus. Elle aime encore mon papa et lui l'aime aussi. Ce n'est pas pour cela qu'elle est partie.

— Pourquoi, alors?

— ...

— Excuse-moi, je suis indiscrète. Tu n'as pas à répondre à cette question. Paolo, j'espère que tu me pardonneras un jour de t'avoir laissé avec ton père. J'aimerais bien, car tu es mon fils et je souhaiterais tellement pouvoir te revoir.

— Pourquoi tu ne m'as jamais téléphoné quand tu étais en France?

— C'est une erreur, Paolo. Je le reconnais, maintenant. J'aurais dû le faire. Je ne m'en sentais pas capable. Je devais étudier, écrire ma thèse, tu vois. Et je me disais que, si je te donnais des nouvelles de moi, j'allais te rendre encore plus malheureux. Alors, j'ai décidé de me taire.

— ...

— Tu m'en veux beaucoup?

— ...

— Je pourrai te revoir?

— ... »

Clara essayait de s'excuser, de lui expliquer du mieux qu'elle le pouvait ce qui s'était passé, mais elle voyait la réticence de son fils. Il lui était difficile de faire la part des choses à travers les réactions de Paolo. « Est-il vraiment fâché contre moi ou craint-il de déplaire à son père? se demanda-t-elle. Impossible de répondre à cette question pour l'instant. »

Clara ne lui déplaisait pas. Il la trouvait belle et gentille, mais il ne pouvait faire confiance d'emblée à cette femme qui l'avait abandonné quand il était bébé. Il était prudent et avait pris le parti de ne pas répondre à toutes ses questions. Cependant il lui dit:

« Cybelle a peint un tableau de toi et moi bébé, dans tes bras. Et elle me l'a donné en cadeau, à Noël. »

Clara se dit que Cybelle n'était sûrement pas jalouse pour avoir peint un tableau d'elle avec Paolo. « Comme j'aimerais voir cela », se dit-elle.

« Tu me le montreras, ce tableau? demanda-t-elle presque suppliante. J'aimerais tellement le voir.

— Et Adèle m'a donné des photos de toi avec moi.

— Tu aimes ton tableau et tes photos?

— Oui.

— Tu veux bien me les montrer un jour? insista-t-elle.

— Oui, peut-être.

— Je pourrai te revoir alors?

— Oui, si mon papa le veut. »

Clara saisit rapidement qu'il lui faudrait d'abord

gagner le père si elle voulait avoir le fils. Elle s'acharna à meubler la conversation et les nombreux silences de Paolo jusqu'au moment où elle devrait s'en séparer. Quand la rencontre fut sur le point de se terminer, elle eut envie de le prendre dans ses bras et de le serrer sur son cœur. Elle aimait déjà son fils. Il était si attachant. Elle espérait vraiment qu'il finisse par l'aimer à son tour. Il lui faudrait d'abord parler à Samuel. À seize heures trente précises, elle quitta le restaurant, ce n'était pas le moment d'importuner le père.

«Merci, Samuel. Tel que convenu, voici notre fils, dit-elle en insistant sur le notre. J'aimerais pouvoir te parler le plus tôt possible, s'il te plaît. »

Samuel, décontenancé par cette demande faite devant son fils, acquiesça. Il reconnaissait bien Clara qui avait toujours l'habitude de trouver le moyen d'arriver à ses fins.

«Quand?» insista-t-elle.

Pris au dépourvu et ne voulant surtout pas déplaire à son fils, il répondit:

«Demain, midi trente, dans ce restaurant.
— Merci. À demain. Au revoir, Paolo.
— Au revoir, Clara», dit Paolo, quelque peu intimidé.

Samuel démarra rapidement. Enfoncé dans son siège, Paolo était peu bavard. Samuel l'observait. Il fixait la route et pensait à cette femme, sa mère, qui désirait tant le revoir. Il en avait envie lui aussi, mais il ne savait pas comment aborder le sujet avec son père.
Encore une fois, madame Harrisson fut d'un précieux secours. Samuel la consulta régulièrement et elle

le soutint dans cette nouvelle aventure. Grâce à elle, le père, la mère et le fils finirent par mieux s'entendre.

Clara revit plusieurs fois Paolo. Parfois, elle allait le chercher à l'école ou encore elle organisait des activités qui plaisaient à son fils. Ils avaient maintenant du plaisir à être ensemble. Enfin! Paolo avait le sentiment d'avoir une mère, une vraie cette fois, et il était fier de se pavaner avec elle devant ses camarades de classe. On ne lui dirait plus que sa maman était une vieille femme. L'ombre d'Adèle venait de moins en moins le hanter.

Madame Harrisson trouvait que Paolo progressait. Ses résultats scolaires s'amélioraient et il s'entendait de mieux en mieux avec ses amis. Elle en fit part à Samuel qui devait bien se rendre à l'évidence. Diablito allait mieux. Il en était heureux. Partager l'amour de son fils avec son ex-femme était par contre pénible. De plus, il s'inquiétait du départ de Clara. Il savait bien qu'elle devrait retourner auprès de François sous peu et il appréhendait la réaction de Paolo. Cunchita cherchait à le rassurer.

«Vois comme il va bien depuis l'arrivée de Clara.

— Oui, c'est bien ce qui m'inquiète, car elle repartira un jour.»

N'en pouvant plus, il ne respecta pas la demande de Cybelle. Il lui écrivit pour lui raconter ce qui s'était passé ces derniers temps.

Cybelle, mon amour,

En t'écrivant, je sais que je franchis une barrière interdite. Je ne devais pas te donner signe de vie, je le sais. J'aurais dû attendre que tu le fasses, je le sais aussi. Désolé, je n'en suis plus capable. J'espère que tu me pardonneras cette intrusion dans ta vie et que cela ne te causera aucun problème. Ce n'est vraiment pas ce que je souhaite pour toi.

J'ai besoin de te faire part du retour de Clara, la mère de Paolo. Elle est dans le Maine pour quelque temps. Elle voit régulièrement Paolo et j'appréhende la réaction de mon fils lorsque sa mère repartira. Cunchita est toujours avec nous.

Quand reviendras-tu, mon amour? Tu me manques tellement que je ne sais plus où j'en suis. Pourquoi es-tu partie? Voilà que je divague, car je sais bien pourquoi tu es partie.

J'attends toujours ton retour. Je ne peux croire à la fin de notre amour. Permets-moi d'espérer: c'est tout ce qui va me rester si les choses continuent d'aller comme elles vont.

Ma précieuse Cybelle, je te presse sur mon cœur et je te déclare tout haut: je t'aime, mon amour.

Ton Samuel.

Aussitôt l'enveloppe mise à la poste, il regretta son geste. Il craignait les réactions de Jack si jamais il mettait la main sur cette lettre. «Quel piètre amoureux je fais! Risquer ainsi la paix de ma bien-aimée.»

Chapitre XIV

Élisabeth avait intercepté le courrier avant le retour de Jack. Elle avait pris congé de la boutique, ce jour-là, pour se rendre à l'hôpital de Sherbrooke y passer une échographie afin de déterminer depuis combien de temps elle était enceinte. À son grand soulagement, elle obtint la confirmation que le père était bel et bien Samuel puisque sa grossesse datait de douze semaines. Ce qui correspondait bien au temps où elle vivait dans le Maine, avec lui.

Jack ne connaissait pas encore son secret, Samuel non plus, d'ailleurs, pas plus qu'elle ne connaissait le sexe du bébé, car il n'était pas encore suffisamment développé. « Que dire à Jack ? » se demandait-elle. Elle ne voyait pas comment aborder la question avec lui. Quant à Samuel, elle était persuadée qu'il se réjouirait de cette nouvelle et qu'il accepterait cet enfant avec bonheur.

Elle appuya machinalement sur le bouton du répondeur téléphonique et entendit une voix qu'elle ne pouvait identifier : « Bonjour, Élisa. C'est Anna. Espèce de chipie ! J'arrive de voyage et j'apprends que tu es de retour à North Hatley. Je suis ton amie d'enfance ! L'as-tu oublié ? Téléphone-moi. Mon numéro est le même. Ciao. »

Depuis qu'elle était de retour dans son village natal, Élisabeth était de plus en plus souvent confrontée à son amnésie. Elle n'avait aucun souvenir concernant cette

Anna. Le cœur lourd, elle se mit à dépouiller son courrier et reconnut immédiatement, sur l'une des enveloppes, l'écriture de Samuel Sanchez. Elle s'empressa de lire la lettre, sachant fort bien que Jack serait de retour d'un instant à l'autre. À la fin, elle se mit à sangloter tout en déchirant la missive en petits morceaux; elle les laissa tomber dans la cuvette de la toilette et actionna la chasse d'eau. Son cœur battait à lui en faire mal. Elle ne parvenait pas à sécher ses pleurs. C'en était trop, surtout depuis sa dernière séance avec le docteur Palmer.

En effet, ce matin, sous hypnose, elle avait fait une triste découverte alors qu'elle réussissait à remonter le temps, du moins jusqu'à l'âge de douze ans. Elle avait été victime d'attouchements sexuels, dans son enfance. Le coupable était son parrain, un ami de son père. Il l'emmenait fréquemment se balader en bateau ou en auto et, dans ces moments-là, il profitait d'elle. Cet homme célibataire, qu'elle appelait oncle Ben, la comblait de cadeaux, lui payait des repas au restaurant, lui achetait des glaces, des vêtements, des jouets, bref il comblait ses moindres désirs.

Élisabeth rageait et en voulait à ses parents de ne pas l'avoir protégée de cet homme. Elle sanglotait de plus belle. «Comment ont-ils pu me laisser seule avec lui?» se demandait-elle. Elle était incapable de les excuser même si elle comprenait qu'ils étaient bien accaparés par leur travail au restaurant. «Ils se réjouissaient, sans doute, quand leur ami Ben venait me chercher pour la journée et qu'ils me voyaient revenir, le soir, les bras chargés de cadeaux. Ils ne se sont probablement jamais posé de questions. Quelle naïveté!» se dit-elle avec rancœur.

Elle avait refoulé cette tranche de vie avant même d'être victime d'amnésie. Elle pouvait, à présent, se remémorer certaines scènes qui la faisaient frémir d'horreur. Après cette découverte, elle avait eu envie d'abandonner ses recherches et de retourner vivre auprès de Samuel, dans l'ignorance de son passé. La lettre d'aujourd'hui venait raviver son désir.

Comme elle se sentait seule à North Hatley! Ce n'était certainement pas avec Jack qu'elle pourrait échanger sur ses états d'âme. Il avait épousé une fille sans problème. Elle ne le croyait pas en mesure de la comprendre. Il détestait les complications. Ce qui la tourmentait également, c'était la crainte des séances à venir, même si le docteur Palmer l'avait prévenue qu'il abandonnerait l'hypnose pour un certain temps. «Il faut procéder lentement avec cette technique. Ce n'est qu'à petites doses que vous pourrez digérer vos découvertes», lui disait-il.

De plus, elle savait que Jack n'était pas heureux comme il l'aurait souhaité, depuis son retour. Elle était lointaine, silencieuse. Elle répondait passivement à ses avances comme si elle avait un devoir à accomplir. Il savait bien qu'elle n'avait aucune envie de lui. Avec Samuel, elle pleurait chaque fois après avoir fait l'amour. Avec Jack, elle pleurait du début à la fin.

Elle savait également qu'elle décevait ses parents. Ils ne la reconnaissaient plus. Femme joyeuse et heureuse de vivre, elle était devenue triste et déprimée. À la boutique, elle ne mettait pas assez d'ardeur à ses affaires malgré toute sa bonne volonté. Elle avait bien essayé de reprendre l'entreprise en main, mais elle n'y arrivait pas. Elle pouvait encore dessiner des modèles, mais elle ne pouvait plus se rendre aux États-Unis pour y acheter ses tissus. Elle devait envoyer Marie à sa place. Il lui avait donc fallu engager une autre couturière, car Blanche n'arrivait pas à coudre seule tous ces vêtements. Elle savait que cela coûtait cher à la boutique. Mais comment faire autrement? Elle se sentait incapable. Blanche et Marie s'inquiétaient de leur avenir. Elle savait tout cela, mais elle n'y pouvait rien.

Parfois, elle avait envie de mourir. Mais quand elle songeait au bébé qu'elle portait dans son ventre, elle se ravisait. «Ai-je le droit de lui enlever la vie en même temps que la mienne?» se demandait-elle. Désespérée, elle s'accrochait au coup de fil d'Anna comme on s'accroche à une bouée pour ne pas mourir noyé. «Et si cette Anna, qui se dit mon amie, pouvait m'aider à combler ma solitude?» Elle se cramponna à cet espoir.

À son retour du travail, Jack trouva Élisabeth dans un profond état de découragement. Elle était étendue dans le lit, en position fœtale, et elle pleurait à chaudes larmes.

«Élisabeth! Que se passe-t-il?» lui demanda Jack.

Il n'osait pas approcher du lit, car il se doutait bien qu'il ne serait pas le bienvenu.

«Mais enfin, Élisa! Réponds-moi», insista-t-il.

C'est à travers des sanglots qu'il l'entendit dire:

«Je suis malheureuse, Jack. Je veux mourir. C'est trop dur!
— Assieds-toi, Élisa, nous pouvons en parler.
— Parler de quoi?
— Je ne sais pas, moi. De ce qui te fait pleurer.
— Tout me fait pleurer, Jack. Rien ne va plus.»

Ne voulant pas s'avancer sur ce terrain, elle lui demanda:

«Qui est cette Anna qui m'a téléphoné?
— Anna est ton amie d'enfance. Vous étiez inséparables depuis le jour où vous vous êtes connues, à la maternelle. Tu ne te souviens pas?

— Non. Elle veut que je la rappelle. On a son numéro de téléphone?

— Bien sûr, tu veux le faire maintenant?

— Non, pas maintenant. Je me sens si lasse.

— Tu es revenue de la boutique plus tôt aujourd'hui. Tu devrais en profiter pour dormir un peu, lui dit-il, content de s'esquiver, trop mal à l'aise devant le découragement d'Élisabeth.

— Oui, merci, c'est une excellente idée, répondit-elle, soulagée de ne pas avoir à poursuivre la conversation.

— Pendant ce temps, je préparerai le souper. Ça te va?

— Oui. Merci. »

Elle était incapable de dormir. Elle pensait à Samuel, à ce qu'il avait à vivre depuis leur séparation : le vide de son absence, les besoins de Paolo, la mort d'Adèle, le retour de Clara. « Pauvre lui! songea-elle. Comme la vie est difficile et étrange, parfois! C'est comme si, par moments, on n'avait aucune emprise sur les événements. Ils arrivent lorsqu'on s'y attend le moins, comme si on ne parvenait plus à tenir le gouvernail. »

Elle se trouvait bien jeune pour être désillusionnée à ce point. Elle flattait son ventre tout en parlant à son bébé. « Pauvre chou! Tu as une maman bien triste, mais je ne te laisserai pas tomber, tu verras. »

Elle décida illico qu'elle avait droit à une part de bonheur dans la vie. « Ma décision est prise! Dès demain, j'irai au bureau de poste prendre une case postale et j'entretiendrai une correspondance avec Samuel. Comme cela, je n'aurai pas à subir les foudres de Jack, se dit-elle, convaincue de bien faire. De plus, je lui annoncerai la bonne nouvelle. J'ai besoin de connaître sa réaction avant d'en parler à Jack, mais je crois qu'il sera fou de joie! ». À la pensée qu'elle portait, dans son ventre, la fille de Samuel, elle sentit un bien-être commencer à s'installer. Sans trop savoir pourquoi, elle était convaincue que ce bébé serait une fille.

«Comme les sentiments sont précaires, songea-t-elle. Un instant, je songe à la mort. L'instant d'après, je songe à la vie. Est-ce ainsi que les hommes vivent : en oscillant d'un côté à l'autre?»

Elle sortit du lit, un brin ragaillardie, en se promettant d'écrire à Samuel et de téléphoner à Anna dès le lendemain.

Comme prévu, après le départ de Jack, elle écrivit à Samuel et se rendit au bureau de poste pour y ouvrir une case postale.

Samuel chéri,

J'ai été si heureuse de te lire. Rassure-toi, ça ne m'a causé aucun problème. Désormais, tu pourras m'écrire au casier postal 402. Ainsi nous pourrons correspondre sans que tu t'en fasses pour moi.

Je suis désolée de tout ce qui t'arrive. Je m'inquiète pour toi et pour Paolo. Qu'arrivera-t-il si Clara désire en avoir la garde?

De mon côté, les choses sont difficiles. Je découvre des aspects de ma vie qui ne me font pas plaisir. Il serait trop long de te raconter cela ici. Un jour viendra où tu sauras tout.

Pour l'instant, je me contente de t'écrire cette bonne nouvelle, du moins, c'est une bonne nouvelle pour moi. J'attends un enfant. J'ai passé une échographie qui me laisse croire que cet enfant est de toi puisque je suis enceinte depuis douze semaines. Alors, monsieur, veuillez calculer vous-même. Je n'ai pas encore mis Jack au courant. Je ne m'attends à rien de bon de sa part. Et toi, qu'en dis-tu?

Je te presse tendrement sur mon cœur. Tu me manques tellement. Il m'arrive d'avoir envie de m'envoler pour aller te rejoindre. Serons-nous réunis un jour avec Paolo et notre bébé?

Au plaisir de te lire, mon bien-aimé, ne tarde pas trop.
Cybelle

Ayant posté sa lettre, Élisabeth donna suite à son projet de téléphoner à Anna. Elle n'eut pas à le regretter. La rencontre avec son amie d'enfance lui fut bénéfique. Elle avait décidé de faire confiance à cette vieille amitié. Elle avait trop besoin d'une amie pour se permettre d'agir autrement. Quand elle se trouva devant cette jeune femme, blonde, grande et robuste, au teint incarnat, aux joues rebondies, qui la prit dans ses bras avec une telle fougue et une telle vigueur, Élisabeth ne put faire autrement que de se laisser aller à cette étreinte, malgré l'absence de souvenirs. Ce fut comme si elle l'avait connue depuis toujours. «Dieu! que j'ai besoin de la force et de la chaleur de cette Anna», s'avoua-t-elle.

Élisabeth lui raconta, dans les moindres détails, tout ce qui s'était passé depuis le mois d'octobre. C'était maintenant février. Anna était stupéfiée.

«Ma pauvre fille, quelle histoire! Que comptes-tu faire à présent?

— Continuer mes rencontres avec le docteur Palmer. C'est ce que j'ai de mieux à faire pour l'instant.

— Tu sais, je me souviens de ton oncle Ben. J'étais tellement envieuse de tout ce qu'il t'achetait. Tu avais plein de belles poupées, de belles robes. Tu ne m'as jamais parlé de ce qu'il te faisait subir. Ma pauvre fille!

— Il devait me forcer à garder le secret. Tu sais, j'avais complètement oublié cela. Le docteur Palmer m'a dit qu'il arrive fréquemment qu'un adulte enfouisse ce genre de souvenir dans son inconscient parce qu'ils sont trop douloureux. C'est ce qu'on appelle une amnésie sélective. J'aimerais bien savoir où se trouve cet homme maintenant.

— La dernière fois que nous l'avons vu, il me semble, c'est le jour de ton treizième anniversaire de naissance. Nous fêtions au restaurant de tes parents. Je m'en souviens très bien. Après, il est parti à l'étranger. Où? Je n'en sais rien. Tes parents pourraient sûrement te renseigner à ce sujet.

— Oh! Excuse-moi, Anna. Je ne parle que de moi. Et, je ne sais rien de toi. Dis-moi! As-tu un mari?

— Si tu savais tout ce que tu connais de moi, ma pauvre fille, dit-elle en s'esclaffant de son beau rire plein de santé. Il y aurait de quoi rougir. Eh bien, non, pour répondre à ta question. Le mariage, ce n'est pas pour moi. Je suis comme un papillon. J'ai besoin de liberté. Je voltige et parfois je m'arrête un peu plus longuement sur la même fleur. Mais, Dieu! qu'elle a besoin de sentir bon, dit-elle en riant de plus belle.

— Comme j'aime t'entendre rire. Je comprends pourquoi je suis ton amie depuis si longtemps. Et moi? Dis-moi, Anna, est-ce que j'aimais Jack quand je l'ai épousé?

— Oui, je crois bien que oui. Mais que signifie aimer, Élisabeth? Vous formiez un couple charmant. J'en parle au passé, tu ne trouves pas cela étrange? Pour être franche, je n'ai jamais apprécié son caractère. Je t'avais mise en garde d'ailleurs quand tu as commencé à sortir avec lui. C'était un être impulsif, prompt, colérique parfois. Les choses devaient se passer comme il le souhaitait, sinon, rien n'allait plus. Et toi, selon moi, tu te pliais trop à ses caprices. Je te le disais, mais tu n'entendais rien. Et te voilà amoureuse d'un autre maintenant. Comment est-il? J'aimerais que tu m'en parles un peu. Est-il différent de Jack?

— C'est un être généreux, plein de tendresse. Une force tranquille émane de lui. Quand je suis avec lui, je me trouve belle, je me trouve bonne, je suis bien. C'est doux, c'est paisible, c'est facile. Je l'aime, Anna. C'est comme si je ne ressentais plus rien pour Jack. Je me demande même pourquoi je l'ai épousé.

— Les choses ne sont pas toujours explicables,

Élisabeth. On ne comprend pas toujours, immédiatement, ce qui motive nos choix.

— Revenons à toi. Que fais-tu comme travail?

— Je suis travailleuse sociale.

— Ça ne m'étonne pas. Tu en as le profil.

— Eh bien! Qu'est-ce qui te fait dire cela? s'enquit-
elle en riant encore.

— Ta qualité d'écoute, ta chaleur, ta propension à
venir en aide aux malheureux comme moi, dit-elle mi-
triste mi-rieuse.

— Pour toi, c'est différent, Élisabeth. Je t'aime
depuis toujours.

— Et je t'aime aussi, Anna: j'en suis persuadée. Ne
m'abandonne pas. J'aurai besoin de toi dans les jours à
venir. Tu es la gardienne de ma mémoire et avec toi je
me sens bien, tellement à l'aise.

— Je ne t'abandonnerai pas, ma vieille, au risque de
me faire traiter d'embarrassante. Tu verras! Comme le
disait ma mère: un vrai pot de colle, celle-là!

— Je me sens privilégiée d'avoir une amie comme
toi.

— Cette amitié est très précieuse pour moi aussi. »

Les deux amies se quittèrent heureuses de ce bel
après-midi passé ensemble. Élisabeth ne se sentirait
plus jamais seule comme la veille au soir. Elle était
maintenant certaine qu'Anna veillerait sur elle.
« Comme j'ai bien fait de la rencontrer! »

Chapitre XV

«Cunchita!... Cunchita!...»

La voix de Samuel résonnait dans toute la maison.

«Cunchita! Cunchita! Je vais être père, s'exclama Samuel, fou de joie.

— Mais tu as perdu la tête, ma parole! Es-tu devenu complètement idiot?

— Non! Je t'assure. Je viens de recevoir une lettre de Cybelle et elle m'annonce qu'elle attend un enfant de moi.

— Samuel! Je ne te croyais pas aussi naïf. Voyons! Qui te dit que cet enfant est de toi?

— Elle a passé une échographie. Elle est enceinte de douze semaines. Calcule toi-même.

— Samuel! Elle est loin. Elle peut te dire n'importe quoi. Peux-tu vérifier si elle dit vrai?

— Mais je n'ai pas à vérifier, Cunchita. Je lui fais entièrement confiance.

— C'est bien ce que je disais. Tu es naïf. Cybelle a le loisir d'inventer ce qu'elle veut, même d'affirmer avoir accouché avant terme. Pourquoi pas? Si j'étais toi, j'exigerais un test d'ADN pour confirmer qu'il est bien de toi, cet enfant. Tu ne sais rien du passé de cette femme. Ne la laisse pas abuser de toi.

— Je te trouve très amère, Cunchita, et très rabat-joie. Serais-tu envieuse, par hasard?

— Un peu, bien sûr. Mais cela mis à part, permets-moi de douter de l'authenticité de ta paternité. Que comptes-tu faire?

— Lui faire part de mon bonheur et lui dire que je suis prêt à l'accueillir dès qu'elle le pourra.

— C'est tout! Sans aucune preuve!

— Sans aucune preuve.

— C'est bien ce que je disais. Tu es un triple idiot.

— Cunchita, ne m'enlève pas mon plaisir. C'est la première bonne nouvelle que je reçois depuis son départ. Et en plus, je peux lui écrire maintenant. N'est-ce pas merveilleux?

— Il te faut peu de chose pour être heureux, mon cher.

— Et toi, Cunchita que te faut-il? Il y a maintenant plus de deux mois que tu es ici. Crois-tu que c'est une vie pour toi de faire le ménage, les courses et la cuisine? Tu n'es pas une domestique, Cunchita. Nous pouvons engager quelqu'un pour les tâches ménagères. Ce n'est pas un problème. Et Paolo, tu n'as pas vraiment à t'en occuper de ce temps-ci. Quand il n'est pas à l'école, il est souvent avec sa mère. Tu ne sors jamais. Tu ne joues plus du piano.

— Et tu trouves cela normal, toi, que Paolo soit aussi souvent absent?

— Je n'aime pas cela. Mais il faut bien admettre qu'il va mieux, depuis ce temps. Madame Harrisson me l'a confirmé.

— C'en est une autre qui gouverne ta vie.

— Elle ne gouverne pas ma vie. Elle m'aide à voir clair, à comprendre ce qui se passe dans la tête de Paolo. Il faut bien lui rendre ce qui lui appartient : n'eût été d'elle, Paolo n'aurait pas revu sa mère et peut-être s'en porterait-il plus mal.

— Et que feras-tu, si elle en veut la garde? Si madame Harrisson te dit que c'est ce que tu dois faire, tu vas le laisser aller? C'est cela?

— Nous n'en sommes pas encore là. Clara va repartir sous peu. Elle partage sa vie avec François. Elle ne peut pas rester ici indéfiniment, tu le sais bien.

— C'est bien ce qui me dérange. Ç'aurait été plus facile si elle avait habité près d'ici. Elle va vouloir l'emmener avec elle, au Québec. C'est sûr.

— Je ne permettrai pas cela.

— Permets-moi d'en douter, maintenant que Cybelle est enceinte et de toi, supposément. Pauvre Paolo! Il n'aura plus beaucoup de place.

— Ne t'en fais pas, il y aura de la place pour tout le monde. Le cœur c'est comme un autobus, il y a plein de sièges dedans. »

Aujourd'hui, les commentaires de sa sœur ne l'affectaient pas. Il était un homme heureux.

«Revenons à toi, Cunchita. Qu'as-tu l'intention de faire, maintenant que tu ne peux plus faire d'enfant avec Lucas? »

Cunchita devint écarlate et s'empressa d'ajouter :

«Il n'y a pas que Lucas sur terre, que je sache.

— Mais c'est de lui que tu voulais cet enfant, n'est-ce pas?

— Pour être franche, oui. Vois-tu, j'avais la certitude qu'il m'aimerait toujours. Je me suis trompée. Je suis déçue, je l'avoue. »

Samuel préférait la franchise de sa sœur aux faux-fuyants qu'elle avait utilisés depuis quelques instants. Cela l'incita à continuer :

« As-tu renoncé à ton désir d'être mère?

— Non, je veux un enfant et j'envie Cybelle d'être enceinte.

— Cybelle a beaucoup d'autres problèmes actuellement si ça peut te consoler. Quant à toi, ce n'est pas en restant à la maison que tu trouveras un géniteur.

— Je commence à m'ennuyer, d'ailleurs. Ma vie n'a plus de sens. Je ne donne plus de concerts et Lucas va se marier, alors!

— Ce n'est pas que je désire ton départ, Cunchita, loin de moi cette pensée, mais il me semble que tu devrais te remettre au piano au cas où tu voudrais reprendre tes concerts. Tu n'as pas joué depuis la mort d'Adèle.

— Je n'ai pas le temps. Il y a trop de choses à faire ici.

— Ce sont des excuses. Nous engagerons quelqu'un. Je n'aime pas voir ma sœur, concertiste, se déguiser en bonne.

— Je réfléchirai à tout cela. Mais toi aussi, tu as à réfléchir, mon frère. Je suis sérieuse à propos de ta naïveté. »

Le téléphone sonna et mit un terme à leur conversation. Samuel se précipita pour prendre l'appel.

« Oui, bonjour!

— Hé! Salut, Samuel, c'est moi, Lucas.

— Salut, mon vieux! Où es-tu?

— En Espagne.

— Comment vas-tu? Qu'y a-t-il? Je suis étonné que tu m'appelles maintenant.

— Je t'appelle pour t'annoncer une bonne nouvelle.

— Qu'est-ce que c'est? Tu me fais languir ou quoi?

— Margarita attend un bébé. Je suis heureux comme un roi.

— Félicitations, vieux! C'est une excellente nouvelle.

— Elle aura un beau ventre rebondi pour le mariage. Elle sera la plus belle femme de la noce. Vous venez au mariage, n'est-ce pas?

— J'y serai avec Paolo, c'est certain.

— Et Cunchita?

— Je le suppose, aussi. Moi, j'ai deux grandes nouvelles pour toi. La première, Clara est de retour. Elle voit son fils régulièrement.

— Non! Tu n'auras jamais fini de m'étonner. Elle va bien?

— Très bien. Elle est toujours avec François Fontaine. Il semble que c'était sérieux.

— Et Paolo?

— Il va mieux depuis qu'il a retrouvé sa mère.

— Ça ne te fâche pas trop?

— Non, ça va.

— C'est une grande nouvelle, en effet. Et la deuxième nouvelle, tu me la dis?

— Je vais être père, moi aussi. Et tout comme toi, ça me rend heureux comme un roi.

— Quoi! Qui est la mère?

— Ne fais pas l'imbécile. Cybelle attend un enfant de moi. J'ai reçu une lettre ce matin.

— Félicitations, mon vieux! Si tu es heureux, je le suis pour toi. Reviendra-t-elle?

— Je ne le sais pas encore. Pour l'instant, elle va à ses séances d'hypnose. C'est tout ce que je sais.

— Merveilleux! nous aurons un enfant du même âge. Peut-être assistera-t-elle à notre mariage avec, elle aussi, un ventre arrondi. Je les vois d'ici, mesurant leur ventre respectif.

— Je l'espère aussi.

— Eh bien! Salue Cunchita pour moi. Elle est toujours chez toi?

— Oui. Je la saluerai volontiers. Mes salutations à Margarita également.

— O.K. Ciao. Et bonne chance!»

Samuel aurait aimé que Lucas envoie ses salutations à Cybelle ou encore des félicitations pour elle. Il ne l'avait pas fait. Il en avait été incapable. Samuel n'aimait pas que son seul et grand ami doute des sentiments de Cybelle à son égard. Mais il en doutait. C'était plus fort que lui. Pour Lucas, Cybelle était une pauvre paumée. Il ne croyait pas en l'authenticité et en la durabilité de ses sentiments. Pour lui, Samuel était amoureux d'une image.

«C'était Lucas, n'est-ce pas? lui demanda Cunchita, tristement.

— Oui. Il t'envoie ses salutations.

— Si j'ai bien compris, elle est enceinte?

— Oui, je suis désolé, Cunchita. Je sais que cette nouvelle n'arrive pas à un bon moment. Ils s'attendent à ce que tu assistes à leur mariage. Viendras-tu malgré tout?

— J'y serai. J'y serai. Ne crains rien.»

«Quel gâchis! se dit Cunchita. Samuel a raison, il faut que je me remette au piano. Je m'ennuie à mourir ici. Je dépéris. Plus rien ne m'intéresse. Je vais téléphoner à mon agent avant qu'il ne soit trop tard. Mais avant, il faut que Samuel engage une aide-domestique et une gouvernante pour Paolo. Pauvre vieille pomme! Comme tu nous manques! Je me demande bien ce que tu aurais pensé du retour de Clara et de la grossesse de Cybelle. Je dois admettre, cependant, que Paolo et Samuel sont de meilleure humeur. Peut-être t'en serais-tu réjouie?»

Le lendemain, Cunchita mit Samuel au courant de ses projets. Comme il était habitué aux allers et retours de sa sœur, il n'en prit pas ombrage. Au contraire, il se réjouissait pour elle et approuvait sa décision. Par contre, remplacer Adèle était pour lui un problème de taille. Il était bien conscient qu'elle était, d'une certaine façon, irremplaçable. Juste à imaginer une étrangère déambulant dans sa maison, il devenait de mauvaise humeur. Pour s'en convaincre, il se dit: «Tout change, mon vieux! Tu dois aller de l'avant. Rien ne sera plus jamais pareil. C'est ça la vie. Et qui me dit que l'après ne sera pas meilleur que l'avant?» Toutes ces phrases qu'il se répétait le rassuraient.

Heureusement, depuis qu'il pouvait correspondre avec Cybelle et qu'il savait qu'il deviendrait père pour une deuxième fois, Samuel se sentait mieux. Maintenant, il avait foi en l'avenir. Il était dans cet état d'esprit lorsqu'il rencontra, accompagné de Cunchita, cinq femmes dont il avait déniché les coordonnées dans les petites annonces des journaux locaux. Il souhaitait y découvrir la perle rare. Elles avaient entre vingt-cinq et cinquante ans. Leur choix s'arrêta sur une jeune femme dans la trentaine, celle qui semblait être la plus dégourdie et en même temps la plus sereine. C'était une femme d'origine espagnole, ce qui constituait un atout supplémentaire.

Chez les Sanchez, on s'exprimait en trois langues: français, anglais et espagnol, selon l'humeur. Adèle s'était fait un point d'honneur de toujours s'adresser en français à chacun d'eux. Elle disait: «Votre mère était québécoise. Ce sont vos origines. Ne l'oubliez jamais.» Et elle avait toujours veillé à ce qu'il en soit ainsi.

Paolo, bien sûr, allait à l'école anglaise, puisqu'il vivait dans le Maine depuis cinq ans déjà, mais son père avait passé beaucoup de temps à lui enseigner les rudiments de l'espagnol. L'enfant se débrouillait fort bien, d'ailleurs. On pouvait le vérifier quand son parrain Lucas venait passer quelque temps dans leur maison du Maine.

La nouvelle gouvernante s'exprimait aussi bien en anglais qu'en espagnol, mais le français, elle n'en connaissait rien. Désormais, il reviendrait à Samuel de veiller à ce que son fils puisse conserver ce qu'il connaissait du français. En raison du retour de Clara, sa tâche serait facilitée.

La nouvelle gouvernante entra chez les Sanchez la semaine qui suivit l'entrevue. En un rien de temps, elle conquit le cœur de Paolo, de Cunchita et même celui de Samuel. Elle connaissait bien les enfants puisque, dans son pays d'origine, la Colombie, elle avait enseigné à des classes d'âge préscolaire. Avec Paolo, elle retrouvait le bonheur de contribuer à l'épanouissement d'un petit être en devenir. Ensemble, ils jouaient, bricolaient, lisaient, dessinaient, riaient et surtout ils parlaient le langage du cœur. Oui, Alicia savait écouter, décoder et refléter adéquatement les émotions qu'elle sentait vivre en lui.

Pour les tâches domestiques, elle s'en acquittait à peu près convenablement tout au plus, mais Samuel se contentait de ses performances puisque Paolo semblait heureux en compagnie de cette femme. Il se rendait compte que depuis son arrivée l'atmosphère de la maison avait beaucoup changé. Maintenant, le rire était de rigueur. Elle avait une façon bien à elle de désamorcer toutes les tensions qui pouvaient surgir dans une journée. Elle possédait un sens de l'humour qui l'amenait à rire d'elle-même, sans aucune gêne, dans des moments qui, pour quelqu'un d'autre, auraient pu être pathétiques.

Samuel était fasciné par la bonhomie d'Alicia. Même Cunchita se détendait. Elle s'était remise à jouer du piano, chaque jour. Alicia ne tarissait pas d'éloges. Elle raffolait de ces moments où Cunchita s'installait au piano. Quant à Samuel, il s'était laissé entraîner, sans trop s'en rendre compte, sur la pente de la confidence. Il lui parla de son père, de sa mère, d'Adèle, de Clara, et même de Cybelle. Il lui fit part de ses inquiétudes, de ses angoisses même. En retour, elle lui parla d'elle.

Elle vivait aux États-Unis depuis maintenant huit ans. Elle avait épousé un Américain rencontré sur les plages de Cali. Elle avait quitté parents, travail et amis pour le rejoindre. Malheureusement, le sort avait voulu qu'il meure dans un accident de la route il y avait maintenant de cela quelques années. Elle avait été mariée à cet homme et heureuse avec lui durant trois ans. Après la tragédie, elle avait perdu son bébé alors qu'elle était enceinte de cinq mois. Depuis, elle n'avait plus été amoureuse. Le souvenir de cet homme, son homme, venait encore la hanter.

Ces échanges avaient lieu le soir quand Paolo dormait. Très souvent Cunchita se joignait à eux pour bavarder des heures entières. Ce fut donc dans la convivialité que s'établirent les nouveaux rapports entre les membres de la famille Sanchez. Tout semblait aller pour le mieux lorsque Clara lui fit une demande qui le révolta. Depuis un mois, il s'était habitué à ce qu'elle apparaisse dans le décor assez régulièrement, du moins pour venir chercher et reconduire Paolo à la maison. Il savait qu'elle devrait retourner au Québec un jour ou l'autre. Mais il ne s'était pas attendu à ce qu'elle souhaite amener Paolo avec elle durant la semaine de la relâche scolaire.

Ce fut lorsque Clara revint à la maison avec Paolo, après avoir passé le samedi après-midi en sa compagnie, qu'elle demanda à Samuel si elle pouvait lui parler seul à seul. Il accepta plus par curiosité que par plaisir. Il s'enferma dans son bureau avec elle pendant qu'Alicia et Cunchita bavardaient avec Paolo tout en préparant le repas. Les deux femmes avaient remarqué qu'il était plus agité qu'à l'accoutumée. Aussitôt la porte fermée, Clara, toujours aussi directe, ne perdit pas une seconde.

«Samuel, je dois retourner au Québec bientôt. Je suis ici depuis un mois et François aimerait que je rentre maintenant. Il a été très patient. De plus, je dois m'occuper de mon nouveau travail, car, paraît-il, j'ai été acceptée comme professeur de littérature à l'Université de Montréal.

— Félicitations. C'est ce que tu souhaitais, n'est-ce pas?

— Oui. Merci. Je suis contente, car nous étions quatre à avoir présenté une candidature. J'ai été l'heureuse élue. François me dit qu'un comité désire me rencontrer au début de la semaine prochaine. Je dois donc quitter le Maine demain. Paolo est au courant.

— Ça va. Je n'y vois aucun problème. Paolo s'en remettra. Il éprouve beaucoup de plaisir avec Alicia. Tu peux partir en paix. D'ailleurs, tu en as l'habitude, se permit-il d'ajouter avec un brin de sarcasme.

— Cette fois-ci, c'est différent. Je veux amener Paolo avec moi pour la semaine. J'aimerais profiter de la relâche scolaire pour présenter mon fils à François. Paolo est d'accord. Il a envie de revoir Outremont, le lieu où il est né. Nous en avons beaucoup parlé. Il se fait une joie de m'accompagner. Et je veux qu'il reprenne contact avec le Québec, qui fait aussi partie de ses racines.

— Clara, je ne comprendrai jamais ta désinvolture. Tu me déroutes. Comment les choses peuvent-elles être si simples pour toi? Tu t'absentes cinq ans, tu reviens, et voilà qu'au bout d'un mois, hop! c'est réglé, j'emmène mon fils chez moi pour une semaine. Les choses ne sont pas aussi simples pour moi.

— Ça, je le sais, dit-elle, quelque peu impatientée. Tu compliques tout, Samuel. Paolo est d'accord. Il a peur que tu lui dises non.

— Je ne laisserai pas partir mon fils au Québec pour une semaine. Clara, oublie ça. C'est tout simplement impossible. Je m'expliquerai auprès de Paolo. Cet enfant est avec moi depuis qu'il est né et tu ne commenceras pas à le trimbaler du Québec aux États-Unis. Je te vois venir. Tu commences par une semaine et ensuite ce sera l'été au complet et après ce sera quoi? Non, mais pour qui te prends-tu? Soudain tu as tous les droits?»

Le ton montait. Clara avait bien envisagé que ce serait difficile, mais elle ne s'attendait pas à un refus catégorique.

«Samuel, je suis désolée, mais je ne me laisserai pas faire. Si tu veux avoir recours au tribunal pour te défendre, je ferai de même, quoique ce ne soit pas ce que je souhaite. Il serait préférable pour Paolo que ses parents s'entendent sur la garde sans les avocats, tu ne trouves pas?

— Mais qui te parle de la garde de l'enfant. Tu es folle ou quoi? Tu n'auras jamais la garde. Tu seras considérée comme une mère dénaturée qui a abandonné son enfant lorsqu'il avait un an. Jamais un juge ne te donnera gain de cause. En tout cas, pour l'instant, c'est non. Paolo ne partira pas avec toi.

— C'est ton dernier mot?

— C'est mon dernier mot.

— Très bien, laisse-moi dire au revoir à mon fils. Et attends-toi à recevoir des nouvelles de mon avocat.

— J'y répondrai par la bouche de mes canons», dit-il mi-moqueur mi-sérieux.

Paolo attendait avec anxiété le verdict de son père. Il avait bien entendu les voix monter pendant leur entretien. Il n'aimait pas cela. Il aurait souhaité que son père accepte la proposition de sa mère. Il se faisait une fête d'aller au Québec. Quand il entendit son père lui demander de venir faire ses adieux à sa mère, il fondit en larmes.

« Diablito, elle reviendra.

— Papa, tu ne veux pas que j'aille passer la semaine avec ma mère au Canada? demanda-t-il en pleurnichant.

— Non, Paolo. C'est mieux ainsi. »

Paolo entra dans une colère telle que Samuel en resta sidéré. L'enfant se mit à lancer ses jouets et à pousser des hurlements. Samuel, étonné par tant d'agressivité, se demanda si son fils avait appris à libérer sa colère dans ses rencontres avec madame Harrisson, car il ne l'avait jamais vu ainsi auparavant. Cunchita et Alicia ne semblaient pas comprendre ce qui se passait.

« Papa, je veux y aller! Je veux y aller! hurla-t-il de plus belle. Pourquoi tu m'en empêches? Tu n'as pas le droit! Tu n'as pas le droit! Je veux y aller! »

Clara se rendait compte qu'elle venait de déclencher un mini-drame. Elle non plus ne connaissait pas son fils sous cet angle.

« Tout rentrera dans l'ordre. Après la tempête, le calme. C'est bien connu », songea Samuel.

« Paolo, ce sera pour une autre fois, se hasarda-t-il à lui dire. Je ne suis pas prêt maintenant à te laisser partir pour une semaine.

— Moi, je le suis. Tu ne comprends rien de rien », lui dit-il en sanglotant.

Samuel, ému par tant de chagrin et chaviré par tant de colère, finit par se laisser amadouer. Jamais, auparavant, il n'avait vu Paolo insister avec une telle force. Il savait qu'à l'école, il était capable de violence, madame Harrisson lui en avait fait part, mais à la maison...

«Très bien, lui dit-il, nous allons faire un compromis. J'irai avec toi à Montréal. Nous vivrons à l'hôtel. Tu verras ta mère aussi souvent que tu le voudras, mais tu reviendras dormir à l'hôtel avec moi. Peux-tu accepter ce compromis?

— Oui... oui... dit-il en sanglotant.

— J'accepte aussi, dit Clara. Ce sera mieux que rien, n'est-ce pas? Tu iras avec ton père dans sa voiture et nous nous retrouverons chez moi. Je te laisse mon numéro de téléphone et tu m'appelles à ton arrivée.»

Elle embrassa son fils sur la joue en lui ébouriffant les cheveux comme Samuel avait l'habitude de le faire, ce qui ne manqua pas de mettre le père en rogne. Il n'avait jamais accepté finalement qu'elle les ait abandonnés tous les deux. «Étrange quand même. Je n'étais pas vraiment amoureux de cette femme. Pourquoi cet abandon me fait-il autant rager aujourd'hui? Je ne veux pas lui laisser la chance d'être heureuse en compagnie de son fils. Elle doit payer pour ce qu'elle a fait. Comme je suis rancunier! Paolo, lui, passe l'éponge comme si rien n'était arrivé. Il exige quasiment que je fasse les quatre volontés de sa mère. C'est trop me demander!»

Après le départ de son ex-femme, Samuel sentit le besoin de parler à son fils. Ce soir-là, il insista pour aller le border dans son lit.

«Je suis désolé, Paolo, mais je ne peux pas pardonner aussi facilement à ta mère. Elle t'a abandonné trop longtemps. Je suis fâché qu'elle soit revenue et qu'elle s'approprie tous les droits dès qu'elle en a envie. Je trouve qu'elle exagère.

— Clara est gentille, papa, et c'est ma mère. Elle m'a expliqué pourquoi elle est partie et j'ai compris. Je l'aime, papa. Madame Harrisson m'a aussi expliqué pourquoi c'était difficile pour toi. Mais elle croit aussi que j'ai le droit de voir ma mère.

— C'est entendu, tu la verras, mais à mes conditions. Dors bien, Diablito, car nous partirons tôt demain matin.

— Bonne nuit, papa, et merci », dit le petit en faisant une caresse à son père.

Paolo avait une maturité supérieure à celle des enfants de son âge. Il avait toujours vécu entouré d'adultes. D'ailleurs, il se comportait souvent comme s'il était lui-même un adulte. Selon la psychologue de l'école, c'était en partie la source de ses problèmes. Il devait apprendre, selon elle, à se comporter comme un enfant. Les adultes qui l'entouraient lui faisaient trop souvent porter le poids de leurs propres difficultés. Aussi, avait-il envie de partir avec sa mère, de s'aérer l'esprit et d'être simplement un enfant. Avec Clara, il agissait comme un enfant de son âge. Ils étaient heureux ensemble. Ils avaient tellement de temps à rattraper : toutes ces années où ils avaient été séparés. Adèle, malgré sa bonne volonté, n'avait pas réussi à remplacer sa mère.

Quant à Samuel, il n'était pas tout à fait désintéressé quand il avait accepté d'accompagner son fils à Montréal. Il avait pensé que ce serait l'occasion rêvée pour aller rendre une visite surprise à Cybelle dans sa boutique de North Hatley. Une fois là, il demanderait à voir mademoiselle Élisabeth Thompson en privé. Comme ce nom sonnait faux à ses oreilles!

Le lendemain matin, Paolo et lui partirent en auto en direction de Montréal. Paolo, surexcité, était incapable de s'arrêter de parler. Il n'avait jamais quitté le

Maine, sauf pour aller en Espagne chez son parrain Lucas. Samuel souriait. Il comprenait que la parole était sûrement un moyen de calmer l'anxiété de son fils.

« Papa, tu viendras me montrer la maison de mon arrière-grand-mère Vanier où j'ai habité quand j'étais bébé? Clara dit que c'est une très belle maison. C'est vrai que tu habitais là, avec Adèle, quand tu étais enfant? Clara dit que c'était aussi la maison de ta maman, Isabelle. Pourrais-je voir la maison à l'intérieur, papa?

— Je vais essayer, Diablito, mais je ne te promets rien. À ce que je vois, Clara t'a beaucoup parlé de la famille Sanchez.

— Oui, elle m'a dit qu'elle était pauvre quand elle t'a épousé et que toi, tu étais très riche.

— C'est vrai. Mais pourquoi t'a-t-elle raconté tout cela?

— Elle ne faisait que répondre à mes questions.

— Tu aurais pu me poser ces questions. Je t'aurais répondu.

— Non, je crois que tu n'aurais pas aimé cela. J'ai hâte de voir où habite Clara. Aussi, je vais rencontrer François. Elle m'a dit que je l'aimerais beaucoup. Crois-tu que je vais l'aimer, papa? demanda-t-il innocemment.

— Je ne sais pas, Diablito. Je ne le connais pas.

— Clara peut te le présenter si tu le veux.

— Je le rencontrerai sûrement quand j'irai te reconduire chez ta mère. »

« Quelle abnégation exige l'amour de son fils! se dit Samuel en le réalisant pour la première fois. Je suis jaloux de ce François. Paolo l'aimera-t-il plus qu'il ne m'aime? » Jamais Samuel n'avait eu à partager son fils avec qui que ce soit jusqu'à ce jour. Il savait qu'il avait été tout pour lui. Il avait cru qu'il en serait toujours ainsi. « La vie nous réserve de ces surprises, parfois! »

« Papa, est-ce qu'il t'arrive de penser à Adèle ?

— Oui, souvent. Elle a toujours été près de moi, tu sais, depuis ma naissance.

— Moi aussi, j'y pense souvent. Elle était si gentille. Mais j'y pense moins depuis que ma mère est revenue. C'est mal ?

— Non, ce n'est pas mal, Diablito. C'est très bien ainsi.

— Clara m'a dit que ta maman est morte quand tu es né.

— C'est vrai. Elle te dit beaucoup de choses, Clara, n'est-ce pas ?

— Elle me dit tout ce que je veux savoir.

— J'aurais dû le faire avant elle, excuse-moi, Diablito.

— Je lui ai montré le portrait que Cybelle a peint de moi dans les bras de Clara quand j'étais bébé. Elle m'a dit qu'elle aimerait bien connaître Cybelle, mais je lui ai dit qu'elle ne l'aimerait pas, car elle est souvent triste et n'aime pas beaucoup les enfants. »

Samuel fut estomaqué par les remarques de son fils. Il ne sut pas quoi lui répondre. Heureusement, Paolo s'était arrêté de parler et s'était endormi. Toutefois, ses paroles le laissaient songeur. Il ne les appréciait pas tellement, mais il devait se rendre à l'évidence : son fils était plus ouvert maintenant, sans doute à cause de l'influence de Clara qui allait toujours droit au but et aussi grâce à Margaret Harrisson qui l'incitait constamment à dire ce qu'il ressentait et pensait.

Laissé à lui-même, Samuel réfléchissait. Il s'avoua humblement qu'il s'était servi de son fils pour combler un vide dans sa vie. Depuis que Clara les avait abandonnés, il avait eu besoin de se sentir important et indispensable pour lui. Selon Madame Harrisson, Paolo portait le poids de cet amour exclusif et, pour cela, il cherchait à s'éloigner un peu de son père et à se rapprocher de sa mère. Et pourtant, Paolo n'avait pas apprécié partager son père avec Cybelle. «Dieu! que c'est compliqué tout cela! Le retour de Clara a changé le cours de notre vie. Que nous réserve l'avenir?» se demanda-t-il avec un brin d'inquiétude.

Sa pensée alla vers Cybelle. Oui, il avait eu le coup de foudre pour cette femme, si belle, qu'il avait l'impression de ne pas très bien connaître pourtant. Et ce coup de foudre s'était transformé en une passion qu'il ne contrôlait pas. Malgré tout, il était inquiet et se posait de nombreuses questions. «Qui est la femme qui se cache derrière celle que je connais? Je ne sais rien d'elle. Je suis amoureux, ça oui. Jamais auparavant je n'ai éprouvé une telle passion. Et si je me servais d'elle pour remplir un vide au même titre que j'ai utilisé Paolo à cet égard?» Toutes ces interrogations l'angoissaient. Il avait hâte de la sentir, de la toucher, de la savoir réelle, car il craignait soudain de l'avoir rêvée.

N'en pouvant plus d'attendre, il partit le lendemain pour North Hatley. Au grand étonnement de Clara, il accorda même la permission à son fils de dormir chez sa mère, le soir de son arrivée. Par-dessus tout, Samuel voulait avoir le champ libre pour se consacrer uniquement à Cybelle.

Chapitre XVI

De retour chez elle, Clara fut très heureuse de retrouver François après une si longue absence. Ils n'étaient jamais restés éloignés aussi longtemps l'un de l'autre. Depuis leur première rencontre, ils vivaient dans une belle complicité et une douce harmonie. En le voyant, Clara sourit et se dit qu'il était bien son homme. Elle ne regrettait pas d'avoir quitté Samuel pour lui. Elle en était encore plus certaine depuis qu'elle l'avait revu. Elle lui parla longuement de son séjour dans le Maine, de ses nombreuses rencontres avec son fils Paolo, des réticences qu'éprouvait Samuel à son égard. François participait à sa joie, à son plaisir, à ses inquiétudes. Il avait hâte de rencontrer Paolo. Clara lui en avait dit tellement de bien. Ça n'allait pas tarder car, comme convenu, dès le lendemain matin, Samuel et Paolo se rendirent chez Clara, sur la rue Marquette.

François et Clara avaient loué ce logement, situé au troisième étage d'un triplex, récemment rénové tant à l'intérieur qu'à l'extérieur. Paolo fut intrigué par le genre d'habitations que l'on voyait dans le Plateau Mont-Royal. Jamais il n'en avait vu de semblables auparavant; les habitations du bord de la mer étaient tellement différentes de celles-ci! Il rigolait à la vue de toutes ces résidences collées les unes aux autres et pourvues chacune d'un long escalier extérieur et intérieur qui donnait accès aux étages supérieurs.

Comme le printemps était hâtif cette année, Paolo

avait été fasciné également par cette horde d'enfants qui s'amusaient dehors, sous un soleil radieux, avec des cordes à danser, des élastiques, des planches à roulettes ou des vélos. C'était, pour eux aussi, la semaine de relâche scolaire. Paolo était émerveillé, lui qui était habitué à la tranquillité du Maine, sauf en été, bien sûr, quand les touristes québécois et ontariens prenaient les plages d'assaut.

« Papa, tu as vu? Regarde comme c'est drôle. Toutes les maisons sont collées les unes sur les autres et il y a plein d'enfants dehors », s'exclama-t-il.

— Je sais. Je connais la ville de Montréal depuis longtemps, Diablito.

— C'est génial! Est-ce que je vais pouvoir jouer dehors avec eux?

— Oui, si Clara t'accompagne. Tu dois être prudent. Ici, tu dois jouer sur le trottoir. Vois comme les autos passent vite dans la rue. C'est dangereux. Il ne faut pas qu'il t'arrive un accident. Tu ne peux pas courir comme si tu étais sur la plage. Tu comprends, Diablito, ce que je te dis?

— Oui, papa.

— D'ailleurs, je préviendrai Clara et j'insisterai pour qu'elle te surveille si tu vas jouer dehors avec des amis. »

Samuel craignait pour son fils, cet enfant de la mer qui découvrait la ville et quittait son père pour la première fois. Ce fut avec un pincement au cœur qu'il le confia aux bons soins de Clara et de François, après leur avoir fait plusieurs recommandations. Il dut reconnaître que François était un homme fort sympathique, en qui il pouvait avoir confiance. Malgré cela, Samuel oscillait entre le plaisir de voir son fils heureux et la rage qu'il éprouvait quand il songeait à l'abandon de Clara. De plus, il craignait que son fils lui préfère

François, celui qui avait été son rival. C'est sur ce double sentiment qu'il quitta Montréal pour se rendre en Estrie surprendre celle qui avait le don de le chavirer.

À North Hatley, il loua une chambre avec cheminée, dans une auberge du village. Il se fit rapidement une toilette et entreprit de retrouver la boutique Top Modèles. «À cette heure, j'ai des chances de la trouver là», se dit-il. Devant la boutique, il gara sa voiture. Il marcha lentement. Il avait l'impression de pénétrer dans un lieu sacré. Ses jambes le supportaient à peine et il avait le souffle court.

Jeanne était au comptoir et aperçut Samuel dès qu'il franchit le seuil. «Oh! Que cet homme est beau! Que vient-il faire ici?» se demanda-t-elle. Tout sourire et d'une voix doucereuse, comme si elle voulait paraître à son meilleur, elle lui demanda:

«Monsieur, puis-je vous être utile?
— Oui, s'il vous plaît. Je désire voir Cyb... heu!... madame Élisabeth Thompson. Est-ce possible?
— Certainement. Je vais la prévenir. Qui dois-je annoncer?
— Samuel Sanchez, s'il vous plaît.
— Un instant, je vous prie.»

Jeanne alla retrouver Élisabeth. Elle travaillait à son pupitre, la porte fermée, à la création de modèles de vêtements pour la collection du printemps.

«Dieu du ciel, Élisabeth! Je meurs!
— Que t'arrive-t-il?»

Élisabeth était habituée aux exclamations excessives de Jeanne et elle se mit à rire.

«Un monsieur Samuel Sanchez, beau comme un dieu, désire te voir. Il me le faut, celui-là, Élisa. Tu comprends, il me le faut!»

Élisabeth se sentit rougir et faillit perdre la voix. Elle se secoua et lui dit calmement:

«Fais-le entrer, s'il te plaît.
— N'oublie pas, je le veux, dit Jeanne en riant.
— Je n'oublierai pas.»

Lorsque la porte s'ouvrit, Élisabeth était debout, elle l'attendait. Tout se passa comme dans un rêve, au ralenti. Les deux amants s'avançaient en silence l'un vers l'autre, lentement, en se cherchant du regard. Lorsqu'ils furent tout près, Samuel la prit dans ses bras, la serra tendrement en lui murmurant:

«Cybelle... Cybelle, mon amour...»

Elle s'abandonna, leurs lèvres avides se retrouvèrent pendant que des beaux yeux verts de Cybelle coulait un flot de larmes.

«Là... là... ça va aller», lui disait-il en caressant sa chevelure, qu'il n'avait jamais cessé de caresser en rêve.

Il flatta son ventre:

— Salut, bébé!» dit-il.

Elle souriait. Enfin! Malgré cela, Samuel put discerner une infinie tristesse dans son regard.

«Tu m'as trouvée!» lui dit-elle de sa voix rauque.

Samuel se souvint de son étonnement quand il avait entendu le son de sa voix pour la première fois. «Une voix si grave dans un corps si fragile!» avait-il alors songé.

«Où que tu sois, au bout du monde, je te trouverai.»

Elle sourit de nouveau.

«Je voudrais toujours te voir sourire ainsi. Comme tu es belle! Plus belle que dans mon souvenir. Comme je suis heureux de te voir. Tu m'as tellement manqué!»

Elle souriait encore. On aurait dit que le bonheur de le savoir là la figeait. Samuel s'y attendait. Il savait pour avoir vécu des mois avec elle qu'elle n'était pas bavarde. Comme autrefois, son corps lui avait permis de sentir sa chaleur et sa tendresse. Pour l'instant, cela lui suffisait.

«J'ai loué une chambre à l'Auberge du moulin, dit-il.
— Pour longtemps?
— Je ne sais pas. Paolo est chez sa mère, à Montréal. En principe, je devrais le reprendre demain. Paolo doit passer la journée avec sa mère et venir dormir avec moi, le soir, au Ritz Carlton. C'est ce qui a été convenu pour toute la semaine de relâche scolaire. Je peux changer mes plans, si tu le désires, et rester plus longtemps à North Hatley. Je suis persuadé que Paolo et Clara seraient fous de joie. Mon fils a plutôt tendance à s'éloigner de moi, ces temps-ci.
— Pauvre toi!»

«Enfin! Elle parle!» songea Samuel.

«Cybelle, pourras-tu te libérer, ce soir? lui demanda-t-il un peu craintif. Viens me rejoindre à la chambre 21.

Je te ferai un feu de cheminée et nous souperons ensemble dans la chambre. Le décor est magnifique, tu verras. Nous avons tellement de temps à rattraper, tellement de choses à nous dire. Et... et j'ai envie de t'aimer, Cybelle, et d'aimer cet enfant que tu portes en toi. Son père désire lui rendre une petite visite. Je pourrais?»

Cybelle se mit à rire.

«Oui, j'irai te rejoindre. Jack joue au hockey ce soir avec ses amis et ensuite il va prendre un verre. Il rentrera tard à la maison. Je suis tout à fait libre.»

La réalité le secoua. Samuel n'aimait pas l'entendre parler de Jack. Il l'avait presque oublié. «Elle est mariée! Idiot! Mariée!» se dit-il en épelant en silence chacune des lettres du mot afin de se l'enfoncer dans la tête. Il se reprit et dit, triste et heureux à la fois:

«Je suis content, Cybelle, que tu puisses te libérer ce soir.
— Je serai là à dix-huit heures, lui répondit-elle.
— Je t'attendrai. Ne tarde pas.»

Il la serra de nouveau dans ses bras et, songeur, quitta la boutique.

Jeanne entra en trombe dans le bureau de sa patronne.

«Élisa! Grand Dieu! Qui est cet homme?»

Ne voulant pas partager son secret avec sa couturière, Cybelle lui répondit avec un certain détachement.

«C'est un client. Oublie-le, ma chère. Il est amoureux fou de sa femme. Il vient de me commander dix modèles de vêtements pour elle. Je dois dessiner les esquisses et il viendra lui-même vérifier les résultats. S'il est satisfait, vous aurez à travailler, les filles, continua-t-elle en s'empêtrant dans son mensonge.

— Elle en a de la chance, celle-là! Pourquoi ça arrive toujours aux autres?

— Jeanne, un jour ce sera ton tour. Il y a bien un homme, quelque part, qui saura t'aimer.»

«J'ai cet homme. Et je n'en profite même pas», pensa-t-elle bien tristement.

Elle était heureuse mais déstabilisée par la visite impromptue de Samuel. Elle ne savait trop si elle aurait préféré qu'il attende qu'elle le lui demande. Incapable de se remettre au travail, elle décida de quitter la boutique plus tôt que prévu. Elle se rendit au bureau d'Anna pour partager les émotions que l'arrivée de Samuel suscitait. «Pourvu qu'elle y soit encore!» pensa-t-elle, inquiète. Il faut que je lui parle. Mon Dieu, faites qu'elle soit disponible, je vous en prie!» Anna était là. Elle était en train de rédiger le compte rendu de la dernière évaluation familiale qu'elle venait de terminer quand Élisabeth frappa à la porte. «Entrez», dit-elle. Levant les yeux de son dossier, elle aperçut son amie Élisa et s'empressa d'aller vers elle pour la prendre dans ses bras en posant sur chaque joue un baiser de tendresse.

«Eh! Quelle belle surprise! Que fais-tu ici? T'est-il arrivé quelque chose?

— Samuel est à North Hatley, lança Élisabeth tout de go.

— Quelle bonne nouvelle! Tu as l'air un peu bouleversée. Allez, viens! Assieds-toi et raconte-moi.

— Il est venu me voir à la boutique sans s'être annoncé auparavant. Il voulait me faire une surprise. Pour une surprise, ç'en est toute une, crois-moi.

— Et alors! Tu n'es pas contente?

— Oui, mais je n'aime pas beaucoup les surprises. Je me fige. Je ne sais pas comment réagir.

— Comment ça s'est passé? Tu me fais languir. »

Anna préférait les histoires d'amour des autres aux siennes. Elle vivait souvent par procuration. Elle trouvait cela moins compliqué.

«Nous étions très émus de nous retrouver. Je n'ai pas su quoi lui dire. Lui savait. C'est toujours ainsi entre nous. J'ai accepté d'aller le rejoindre ce soir à l'auberge où il est descendu pour la nuit. J'ai peur, Anna.

— Peur! Mais de quoi? Pourquoi?

— Pour plusieurs raisons. Je n'ai pas encore totalement recouvré la mémoire. Je suis encore mariée à Jack. Il ne sait pas encore que j'attends un enfant de Samuel. Et puis, je dois songer à mes parents, à mon frère. Il est venu trop tôt. Je ne suis pas en mesure de choisir maintenant. Je ne suis pas prête, Anna. Quand je vivais avec Samuel dans le Maine, c'était autre chose. Je n'avais que lui. Maintenant, je suis prise avec deux vies différentes. Il y a deux femmes en moi, Anna: Cybelle et Élisabeth. Qui est la vraie? Laquelle de ces deux vies devrais-je choisir? Je ne le sais pas encore, tu comprends?

— T'a-t-il demandé de choisir maintenant?

— Non! Mais il faudra bien en arriver là un jour.

— Élisa, tu vas trop vite et tu vois trop loin. Je ne crois pas que Samuel soit venu te demander de choisir maintenant entre Jack et lui. Ça ne correspondrait pas au portrait que tu m'as tracé de lui. Et s'il était venu uniquement pour te voir et passer un peu de temps avec toi? Pourquoi n'en profiterais-tu pas? Que t'a-t-il demandé au juste?

— D'aller le rejoindre à l'auberge où il loge.

— Tu n'en as pas envie? Si pour toi c'est terminé, tu dois le lui dire maintenant. Il t'aime, n'est-ce pas?

— Oui, j'en ai envie, oui, il m'aime, j'en suis persuadée. Moi aussi je l'aime. Mais...

— Élisabeth, tu t'empêches de vivre de beaux moments parce que tu te préoccupes trop de l'avenir. Tu devrais jouir de ce tête-à-tête au maximum et ne voir qu'une chose à la fois. Tu as envie de faire l'amour avec lui?

— J'en meurs d'envie. Tu sais, avec Jack, je ne me souviens pas comment c'était avant l'incident, mais maintenant, je sais que je suis incapable de m'abandonner. Avec Samuel, c'est tellement différent. Mon corps se donne malgré moi. J'aime faire l'amour avec lui. Il est si doux, si tendre. Mais après? Je ne pourrai plus faire l'amour avec Jack. Que se passera-t-il?

— Chanceuse! Si tu ne profites pas de cette soirée, je ne serai plus ton amie, dit-elle en blaguant. Allez! Vas-y! Je t'approuve entièrement. Pour ce qui concerne Jack, il faudra bien lui dire un jour que tu es enceinte de Samuel. Sinon, il finira par le deviner.

— Je dois le faire, je le sais. D'autant plus que ça commence à paraître. Regarde! »

Elle leva son chandail, prit la main d'Anna et la plaça sur son ventre. En effet, il commençait à s'arrondir.

« Le plus tôt sera le mieux, Élisa. Tu rencontres encore le docteur Palmer?

— Oui, j'y vais deux fois par semaine. C'est loin d'être terminé.

— Avez-vous découvert autre chose?

— Oui. Je te raconterai une autre fois. Je dois te laisser travailler, maintenant. Merci, Anna. Merci d'être là pour moi.

— Avant de partir, dis-moi, est-ce que Samuel doit rester longtemps à North Hatley?

— Il est au Québec pour une semaine. Son fils passe

la journée avec sa mère et retourne dormir avec son père à l'hôtel, le soir. Mais il n'en tient qu'à moi: si je désire qu'il reste ici pour la semaine, Paolo pourra dormir chez sa mère et je ferai ainsi deux heureux de plus sur la terre.

— Que feras-tu?

— Une chose à la fois, ma belle, c'est toi qui m'as appris cela, non?

— Bravo, tu as compris. N'oublie pas de me raconter la suite. On dirait un roman d'amour.

— Oui, c'est tout comme, dit-elle en riant. Je te raconterai la suite, ne crains rien.

— J'y compte bien. Je te mets à la porte, maintenant. Je dois terminer ce rapport avant seize heures.

— Ciao. À bientôt. Et encore merci.

— Ça me fait plaisir, va! »

Chapitre XVII

Avant de frapper à la porte de la chambre de Samuel, Élisabeth huma avec délices l'odeur du feu de cheminée qui se répandait dans le couloir de l'auberge. Elle comprit que Samuel tentait de reproduire les effluves qu'elle appréciait tant dans la maison du Maine. Elle s'appuya au mur, ferma les yeux, respira les parfums du bois et s'en laissa imprégner pendant quelques instants. Elle ne put s'expliquer comment Samuel avait pu sentir sa présence. Ce qu'elle sut, c'est qu'il ouvrait la porte, la prenait dans ses bras et la transportait sur le lit comme on le fait un soir de noces. Elle se prêtait à ce jeu avec plaisir. En sa présence, elle oubliait Élisabeth et redevenait Cybelle, celle que Samuel aimait, sans aucune difficulté. Il lui enleva doucement son manteau et ses bottes et la contempla comme lui seul savait le faire. Elle portait un pantalon noir sous lequel on pouvait apercevoir la tache orange d'un maillot dissimulé sous le veston. Ses cheveux étaient relevés et retenus par une barrette noire que Samuel prit soin d'enlever. Il la regarda longuement sans la toucher.

«Comme tu es belle, Cybelle!»

Il l'embrassa et alla chercher le champagne mis au frais pour célébrer leurs retrouvailles. Ensuite, il s'assit près d'elle dans le lit et porta un toast à sa santé.

« Si tu savais combien de fois j'ai imaginé cette scène, lui dit-il. Je suis si heureux d'être auprès de toi. Tu ne m'en veux pas de ne pas avoir respecté la consigne? Je n'ai pas pu attendre, l'occasion était trop belle.

— Je ne t'en veux pas et je suis heureuse de te retrouver. Inquiète mais heureuse.

— Inquiète pourquoi?

— Plus tard, Samuel. Ne gâchons pas cet instant.

— Je te désire tellement, Cybelle. As-tu faim? Je peux faire monter un souper à la chambre, si tu le désires.

— Non, je n'ai pas faim pour l'instant. »

Samuel avait remarqué qu'elle trempait à peine ses lèvres dans le champagne. Il s'en inquiéta et lui demanda :

« Le champagne ne te convient pas?

— Oui, tout à fait. C'est le bébé qui n'aime pas le champagne.

— Je suis désolé. Je n'ai pas fait attention à cela.

— Ce n'est rien.

— Nous avons mieux à faire que de boire du champagne, n'est-ce pas?

— Je le crois, oui. »

Samuel commença à la dévêtir lentement sans que Cybelle montre aucun signe de résistance. Il aimait toujours autant la contempler et la caresser amoureusement. Il aimait la voir s'animer doucement. Ce n'est qu'après ces moments de délectation qu'il se dévêtit. Leurs corps se cherchaient et étaient en complète harmonie. Après le plaisir, ils restèrent rivés l'un à l'autre sans bouger. Cette fois, Cybelle n'avait pas pleuré. « Ces instants de bonheur devraient être éternels », songea Samuel. Il rompit le silence en lui demandant :

« Reste avec moi cette nuit!

— Je ne peux pas », dit-elle presque à bout de souffle.

Il la serra plus fort.

« Je ne peux plus me passer de toi. C'est trop dur. »

Pensant avoir exagéré, Samuel reprit :

« Viens, enfilons les peignoirs et je nous commande un bon repas. »

Ils s'installèrent bientôt à table pour manger en toute intimité. Ce fut Cybelle qui rompit le silence la première en s'engageant sur un terrain plus neutre.

« Comment va Paolo? demanda-t-elle. Il m'arrive souvent de penser à lui.

— Il va à merveille depuis le retour de sa mère. Il fonctionne mieux à l'école, il a de meilleurs résultats, il est plus gentil avec ses camarades. Madame Harrisson semble bien contente des progrès qu'il a faits depuis leur première rencontre. Il est plus heureux, c'est manifeste.

— Tu ne t'attendais pas au retour de Clara, n'est-ce pas?

— Non, pas du tout. J'ai assez mal réagi au début, je l'avoue. La colère m'a envahi. Après tout, elle nous a quittés, Paolo et moi, pour aller à Paris avec un autre homme, sans donner signe de vie pendant toutes ces années. Je ne lui pardonne pas cela. Elle est toujours avec cet homme, d'ailleurs.

— Ce n'était donc pas un vulgaire flirt!

— Non, c'est le grand amour, il me semble. Ce qui me met en rogne, c'est la facilité avec laquelle elle a récupéré son fils après tant d'années de silence. Tu sais, Paolo croit que tu n'aimes pas les enfants.

— Il est vrai que je n'ai jamais su comment approcher Paolo. Il m'a toujours considérée comme une rivale, une ennemie, je crois. Mais, rassure-toi, j'aime les enfants. Celui que je porte a déjà tout mon amour.

— Jack sait que tu es enceinte et que cet enfant est de moi?

— Pas encore. Je compte le lui dire ce soir lorsqu'il rentrera. J'ai assez attendu. De toute façon, si je ne dis rien, il le découvrira par lui-même. Vaut mieux le faire maintenant. La soirée passée ensemble me donnera ce courage.

— Comment va-t-il réagir, selon toi?

— Mal, bien sûr. Il va piquer une colère. Jack a horreur de ce qu'il ne contrôle pas.

— Je suis inquiet, Cybelle. J'ai peur pour toi, je suis persuadé que Jack peut devenir violent.

— Si tel est le cas, je peux toujours m'enfuir chez mes parents ou revenir ici avec toi, dit-elle, mi-rieuse mi-sérieuse.

— Je ne pourrai pas fermer l'oeil de la nuit. Cybelle, je ne quitterai pas North Hatley tant que tu ne m'auras pas téléphoné.

— C'est d'accord, je te téléphonerai demain matin, après le départ de Jack.

— Que comptes-tu faire après avoir informé Jack de ton état? Cet enfant est aussi le mien et je l'aime déjà. Je souhaiterais que toi et le bébé veniez vivre dans le Maine avec Paolo et moi.

— Tout semble si facile pour toi. Pour moi, c'est plus compliqué. Il y a ma boutique, ma famille, mes amis et surtout mes rencontres avec le docteur Palmer.

— Où en es-tu avec le docteur Palmer?

— C'est difficile pour moi de parler de ces choses.

— Cybelle, j'ai besoin de savoir. Je suis amoureux d'un fantôme. Je ne sais rien de toi.

— J'ai été victime d'attouchements sexuels quand j'étais enfant par mon parrain, un ami de mon père.

— Bon sang! Ç'a duré longtemps?

— Possiblement depuis l'âge de quatre ans jusqu'à dix ans. Plus tard, il a quitté North Hatley et n'y est jamais revenu.

— Quel être misérable! Tu avais oublié?

— Oui, j'avais tout oublié, avant même de devenir amnésique. Ce fut très pénible quand je l'ai découvert. J'ai eu envie de mourir. Aussi, le soir de ma fuite dans le Maine, j'ai trouvé Jack dans notre lit avec une autre femme. Je l'avais également oublié. Ce n'est pas très réjouissant!

— Le salaud! Il a fait ça!

— Oui et il doit avoir très peur que je découvre la vérité. Je compte lui en parler aussi. Comme tu le vois, ce soir, ce sera le grand jeu de la vérité. Je me souviens de presque tout, maintenant, jusqu'à mon arrivée dans le Maine. Le docteur Palmer croit qu'il s'est passé là quelque chose de très traumatisant pour moi qui m'aurait fait basculer dans l'amnésie. Selon lui, je me suis protégée de cette façon. Tu comprends pourquoi je dois continuer ces rencontres avec le docteur Palmer. Je suis intriguée. Que s'est-il passé avant que Paolo me trouve sur la plage? Je dois le savoir.

— Oui, je comprends. »

Il se félicitait d'avoir franchi les interdits de Cybelle et de s'être amené à North Hatley la veille, car jamais auparavant il n'avait appris autant de choses sur elle.

« C'est sous hypnose que tu découvres tout cela?

— Oui. Le docteur Palmer est un être exceptionnel. C'est un homme bon et il me soutient très bien. Je suis très attachée à lui. De plus, il est très habile. Jusqu'à présent l'hypnose donne de bons résultats.

— Qu'adviendra-t-il de nous à la fin de l'hypnothérapie?

— Je ne sais pas. J'ai besoin de temps.

— Je t'attendrai aussi longtemps qu'il le faudra.»

Cybelle sentit le besoin de changer de sujet. Elle ne voulait pas se laisser bousculer. Elle comprenait les attentes de Samuel, mais elle ne pouvait pas le satisfaire maintenant.

«Comment te débrouilles-tu depuis le décès d'Adèle? Chère Adèle! J'avais appris à l'apprécier avec le temps.

— Cunchita a fait son possible pour la remplacer, mais elle n'y est pas parvenue, la pauvre. Elle n'a rien d'une domestique ni d'une nanny. J'ai dû engager quelqu'un pour l'aider.

— Cunchita compte-t-elle rester dans le Maine?

— Je ne le crois pas. Elle n'est pas heureuse. Le mariage de Lucas et de Margarita l'affecte beaucoup, je crois, bien qu'elle en parle peu. Elle s'est remise au piano depuis l'arrivée d'Alicia, la nouvelle domestique.

— Et Paolo, a-t-il été affecté par la mort d'Adèle? Il l'aimait beaucoup, il me semble.

— Au début, il était très affecté, mais l'arrivée de Clara a changé bien des choses. Au fond, ce fut bénéfique pour lui. C'est moi qui ai du mal à le voir se détacher de moi. Et de plus, il s'entend très bien avec Alicia. C'est une femme faite pour le bonheur. Elle est toujours souriante, de bonne humeur, enjouée et vive. Ce qui fait bien l'affaire de Paolo. Ça le change d'Adèle qui devenait de plus en plus bourrue en vieillissant. La maison a vraiment repris vie depuis l'arrivée d'Alicia. Tout le monde semble plus détendu et plus heureux.

— Quel âge a Alicia? demanda-t-elle, soudainement inquiète.

— Vingt-neuf ans.

— Est-elle jolie?

— Oui, elle est jolie. Mais pas autant que toi. Toi, tu es unique, ma rousse. »

Cybelle sentit son cœur se serrer à la pensée qu'une autre femme pourrait lui ravir Samuel. Il sentit son trouble et la rassura.

« Ne sois pas inquiète, Cybelle. Je t'aime.

— Mais je suis si loin.

— Tu n'as qu'à venir me rejoindre.

— Ne sois pas cruel. Je ne le peux pas. Je t'ai déjà tout expliqué.

— Je sais.

— Ne pars pas demain. Reste toute la semaine. Je m'organiserai pour nos rencontres. Le travail est un bon alibi.

— Je verrai avec Clara si c'est possible. Et surtout avec Paolo. Je dois savoir s'il est d'accord. »

Ils continuèrent à bavarder longuement. Ce n'était plus comme autrefois alors que seul Samuel avait des choses à raconter et que Cybelle ne pouvait rien dire, ne connaissant rien d'elle-même. Maintenant, il s'agissait de véritables échanges. « Comme j'ai bien fait de venir! » se répétait-il inlassablement.

Cybelle quitta la chambre de Samuel, vers minuit, après qu'ils eurent fait l'amour pour une dernière fois. Elle se promit bien de parler à Jack dès son retour à la maison. « Aussi bien en profiter puisque je suis sur cette envolée », se dit-elle. À sa grande surprise et exceptionnellement, Jack était déjà à la maison.

Elle entendit une voix grave venir de la chambre à coucher:

« Élisabeth? C'est toi?

— Jack! Tu es déjà rentré! »

Elle se dirigea vers le lit où Jack était étendu. Il feuilletait une revue de sport sans vraiment s'y attarder.

« Où étais-tu? Ce n'est pas dans tes habitudes de sortir un soir de semaine, fit-il, impatienté. Généralement, tu en profites pour peindre, les soirs où je joue au hockey.

— Samuel Sanchez est à North Hatley. J'étais avec lui ce soir », dit-elle d'une voix essoufflée comme si elle venait de courir le marathon.

Cette révélation lui demandait un tel effort; elle craignait la réaction de Jack.

« Qu'est-ce que cet imbécile vient faire ici?

— Ce n'est pas un imbécile.

— Je veux qu'il te laisse tranquille. Tu es ma femme, Élisa.

— Je porte un enfant de lui », dit-elle à voix basse.

Jack bondit du lit.

« Quoi! dis-moi que je rêve! »

Il se mit à arpenter la chambre comme s'il ne pouvait s'arrêter de marcher. Il dirigea vers elle un regard rempli de colère et la pointa d'un doigt accusateur:

« Qui te dit que cet enfant n'est pas de moi? Rien ne prouve qu'il est de lui.

— Je le sais à cause de l'échographie. Cet enfant aurait été conçu au mois de novembre et, à ce moment-là, je vivais avec Samuel Sanchez dans le Maine.

— Tu vas te faire avorter immédiatement.

— Il n'en est pas question. Je garderai cet enfant.

— Tu m'as trahi, Élisabeth.

— Je ne t'ai pas trahi, car au moment où ce bébé a été conçu, tu n'existais pas pour moi. Et toi? Tu ne m'as jamais trahie? Que faisais-tu avec une femme dans notre lit, dans notre chambre, le soir où je me suis enfuie? Tu peux me le dire?

— Ah ça! C'était sans importance. J'étais ivre. Je n'ai jamais revu cette fille.

— Pour moi, c'était important au point où je me suis enfuie au loin.

— Tu me tiens responsable de ton amnésie, c'est cela? Aussi bien dire que je suis un monstre.

— Non. Je ne t'en tiens pas complètement responsable. Mais en partie, oui. Ce n'est pas cet événement qui a déclenché mon amnésie. Il y a eu autre chose. Je ne sais pas quoi encore. Mais je sais que cette autre chose ne serait sûrement pas arrivée si je n'avais pas fui dans le Maine, ce soir-là, parce que j'avais trop de peine. Je n'aurais pas rencontré Samuel Sanchez, non plus. Et finalement, je ne serais pas enceinte de lui. Mais le sort en a décidé ainsi. Je n'y peux rien.»

Jack fulminait de rage. Le ton se mit à monter.

«Je ne pourrai jamais vivre, encore moins coucher avec une femme qui attend un enfant d'un autre homme que moi. C'est clair, Élisabeth?

— Très clair. C'est ton choix et je le respecte.

— Que comptes-tu faire? Rejoindre ton bellâtre dans le Maine?

— Non. Pas maintenant. Pour l'instant, je reste. Je dois poursuivre mes rencontres avec le docteur Palmer.

— Élisabeth, je ne veux plus de toi ici. Tu quittes cette maison dès demain, tu entends! dit-il en criant.

— Très bien, je partirai.»

Élisabeth, malgré son calme apparent, était bouleversée par la colère de Jack. Elle quitta la chambre à coucher afin de ne pas l'attiser davantage. Elle alla dormir
sur le divan du salon avec pour seuls compagnons son
oreiller et une couverture. Elle ne ferma pas l'œil de la
nuit. Elle trouvait étrange que la fatalité l'ait entraînée,
bien malgré elle, sur un chemin aussi cahoteux. Elle
savait qu'elle avait épousé Jack par amour. Elle regarda
sa photo de mariage et les larmes se mirent à couler
doucement. «Pourquoi mon existence a-t-elle basculé
ainsi depuis à peine six mois? Je n'ai pas souhaité cela.
Et l'on pense qu'on a le contrôle de sa vie. Foutaise! Un
seul événement a réussi à m'amener dans des méandres
dont je ne vois pas l'issue.»

Elle réfléchit à la soirée passée en compagnie de
Samuel. Oui, elle était bien avec cet homme. Mais elle
n'arrivait pas à démêler ce qui appartenait à Cybelle de
ce qui appartenait à Élisabeth dans cette relation.
C'était encore confus dans sa tête. «Élisabeth est une
femme d'action, songea-t-elle, qui gère bien sa boutique
et qui raffole de son métier. C'est une femme de mots
qui aime causer. Cybelle est une femme passive, con-
templative et silencieuse. Samuel pourra-t-il vivre et
aimer Élisabeth? Il est amoureux de Cybelle. Et de plus,
je serai mère bientôt. Suis-je vraiment capable de m'occuper de cet enfant? Que diront mes parents quand ils
apprendront que je suis enceinte de Samuel et que Jack
m'a mise à la porte? Quel beau gâchis, finalement! Je
sais que Jack est triste. Il ne l'avouera jamais, ça c'est
certain. Jack ne peut pas perdre la face. Jamais!»

De son côté, Jack ne dormait pas non plus. Il était
triste en effet de perdre Élisabeth, mais son amour-
propre était plus fort que ses sentiments. Il préférait
entretenir sa colère, car elle l'aidait à absorber le choc.
«Quel idiot! pensa-t-il. Qu'est-ce qui m'a pris d'amener
une inconnue dans notre lit ce soir-là?» dit-il en lançant

un coup de poing dans son oreiller. Jack aimait la séduction. Il s'amusait à plaire aux jeunes femmes. Mais ce soir-là, il avait dépassé les bornes. Il le savait bien. «J'étais ivre», se dit-il pour s'excuser. Cette beuverie sans importance pour lui avait quand même changé le cours de sa vie. «Tant pis. Jamais je ne supplierai Élisabeth. Plutôt la perdre.»

Comme convenu, le lendemain matin, dès le départ de Jack, Élisabeth téléphona à Samuel.

«Cybelle, c'est toi!» lança-t-il, ravi.

Quand elle l'entendit prononcer ce nom, elle sut immédiatement qu'il devait partir même si elle lui avait demandé, la veille, de rester. Elle comprit qu'il lui fallait être seule si elle désirait reprendre contact avec sa véritable identité, sinon elle resterait confuse à jamais.

«Cybelle, tu ne dis rien! Comment ça s'est passé entre Jack et toi, hier soir? J'étais fou d'inquiétude.
— C'est fini entre Jack et moi. Je dois quitter la maison aujourd'hui.
— Viens avec moi, Cybelle.
— Non, tu dois repartir seul. Et je ne veux pas recommencer à t'expliquer pourquoi.»

«Ça! C'est Élisabeth qui parle», songeait-elle.

«Où iras-tu? Il faut que je te protège, que je prenne soin de toi et du bébé.
— Ne t'en fais pas, Samuel. Je vais me débrouiller et je te promets que je te ferai signe.
— Viens me dire cela de vive voix. J'ai besoin de te voir une dernière fois avant de quitter North Hatley.

— Non, il vaut mieux que je n'y aille pas, car je risquerais de faiblir devant toi. Je dois être seule pour démêler qui est Cybelle et qui est Élisabeth.

— Cybelle, tu ne peux pas faire cela. Je t'aime.

— Je t'aime aussi, mais je ne suis pas prête. Je t'en prie, essaie de comprendre. Merci pour la belle soirée. Ne désespère pas. Je te ferai signe le moment venu.

— D'accord, j'essaierai de comprendre. Je te serre dans mes bras. Tu vas tellement me manquer.

— À moi aussi, dit-elle avec des sanglots dans la voix. Je dois raccrocher maintenant.

— Cybelle!» cria Samuel d'une voix étranglée et il entendit le déclic mettre fin à la communication.

Il n'avait aucune idée du temps qui s'écoulerait avant qu'il puisse entendre de nouveau la voix de Cybelle. Il n'était pas certain d'avoir envie de connaître Élisabeth. Elle lui paraissait beaucoup plus déterminée, beaucoup plus sûre d'elle. Pour lui, cette femme n'existait pas. Il aimait le rôle de protecteur qu'il s'était assigné auprès de Cybelle. Qu'il était confus, à son tour! «Eh bien, mon vieux! Tu n'as pas de chance. Les femmes t'échappent comme si elles étaient des poissons qui te filent entre les doigts. Mais pourquoi?» Il quitta North Hatley pour aller rejoindre Paolo qui ne serait probablement pas ravi de le savoir de retour si tôt. «Comme on est seul dans la vie!»

«Eh bien! se dit Élisabeth après avoir raccroché, retrousse tes manches et sors d'ici.» Elle se sentait infiniment triste. Laisser partir Samuel lui demandait un effort presque au-dessus de ses forces. Elle eut une pensée tendre pour cet homme si bon, si généreux, si compréhensif et si épris d'elle. Elle aimait Samuel et en même temps elle était inquiète, car celle qu'il avait aimée ne correspondait pas entièrement à celle qu'elle était dans la réalité.

Elle ramassa rapidement ses affaires: bijoux, vêtements, articles de toilette, matériel de peinture, et quitta son appartement la mort dans l'âme. Elle laissa derrière elle les meubles, la vaisselle, la literie. «Il sera bien temps d'y songer plus tard.» Elle transporta ses bagages dans l'arrière-boutique où une seule pièce contenait une cuisinette, une salle de bain et un divan-lit. «Ça ne me fera pas loin pour me rendre au travail», s'entendit-elle dire, prise d'un fou rire nerveux.

Après avoir déposé ses affaires pêle-mêle dans son minuscule appartement, elle se rendit à l'heure convenue chez le docteur Palmer pour sa séance d'hypnose. C'est le cœur en bandoulière qu'elle se présenta à son rendez-vous, ce jour-là. Elle lui fit minutieusement le récit de sa rencontre avec Samuel et de sa rupture avec Jack. Le docteur Palmer s'inquiéta pour sa patiente; tout se déroulait trop rapidement à son goût. Il eut envie de la protéger.

«Pourquoi ne pas annuler votre séance d'hypnose pour aujourd'hui? Nous pourrions simplement continuer à bavarder ensemble.

— Non. Ce n'est pas le moment de m'arrêter quand je suis si proche du but.

— Vous exigez beaucoup de vous-même.

— Je découvre en effet qu'Élisabeth est une femme beaucoup plus exigeante que ne l'était Cybelle.

— Elle vous plaît, cette femme que vous découvrez?

— Je ne l'ai pas encore totalement apprivoisée, mais je crois qu'elle me plaira. Docteur Palmer, je suis prête pour ma séance d'hypnose.

— Vous en êtes certaine?

— Oui. Allons-y», dit-elle, sans hésitation.

Elle était déterminée à en avoir le cœur net. Elle s'allongea sur le divan et s'abandonna en toute confiance à la voix grave et chaude de son thérapeute.

Sous hypnose, elle revit cet homme, l'ami de son père. Il avait les cheveux argentés. Il portait des jeans bleus et une chemise sport d'un bleu délavé. C'était, malgré la cinquantaine avancée, un très bel homme. Elle entendit la voix chaude du docteur lui demander :

« Où se trouve cet homme que vous me décrivez ?

— À l'auberge où je suis descendue le soir de ma fuite dans le Maine. Je suis assise à table, en train de prendre mon petit déjeuner. Il est installé à la table voisine et il me regarde. Je ne reconnais pas cet homme.

— Que fait-il ?

— Il se lève et s'approche de moi. Il prononce mon nom. Il ajoute qu'il me connaît, qu'il est mon parrain et un ami de mon père, et il prend place devant moi.

— Le reconnaissez-vous maintenant ?

— Il me semble l'avoir déjà vu. Je suis un peu confuse. Il rit et me dit que le hasard fait bien les choses, qu'il n'aurait jamais cru me revoir un jour. Il me demande des nouvelles de toute la famille et je lui en donne.

— Vous sentez-vous bien en compagnie de cet homme.

— Non, pas vraiment. Je sens un malaise. Je suis craintive. Je ne parviens pas à me détendre.

— Que se passe-t-il ensuite ?

— Il m'interroge sur la raison de mon séjour dans le Maine. Comme je me sens très seule avec ma peine, qu'il dit être mon parrain et un ami de la famille, je lui raconte ce qui s'est passé avec Jack, la veille au soir. Sa réaction m'étonne, car il ne dit rien, me regarde et sourit.

— Et ensuite, que se passe-t-il ?

— Il m'invite à souper au restaurant avec lui.

— Acceptez-vous l'invitation ?

— J'hésite, mais finalement j'accepte, car je n'ai pas envie de me retrouver seule. »

À ce moment-là, le docteur Palmer jugea bon d'arrêter la session d'hypnose. «Il y a des limites à ce que cette jeune femme peut supporter», se dit-il.

«Élisabeth, je vais compter jusqu'à trois maintenant; et vous allez vous réveiller. Un... deux... trois...» l'entendit-elle compter, de sa voix grave.

Elle se réveilla, se leva du divan et alla prendre place dans le fauteuil face à son thérapeute.

«J'aurais souhaité continuer, dit-elle un brin fâchée.

— Il faut prendre le temps d'assimiler tout cela, madame Thompson. Ce qui s'est passé avec cet homme ne vous fera pas plaisir, j'en ai bien peur. Et, vous savez, il y a votre rupture avec Jack, votre déménagement, le départ de Samuel, c'est déjà beaucoup, vous ne trouvez pas? Il vaut mieux y aller à petites doses, croyez-moi.

— Docteur Palmer, il me faut savoir à tout prix ce qui s'est passé ce soir-là. C'est peut-être la clé de l'énigme. Croyez-vous qu'il y ait un lien entre cet homme et celui qui a abusé de moi durant mon enfance?

— Je le crains, en effet. Nous reprendrons cela une autre fois. Pour l'instant, la session est terminée.

— D'accord et merci pour tout.

— Prenez soin de vous. Y a-t-il quelqu'un qui peut vous soutenir en ce moment, en dehors de moi?

— Bien sûr, il y a mes parents, mais je ne suis pas prête à parler de tout cela avec eux. Il y a aussi mon amie Anna.

— Peut-elle vous apporter du support?

— Oui. Elle est toujours là pour moi.

— Très bien. Ne vous en privez pas.»

Élisabeth décida de suivre sans tarder le conseil de

son thérapeute et d'aller, de ce pas, rendre visite à son amie. Elle était vraiment ébranlée par tout ce qui s'était passé durant les deux dernières journées. Il fallait qu'elle en parle à quelqu'un. «Anna est la seule qui peut m'écouter sans me juger, en dehors du docteur Palmer», se disait-elle.

Fort heureusement, Anna était chez elle et, par chance, elle était seule. Quand elle vit l'air déboussolé de son amie, elle l'accueillit avec toute la chaleur et l'affection dont elle était capable.

«Que t'arrive-t-il, Élisa? Tu as l'air toute bouleversée.»

Élisa leva ses grands yeux verts attristés vers son amie et aperçut le beau visage de pleine lune, aux joues rouges rebondies et aux yeux illuminés par la lumière du porche. Attirée par tant de tendresse, elle se blottit dans ses bras et s'abandonna à son chagrin.

«Qu'as-tu, ma puce? lui demanda-t-elle tout en la pressant sur sa généreuse poitrine.

— J'ai forcé Samuel à quitter North Hatley. Jack m'a mise à la porte. Et je soupçonne l'ami de mon père d'être responsable de mon amnésie. Rien de moins!

— Tout cela! Pauvre puce!»

Élisabeth, en confiance, lui fit un récit détaillé de ses deux dernières journées. Elle lui fit part de l'amour qu'elle éprouvait pour Samuel et de sa crainte qu'il soit amoureux d'un mirage. «Il ne connaît pas Élisabeth, tu comprends? Il est amoureux de Cybelle. Et Cybelle n'est pas moi.

— Je sais, répondit Anna. Quel imbroglio!»

Déçue qu'Élisabeth eût demandé à Samuel de partir, elle ne lui fit, malgré cela, aucun reproche. Elle respectait trop son amie pour porter un jugement sur ses décisions. «Qui suis-je, se dit-elle, pour intervenir sur les choix d'Élisabeth?»

«Tu m'approuves, n'est-ce pas? lui demanda Élisa, inquiète.

— Je pense que toi seule connais ce qui est bon pour toi. Et si un jour tu crois ne pas avoir fait le bon choix, je sais que tu sauras y remédier.

— Merci de me faire confiance. Ça me rassure, tu sais. J'ai peur, Anna, de découvrir ce qui s'est passé avec cet homme, ce soir-là, dans le Maine. En même temps, je suis curieuse de savoir.

— Je comprends. Un sentiment est souvent teinté de contradictions.

— Crois-tu que cet homme soit le même que celui qui a abusé de moi dans l'enfance?

— Je crois que c'est possible, malheureusement.

— Si c'est lui, comment s'est-il retrouvé sur ma route?

— Contrairement à la croyance populaire, le hasard ne fait pas toujours bien les choses. Par contre, ce même hasard t'a permis de rencontrer Samuel. Tout n'est pas vilain, n'est-ce pas?»

Élisabeth ne prêta pas attention à la dernière réflexion d'Anna. Elle était ailleurs, loin de Samuel pour l'instant. Elle enchaîna:

«Cet homme savait, alors, ce qu'il m'avait fait subir durant mon enfance!

— Il le savait, j'en suis persuadée.

— Mais pourquoi s'acharne-t-il sur moi?

— Cet homme est un grand malade, Élisa. Les réactions d'un être pervers ne sont pas facilement compréhensibles. Peut-être n'arrivait-il pas à séparer le passé du présent? La petite fille de North Hatley l'habitait-elle encore? Qui sait! Cela ne l'excuse en rien, remarque.

— Je me fous qu'il soit malade. C'est un être infâme, dit Élisabeth en colère. Que m'a-t-il fait subir cette fois?»

Anna œuvrait depuis assez longtemps dans le travail social pour savoir qu'avec un pervers sexuel, il vaut mieux se préparer au pire.

«Prépare-toi à quelque chose d'important et de difficile à accepter.

— À quoi penses-tu?

— À un viol, peut-être!

— Ah non! Pas cela!

— Écoute, Élisa, si tel est le cas, il est possible que ce traumatisme ajouté à celui de ton enfance ait été suffisant pour te faire perdre la mémoire. C'est une forme de protection.

— Et si l'enfant que je porte était le sien?»

Élisabeth se mit à trembler et à sangloter. Anna la prit dans ses bras et la berça.

«Cet enfant est-il vraiment celui de Samuel? Je ne veux porter que le sien, Anna.

— Je le sais bien, va. Pour l'instant, nous supposons le pire. Tu dois d'abord confirmer nos hypothèses avec le docteur Palmer. Et s'il s'avérait qu'elles soient justes, il devra te renseigner sur les tests d'ADN afin d'identifier qui est le père.

— Tout cela me déprime tellement, Anna.

— Et dire qu'il ne se passe rien dans ma vie!

— Je t'envie, si tu savais.

— Ne dis pas cela. Il m'arrive de trouver cela bien terne. Ça manque de piquant. En tout cas, il n'y aurait pas de quoi écrire un livre. Jack était furieux que tu sois enceinte de Samuel? C'est pour cela qu'il t'a mise à la porte, n'est-ce pas?

— Il était très en colère. Il voulait que je me fasse avorter et j'ai refusé.

— Il fallait s'y attendre. Où loges-tu présentement?

— Dans l'arrière-boutique. J'ai tout ce qu'il me faut: un divan-lit, une table, un frigo, une douche, une toilette.

— Écoute. Viens habiter avec moi. C'est assez grand pour deux, ici. Ça me ferait tellement plaisir. Je me sentirais moins seule et de plus je pourrais veiller sur toi.

— C'est bizarre! Il y a toujours un ange pour veiller sur moi, dit Élisa en riant. Si cet ange c'est toi, je veux bien. Ta présence me rassure tellement.

— L'amitié sert à cela, non? Allons chercher tes affaires maintenant. Vaut mieux battre le fer pendant qu'il est chaud, prétend le dicton.

— Tu es une vraie mère! J'ai l'amie la plus merveilleuse au monde. Je ne crois pas que je serais capable d'une telle générosité.

— Tu te mésestimes. Je crois qu'au besoin tu serais là pour moi. Allons, viens maintenant. Nous avons un déménagement à faire. »

Chapitre XVIII

Après l'appel d'Élisabeth, Samuel quitta North Hatley pour errer dans les rues de Montréal. Il avait prévenu son fils qu'il irait le chercher vers seize heures et qu'il dormirait avec lui à l'hôtel. Paolo accepta sans rouspéter. Il semblait heureux et prêt à partager son temps entre la maison de sa mère et la chambre d'hôtel de son père.

La chambre du Ritz Carlton rappela à Samuel l'escapade de sa mère Isabelle, autrefois, quand, à dix-huit ans, elle était allée rejoindre Manuel, celui qui allait devenir son père. Il aurait bien aimé savoir dans laquelle de ces chambres cette scène s'était passée. Il avait l'impression que leur esprit hantait encore ces lieux. Il regrettait de ne pas avoir apporté le journal intime de sa mère. Il aurait pu en poursuivre la lecture dans les lieux mêmes où leur amour avait pris naissance. Il se reprochait d'avoir mis le journal de côté depuis qu'il était tombé amoureux de Cybelle. «Cybelle!... Cybelle!...» Comme il aimait ce nom qu'il avait choisi pour elle! Elle était si belle! S'habituerait-il un jour à la nommer Élisabeth?»

Il se mit à regretter amèrement les délicieux moments passés avec elle, dans la maison du Maine. Un pressentiment douloureux lui laissait entrevoir que jamais il ne pourrait revivre ces instants. Il croyait Cybelle disparue à jamais. Il lui faudrait apprivoiser celle qu'il ne connaissait pas, Élisabeth Thompson, et tout son passé. Certes, il connaissait bien tous les contours de son corps, il le trouvait sublime. Mais ce corps qu'il vénérait cachait une personne qu'il ne voulait pas nécessairement connaître. Il se butait : il voulait retrouver sa Cybelle, cette femme sans identité qui s'en était forgée une qu'il adorait. «Serai-je tombé amoureux d'un fantôme?» Tel le Christ sur la croix, il ne put s'empêcher de gémir : «Cybelle! Ma bien-aimée! Pourquoi m'as-tu abandonné?» En voyant cette image défiler devant ses yeux, il se mit à sourire, car il avait conscience qu'il exagérait. Il retrouva son entrain en pensant à la soirée qu'il avait passée avec elle le soir précédent. Il reprit espoir, car la femme qu'il avait eue devant lui lui plaisait toujours, bien qu'elle fût en quelque sorte différente de la Cybelle qu'il aimait.

Arrivé devant la maison de Clara, malgré la neige qui recouvrait encore les pelouses, il aperçut son fils qui faisait de la planche à roulettes sur le trottoir avec ses amis. Il ne put s'empêcher de l'admirer tellement il le trouvait beau. Clara le surveillait avec François, du haut du balcon. «Pas mal non plus, la mère de mon fils», observa-t-il après avoir envoyé un salut de la main dans leur direction. Son fils lui cria :

«Papa! papa! je joue avec mes amis.

— Bonjour, dit Samuel en se penchant à croupetons pour embrasser son fils et ébouriffer ses cheveux.

— Maman! Papa est arrivé, cria-t-il à Clara, perchée sur sa galerie.

— Je vois, répondit-elle. Tu peux monter avec ton père.

— Viens, Diablito, allons chez ta mère.»

Paolo était si heureux que son père accepte de monter jusqu'à l'appartement de Clara et de François qu'il attrapa la main de son père en tenant sa planche à roulettes de l'autre, le défiant de monter les deux volées de marches au pas de course, avec lui. Samuel se prêta à ce jeu. Redevenir enfant pendant quelques instants lui faisait du bien. Rendu là-haut, essoufflé, il eut du mal à dire bonjour à Clara.

«Bonjour, Samuel», répondit-elle souriante quand elle les vit dans cet état.

Samuel s'arrêta sur le palier de l'escalier intérieur, très peu enclin à entrer dans cette maison. François, discret, était demeuré sur le balcon. Clara n'osa pas proposer à Samuel une tasse de café, car elle se doutait bien qu'il n'avait pas changé d'attitude en si peu de temps. Elle se contenta de dire :

«Paolo, j'ai déjà préparé ton sac. J'ai mis un pyjama, ta brosse à dents et un vêtement de rechange pour demain. Tu peux laisser ta planche à roulettes ici.
— Merci, maman.
— Tu reviens demain, n'est-ce pas ?
— Je le reconduirai ici vers dix heures trente, répondit Samuel.
— D'accord. À demain, mon trésor», dit-elle à Paolo en le serrant dans ses bras.

Samuel bougonnait dans son for intérieur. «Mon trésor! Mon trésor! Voilà qu'il est SON TRÉSOR maintenant.»

«Au revoir, maman. Attends, papa! Je vais dire au revoir à François. Au revoir, François! lui cria-t-il. À demain.
— Au revoir, mon petit bonhomme. Reviens-nous vite.»

Les adieux terminés, Samuel fut soulagé de se retrouver seul à seul avec son fils.

Clara avait remarqué l'aura de tristesse qui émanait de Samuel. «Oh! il n'a pas l'air heureux, celui-là. Selon moi, sa rencontre avec Cybelle n'a pas été un succès. Pauvre lui! J'aimerais bien qu'il soit heureux avec une femme, pourtant. Il accaparerait moins son fils et ce serait bien pour moi.»

Dans la voiture, Samuel demanda:

«Ça s'est bien passé chez ta mère? Tu es content?

— Super, papa! Je me suis fait plein d'amis. François et maman sont super gentils. Ils m'ont acheté une planche à roulettes. C'est vraiment amusant!

— Tant mieux, Diablito. Je suis heureux pour toi», dit son père en tentant de cacher sa nostalgie.

Il avait la sensation désagréable que tout lui échappait: Cybelle se métamorphosait, Paolo se détachait de lui, Adèle était disparue à jamais, Cunchita pensait repartir de nouveau... «Des deuils! Toujours des deuils!»

«Et toi, papa? Ça s'est bien passé avec Cybelle?

— Pas mal.»

Paolo sentit le désarroi de son père et, pour protéger son bonheur, sans trop s'en rendre compte, il fit bifurquer la conversation.

«Aux vacances d'été, Clara aimerait que j'aille passer un mois chez elle. J'aimerais bien y aller aussi. C'est si amusant la ville. Il y a plein d'enfants avec qui jouer.

— On verra, Diablito! On verra! Il y a le mariage de Lucas et de Margarita cet été. Tu ne l'as pas oublié? Tu aimes aller en Espagne!

— Oui, je sais. Je l'ai dit à Clara. Mais elle a dit avant ou après le mariage, alors.

— Elle ne perd pas de temps, celle-là. »

Samuel regretta ses paroles, mais il était trop tard pour les retirer.

« Celle-là, comme tu dis, c'est qu'elle aime bien être avec moi et moi avec elle, dit Paolo, obstiné.

— Nous verrons, Diablito. Je te promets d'y réfléchir.

— Est-ce que Cybelle viendra en Espagne avec nous?

— Je ne sais pas, Diablito », dit-il alors qu'une bouffée troublante de tristesse l'envahissait.

Samuel souhaitait déjà que cette semaine soit terminée. Il n'avait qu'une envie : retourner chez lui, dans le Maine. Il téléphona à la maison pour apprendre de la voix d'Alicia que Cunchita était retournée à Paris après avoir discuté à quelques reprises avec son imprésario. Elle avait laissé une lettre pour lui. Alicia se retrouvait donc seule.

« Je rentre dans cinq jours avec Paolo, lui confirma-t-il.

— Tant mieux, cette maison est trop grande pour moi toute seule, répondit-elle dans un éclat de rire. »

« Comme elle est rafraîchissante! » songea-t-il.

Chapitre XIX

De son côté, Jack se mit à sortir chaque soir afin d'oublier qu'il avait été trompé. Il buvait et ramenait chez lui des filles auxquelles il n'attachait aucune importance. Il se plaignit aux parents d'Élisabeth en leur disant que leur fille était une irresponsable. Flora et Joey Thompson étaient désolés. Elle ne leur avait encore rien raconté. «Élisabeth est méconnaissable. Elle est devenue une vraie étrangère. Elle habituellement si responsable. C'est à n'y rien comprendre», se plaignait Flora à son mari. Elle avait tranché radicalement la question: leur fille devait se faire avorter et retourner, au plus vite, vivre avec Jack, son mari.

Joey était plus indulgent. Le bonheur de leur fille devait passer avant tout. Flora ne voulait rien entendre. Pour elle, Élisabeth avait renversé l'ordre des choses. Elle avait épousé Jack parce qu'elle l'aimait. Personne ne l'y avait forcée. Elle devait donc aller au bout de son choix. «Elle nous a trompés», répétait-elle à Joey. Lui n'en croyait rien et n'avait qu'un seul désir: que sa fille vienne à la maison raconter sa version des faits. Il prit la résolution d'aller à la boutique rencontrer Élisa dès le lendemain matin.

Il se leva, ce matin-là, avec une seule idée en tête: aller chercher sa fille bien-aimée pour un lunch au restaurant. Il voulait savoir à quoi s'en tenir. Jamais il ne croirait que sa fille Élisabeth eût pu prendre une décision à la légère. Contrairement à sa femme, il lui avait toujours fait confiance jusqu'à preuve du contraire. Il était persuadé qu'elle n'avait pas laissé Jack sans raison valable. Il confia donc le restaurant à sa femme en invoquant une visite chez le dentiste et se rendit tout droit à la boutique de mode. Jeanne l'accueillit avec plaisir, car elle aimait bien le père d'Élisa. Comme elle n'avait jamais eu de père, elle avait toujours envié l'amour admiratif que cet homme vouait à sa fille.

«Monsieur Thompson! s'exclama-t-elle avec joie. Vous venez pour voir Élisabeth? La chanceuse!

— Bonjour, jeune demoiselle, vous êtes en beauté ce matin. Comme toujours d'ailleurs. Ma fille est là?

— Elle n'est pas encore rentrée, mais elle ne saurait tarder.

— Je vais l'attendre, si ça ne vous dérange pas.

— Mais non, bien sûr, vous êtes toujours le bienvenu ici.»

Au même moment, Élisabeth franchissait le seuil de la porte.

«Papa! Que me vaut l'honneur de cette visite, dit-elle en lui plaquant deux gros baisers sur les joues.

— J'avais envie de bavarder avec toi, ma petite fille. Aurais-tu le temps de manger avec ton vieux père, ce midi?»

Élisabeth, en entendant son père, eut la certitude que Jack avait mis ses parents au courant de la situation. Elle se doutait que son père venait la voir en éclaireur. Elle hésita, incertaine d'avoir envie de discuter avec lui de sa rupture avec Jack. Mais considérant que ses parents avaient déjà connu assez d'angoisses à cause d'elle, elle accepta l'invitation sans trop savoir où cela la mènerait.

Pour Élisabeth, le contact avec son père avait toujours été plus facile qu'avec sa mère. Elle trouvait cette dernière «à cheval sur les principes» comme elle s'amusait à le dire. Elle était moins parlable que son père. Avec Flora, il fallait à tout prix préserver l'image. Elle devinait ce qu'avait été la réaction de sa mère quand elle avait appris que sa fille était enceinte et qu'elle avait quitté Jack. Elle l'entendait d'ici: «Que penseront les clients du restaurant quand ils apprendront!» Cette idée torturait sa pauvre mère et l'empêchait de dormir. Elle en était certaine.

«Alors, ma fille, dit Joey, je te prends à midi, ici même.

— D'accord, papa. Je t'attendrai.»

Au fond, elle n'était pas fâchée de pouvoir se libérer de ce qu'elle avait jugé bon de taire jusqu'à présent. «Aussi bien en finir avec cela», conclut-elle. Elle retourna à sa table à dessin, s'y installa sans succès. L'inspiration ne venait pas ce matin. Elle avait mal dormi chez Anna, bien que celle-ci eût utilisé tous les stratagèmes nécessaires pour que son amie se sente à l'aise. Élisabeth n'y était pas parvenue. Les ondes qu'elle percevait dans cette maison appartenaient à Anna. Elle n'était pas familière avec les bruits ni avec les odeurs; non pas qu'ils fussent désagréables, elle n'y était tout simplement pas habituée. Les souvenirs du temps passé avec Samuel, dans le Maine, la rendaient nostalgique. Ce temps où elle était tout à fait inconsciente de tout. Elle n'avait qu'à se laisser vivre, à se laisser aimer. Elle n'était pas certaine d'apprécier l'état de conscience auquel elle était désormais parvenue. «Est-ce que le degré de connaissance rend plus souffrant?» se demanda-t-elle. Jusqu'à un certain point, elle le croyait. Quand elle était dans l'ignorance, elle se contentait de vivre, mais à présent il lui fallait intégrer tout ce qui lui était arrivé depuis son enfance. En même temps, c'était une délivrance de le savoir même si cela semblait contradictoire.

Oui, elle allait tout confier à son père. Elle savait qu'elle pouvait tout lui dire sans crainte; n'était-elle pas sa préférée? Son frère le lui avait souvent reproché d'ailleurs. Lui, il lui fallait bosser pour que son père le remarque et l'apprécie, tandis qu'avec elle il était gagné à l'avance. « Les relations parents-enfants sont parfois inexplicables! Pourquoi moi plutôt que lui? Parce que j'ai eu la chance de venir au monde fille? » se demanda-t-elle.

Elle pensa à l'enfant qu'elle portait. Elle se posait souvent la même question : « Pourrai-je l'aimer de façon adéquate? » Cette inquiétude revenait constamment. Elle ne savait pas si elle serait à la hauteur de son futur rôle. La peur la tenaillait. « Et si cet enfant n'était pas de Samuel? » Ce doute l'effrayait également. Soudain, elle se sentait aller à la dérive. « Vivement que midi sonne et que mon père arrive! Je ne peux pas vivre seule avec toutes ces pensées qui me déchirent de l'intérieur. »

Quand elle leva le nez de sa feuille à dessin, elle aperçut Joey, costaud, encore droit comme un chêne, qui lui souriait. Sa présence eut l'heur de la rassurer et elle s'accrocha à son bras en toute confiance.

Au restaurant, après avoir commandé le repas, il la regarda dans les yeux et lui dit :

« Ma grande, il y a quelque chose qui ne va pas, n'est-ce pas? »

Elle se mit à pleurer en pensant qu'elle ne s'arrêterait jamais.

« Papa! dit-elle, d'un ton plaintif comme un vent d'hiver.

— Allez, tu peux tout me dire. Sois sans crainte. Je suis là pour toi. »

Elle lui raconta tout, même ce qui s'était passé avec l'oncle Ben, durant son enfance. Joey était profondément bouleversé. Il pleurait sans retenue. Il ne pouvait croire que sa femme et lui aient été aveugles à ce point. Ils avaient eu pleinement confiance en cet ami, alors qu'Élisabeth ne pouvait s'empêcher de penser que ses parents avaient été bien naïfs et qu'au fond, cela faisait leur affaire de se débarrasser d'elle pour mieux s'occuper du restaurant. Joey encaissa ses reproches sans broncher en se disant qu'elle avait probablement raison. Mais aujourd'hui, il se sentait proche d'elle, il comprenait sa décision de quitter Jack, surtout depuis son infidélité. Il était peut-être naïf, mais il était trop intègre pour se permettre de tromper sa femme de façon aussi cavalière.

«Je comprends et je serai là pour toi à présent, lui répéta-t-il.

— Papa, je ne sais pas encore si cet homme m'a violée lors de ma fuite dans le Maine. Mais je crains que oui. Si l'enfant que je porte n'est pas de Samuel, je ne pourrai pas le garder.

— Il y a l'avortement. Tu peux y avoir recours.

— Je ne peux croire que je tuerai cet enfant en devenir.

— C'est peut-être mieux ainsi. Pourrais-tu aimer l'enfant conçu lors d'un viol?

— Non, je ne crois pas.

— Tu as ta réponse, ma fille.

— Merci, papa. Ça me fait beaucoup de bien de parler avec toi. Le diras-tu à maman?

— Non. Tu le feras toi-même quand tu t'en sentiras capable.

— Elle ne comprendra pas.

— Elle n'est pas aussi intraitable que tu le crois. Je te demande une chose cependant : quand tu sauras qui est le père de cet enfant, j'aimerais que tu me mettes au courant, surtout si tu décides de te faire avorter. Je ne voudrais pas que tu sois seule. Je t'accompagnerai.

— Merci, papa.

— Tu as toujours ta chambre à la maison, tu sais. Tu peux revenir si tu le désires.

— Non, merci, papa. Pour l'instant, je préfère habiter chez Anna. Je verrai plus tard.

— Cette Anna te suit depuis ta tendre enfance.

— Oui, elle est très précieuse pour moi.

— Et Samuel ? Tu l'aimes ?

— Oui. Je le crois, mais ce n'est pas simple. Il est devenu amoureux d'une femme que je ne suis pas vraiment. C'est compliqué comme tu vois. Je sais que c'est un être exceptionnel. Je lui dois beaucoup et je ne sais pas ce que je peux lui apporter en retour.

— Le temps te le dira. Laisse du temps au temps, comme dit le sage proverbe. Je suis toujours sorti gagnant en appliquant cette maxime.

— J'apprécie ta sagesse, papa.

— Ne m'idéalise pas trop, ça pourrait te jouer de vilains tours », dit-il en riant.

Père et fille quittèrent le restaurant bras dessus, bras dessous, heureux de leur rencontre et de leur échange. Élisabeth venait de confirmer ce que son père pensait d'elle depuis toujours : sa fille n'était pas une écervelée. Il était fier d'elle comme il l'avait toujours été auparavant. Il était torturé, par contre, à l'idée que son vieil ami eût abusé d'elle, lorsqu'elle était enfant, sans qu'il s'en soit aperçu. Il s'en voulait d'avoir été aussi naïf. Il se disait que si jamais il avait cet ami devant lui, il ne se gênerait pas pour lui casser la gueule en mille morceaux. Il se mit en tête d'aller à sa recherche pour lui régler son compte une fois pour toutes.

À son retour à la maison, Flora l'accueillit avec réserve, soupçonnant qu'elle avait été tenue à l'écart de quelque chose d'important. Elle avait toujours été jalouse de la place qu'Élisabeth occupait dans le cœur de son père. Elle ne posa aucune question à son mari, craignant qu'il lui mente sans scrupules, ce qui ne l'empêcha pas de s'inquiéter. C'est avec un soupir de tristesse qu'elle se dit: «Depuis sa naissance, notre fille aura toujours eu la première place dans le cœur de mon homme.» Elle se doutait bien que Joey était allé rencontrer leur fille afin de clarifier la situation, mais elle n'acceptait pas qu'il la mette à l'écart quand il s'agissait d'Élisabeth. «C'est comme s'il voulait la garder pour lui seul», pensa-t-elle. Il s'était toujours comporté de cette façon depuis sa naissance et cela l'avait maintes fois agacée.

Joey, assis dans sa berceuse, restait muet. Il ne se sentait pas très bien. Un film, qu'il ne pouvait arrêter, se déroulait devant ses yeux. Il revoyait Élisa enfant partir avec Ben, pour aller se balader en bateau ou en auto ou encore pour fureter dans les magasins ou manger une crème glacée. Il la revoyait revenir, toujours les bras chargés de cadeaux. Il se souvenait avoir été jaloux du temps que Ben avait à consacrer à sa fille alors que lui trimait au restaurant avec sa femme. Pour lui, sa petite fille rousse, cette unique petite fille, n'avait rien de comparable avec les autres petites filles. Et, devenue femme, il la trouvait encore plus belle quand il la comparait à toutes ces jeunes dames, blondinettes, artificielles, qui déambulaient en se déhanchant dans les rues de North Hatley. Il éprouvait envers sa fille un puissant instinct de possession tout en sachant fort bien que c'était parfaitement insensé. Même son mariage avec Jack, il avait eu de la difficulté à l'accepter. Il avait eu l'impression que Jack lui volait sa fille. De toute façon, que ce fût Jack, ou un autre, tous les hommes susceptibles d'aimer sa fille étaient considérés comme des rivaux. Son cœur se serrait dans sa poitrine, au point de lui faire éprouver une douleur qui commençait à l'inquiéter tellement il se croyait responsable de ce qui lui était arrivé. Il ne se pardonnait pas d'avoir été aussi aveugle. Afin de réparer un peu les dégâts, il se promit bien d'être là pour l'épauler au besoin.

Chapitre XX

La semaine de relâche scolaire avait été longue et fastidieuse pour Samuel. Il passait ses journées seul, à réfléchir en déambulant dans les rues du centre-ville de Montréal jusqu'à ce qu'il aille chercher son fils chez sa mère.

Paolo était de plus en plus joyeux. Captivé par son nouveau bonheur, il ne voyait pas la tristesse dans les yeux de son père; il avait cessé de vouloir le protéger. Mademoiselle Harrisson serait fière de lui. Samuel pouvait maintenant se réjouir pour son fils. Il apprenait, petit à petit, à le partager avec Clara; ce qui ne l'empêchait pas, tout de même, d'éprouver un pincement de jalousie. Qu'il avait hâte de se retrouver dans son oasis de paix! Quand il était triste, il avait tendance à s'isoler. Il ne fut donc pas étonné quand l'envie de se retirer dans son bureau se mit à l'obséder. Il désirait par-dessus tout s'enfermer pour continuer à écrire ce livre qu'il avait commencé depuis sa rencontre avec Cybelle. Écrire l'apaisait. Et il sentait qu'il en avait grand besoin.

Dès son retour, il se réfugia dans son antre et trouva la lettre de Cunchita dans laquelle elle lui mentionnait son urgent besoin de partir pour Paris, rejoindre son imprésario. Elle lui confirmait qu'elle serait présente au mariage de Lucas, au mois de juillet. D'une certaine façon, bien que très attaché à sa sœur, il préférait qu'elle eût quitté la maison. Ainsi, il pourrait laisser libre cours à son chagrin sans qu'elle vienne fourrager dans ses émotions.

Quant à Alicia, elle était de bien belle humeur et heureuse de les accueillir. Paolo lui raconta dans le détail tout ce qu'il avait fait avec Clara et François durant la semaine de relâche. Elle s'exclamait à la moindre occasion, ce qui encourageait l'enfant à continuer ses nombreuses descriptions. Samuel refusa le morceau de tarte aux pommes qu'Alicia avait confectionnée pour lui et alla se réfugier dans son bureau. Il entreprit de poursuivre la lecture du journal intime de sa mère avant de se mettre à écrire.

Manuel continua à donner de nombreux concerts. Je ne voulais pas l'accompagner, car j'étais incapable de me séparer de Cunchita malgré les nombreuses pressions qu'Adèle exerçait sur moi. Elle me répétait sans cesse de lui laisser l'enfant et de partir à l'étranger avec mon mari sous prétexte que les femmes allaient se mettre à tourner autour de lui comme des vautours. Cela, je le savais, mais j'étais incapable de quitter ma fille pour un mois ou plus. Manuel partait donc sans moi. Mes parents revenaient dès qu'il disparaissait, ce que j'acceptais difficilement, car dès que Manuel entrait à la maison, je n'entendais plus parler d'eux; ce silence provoqua de nombreuses discussions entre lui et moi.

Quand Manuel revenait de l'étranger, il ignorait totalement sa fille pour ne s'occuper que de moi. Il m'amenait souper au restaurant, assister à des concerts et, surtout, il me voulait belle pour lui. Durant ce temps, je faisais ce qu'il désirait, car il était avec moi pour peu de temps. Il repartait pour New York, Paris, Genève, Londres, Vienne, Barcelone... Il était plus souvent absent que présent. Malgré cela, je devins enceinte une seconde fois. Adèle était au désespoir. Elle aurait souhaité que je n'aie qu'un seul enfant afin de pouvoir suivre mon mari dans ses nombreux déplacements. J'étais quand même heureuse de donner la vie une autre fois en me disant que si, cette fois, j'avais un garçon, peut-être que Manuel resterait davantage auprès de moi. Il était furieux quand il apprit la nouvelle. Il ne voulait pas d'un deuxième enfant. Il me pria de me faire avorter sur-le-champ, car il croyait que, lorsque Cunchita serait assez grande, j'accepterais de la laisser à Adèle pour le suivre à travers le monde. Ce deuxième enfant venait contrecarrer ses plans. Évidemment, je refusai l'avortement; je voulais ce bébé.

Manuel trouva le moyen de me punir. Il ne revint de ses concerts que trois fois durant ma grossesse. Il refusait de me toucher sous prétexte qu'il trouvait hideux le corps d'une femme enceinte. Je pleurai amèrement, mais je m'entêtai à garder mon bébé. Mes parents lui en voulaient de plus en plus. Il n'y avait qu'Adèle pour prendre sa défense. Elle lui donnait raison. Elle prétendait que je devrais être à ses côtés partout où il se produisait. Ce fut une grossesse longue et pénible.

«Merde! Merde! Merde! Et merde! Adèle! Fallait-il que tu sois amoureuse de mon père pour harceler ma mère de cette façon! Si Isabelle n'avait pas tenu bon, je ne serais pas là aujourd'hui. Comme elle a dû se sentir seule! Quel destin tragique que sa mort! J'en suis la cause finalement. Si elle s'était fait avorter, elle ne serait pas morte.» Samuel se surprit à avoir envie de pleurer l'absence de sa mère après toutes ces années. «Est-ce la perte de ma mère que je pleure ou la perte de Cybelle ou les deux ensemble? Je ne sais plus.»

Il resta enfermé toute la nuit dans son bureau à essayer de pousser plus loin sa réflexion. Il conclut qu'être abandonné par un être cher faisait atrocement mal. Il avait été orphelin de mère et presque de père. Clara l'avait quitté. Il avait perdu Adèle, il avait perdu Cunchita en quelque sorte, et il craignait par-dessus tout de perdre Cybelle. De plus, Paolo lui échappait. Toutes ces pertes le ramenaient à la première, la plus importante dans sa vie, la mort de sa mère. Il les pleurait toutes à la fois. Il finit par admettre que la seule façon pour lui d'être heureux serait d'être amoureux d'une femme stable qui l'aimerait toujours et ne l'abandonnerait jamais. Il se demanda si l'absence de sa mère et les abandons réguliers de son père n'étaient pas à l'origine de ses choix amoureux. Ces réflexions le tourmentaient infiniment.

Le lendemain matin, quand il sortit de son bureau, les yeux bouffis et rougis, Alicia ne posa aucune question. Elle avait déjà conduit Paolo à l'école. Le petit avait hâte d'aller raconter à madame Harrisson tout ce qu'il avait vécu chez sa mère durant la relâche scolaire.

Chapitre XXI

C'était le mois d'avril et la neige avait commencé à fondre à North Hatley pour laisser la place à la gadoue. La chaussée était boueuse, mais l'on pouvait apercevoir les signes avant-coureurs du printemps. Le soleil tentait de réchauffer la terre, le lac s'était mis à dégeler quelque peu et les oiseaux à chanter, tandis qu'Élisabeth trouvait que le temps lui filait entre les doigts. Il lui en restait bien peu pour l'avortement si toutefois l'enfant n'était pas de Samuel. Elle avait maintenant terminé quatre mois de grossesse. Il fallait savoir au plus vite si elle avait été violée lors de sa fuite dans le Maine. Avec appréhension, elle se rendit à Sherbrooke, chez le docteur Palmer, pour sa séance habituelle.

« Madame Thompson, désirez-vous prendre le temps d'échanger un peu avant votre séance d'hypnose? lui demanda le bon docteur.

— Non, j'aimerais passer au divan immédiatement. J'espère vraiment découvrir la vérité, si cela est possible. Du moins, je me dois d'essayer. S'il faut me faire avorter, il vaudrait mieux le savoir maintenant.

— D'accord, nous essayerons. Allongez-vous. Je vais compter jusqu'à trois et à trois vous serez transportée dans le Maine avec l'ami de votre père. Un... deux... trois... »

Élisabeth répondait bien à l'hypnose. L'intonation

de la voix grave et chaude du docteur Palmer, la confiance qu'elle avait en lui et la volonté de savoir lui permettaient de s'abandonner sans résistance.

« Élisabeth! Vous êtes en compagnie de cet homme. Que se passe-t-il?

— Nous sommes au restaurant en train de manger et bavarder. Il est très attentionné. Il me parle de moi lorsque j'étais enfant.

— Que vous dit-il?

— Il me dit combien j'étais jolie. Que ma mère m'habillait comme on habille une princesse avec de jolies robes, de jolies souliers et des boucles dans mes cheveux. Il me dit qu'il adorait se balader avec moi, que tous les gens se retournaient sur mon passage et qu'il en était fier, comme il l'était ce soir, d'être en aussi jolie compagnie.

— Vous sentez-vous à l'aise quand il vous complimente de la sorte?

— Oui et non. Je m'amuse à l'écouter raconter mon enfance. J'ai un vague souvenir des balades qu'il décrit, mais je sens en même temps qu'il me fait la cour et ça me déplaît.

— Est-ce que vous buvez de l'alcool, tous les deux?

— Oui, nous buvons du champagne avant le repas et du vin en mangeant.

— Avez-vous l'habitude de consommer autant d'alcool?

— Non, mais ce soir-là je me laisse aller, car j'ai besoin d'oublier ma mésaventure avec Jack et je me dis qu'étant avec un ami de mes parents, il ne peut rien m'arriver de fâcheux.

— Est-ce que le repas se termine à une heure tardive?

— Oui, il fait noir dehors et il m'invite à marcher sur la plage afin de faciliter notre digestion. J'accepte en me disant que cela me fera du bien.

— Que se passe-t-il ensuite?

— Nous sommes seuls sur la plage. Je m'agrippe à son bras, car je me sens un peu ivre et je crains de perdre l'équilibre. Nous marchons longtemps. Nous sommes loin du restaurant, à présent.

— Et ensuite, que se passe-t-il?

— Il m'entraîne dans un petit sentier non éclairé. Il y a du sable par terre et des arbres tout autour.

— Et?

— Il s'arrête et me presse contre sa poitrine en cherchant ma bouche. Je ne veux pas. Je lui dis d'arrêter. J'essaie de me libérer de son emprise. Il me dit : "Élisa, laisse-moi faire, je t'en prie. Ne crie surtout pas, ce serait inutile, nous sommes loin du restaurant et personne ne t'entendra. Je ne te ferai aucun mal si tu te laisses faire." J'ai peur. Je me mets à pleurer. Je sens que mes pleurs l'excitent davantage. Je tremble de tous mes membres. Je lui crie : "Laisse-moi partir. Je ne veux pas. Arrête." Je le frappe. Il m'attrape les mains, me les tient serrées. Plus je me débats, plus je crie, plus il s'excite. J'entends sa respiration. Il me force à me mettre à genoux. Il sort son membre durci, il l'introduit dans ma bouche en me tenant par les cheveux. Il me crie : "Allez! allez! Suce!" Je ne le peux pas. Je pleure. Il me jette par terre et vient s'étendre sur moi. Non! Non! Non!

— Ne vous arrêtez pas, Élisa. Que fait-il?

— Il soulève ma jupe et m'enlève ma culotte. Je me débats et il me serre plus fort et je sens qu'il me pénètre. Non! Non! Je ne veux pas!

— Continuez, Élisa.

— Je pleure et je crie. Il se relève et me laisse là, couchée par terre, et il s'en va. Je suis désemparée. Je me relève, remets ma culotte, baisse ma jupe et je marche, je marche, je marche sans pouvoir m'arrêter. Je suis exténuée et je marche, je marche encore.

— Jusqu'à quand marchez-vous?

— Épuisée, je m'arrête devant une maison blanche à lucarnes, avec des volets rouges.

— Élisabeth, vous êtes rendue devant la maison de Samuel Sanchez. Il ne vous arrivera plus rien de fâcheux. Je crois que je peux vous réveiller maintenant. Je vais compter jusqu'à trois et vous reviendrez vers moi, ici, dans mon bureau. Un... deux... trois... Élisabeth, regardez-moi, assoyez-vous et continuez de pleurer aussi longtemps que vous en aurez besoin. Ne vous obligez pas à vous arrêter. Les larmes tracent souvent un chemin vers la guérison de la douleur. »

Le docteur Palmer dut prolonger la séance de thérapie, car Élisa pleura pendant une bonne heure sans interruption. Il ne pouvait pas la laisser partir ainsi.

« Il m'a violée, docteur. Il n'avait aucun droit. Cet homme est infâme.

— Oui, il l'est, en effet.

— Pourquoi ai-je perdu la mémoire après cet événement?

— C'est le traumatisme. Pour vous protéger, vous aviez déjà enfoui vos mauvais souvenirs d'enfance dans votre inconscient, c'est aussi une forme d'amnésie. La découverte de Jack au lit avec une autre femme et le viol par l'ami de votre père vous ont blessée de façon si violente que vous vous êtes réfugiée dans l'oubli pour ne plus sentir votre douleur. Marcher aussi longtemps sans être capable de s'arrêter, c'est ce qu'on appelle, dans notre jargon, une fugue dissociative. Vous avez tout oublié après le viol jusqu'à en perdre votre identité. Lors de votre séjour chez Samuel, vous vous en êtes forgé une nouvelle. Cybelle est la femme que vous êtes devenue après le viol. Élisabeth est la femme d'avant le viol et celle que vous êtes, maintenant que vous connaissez la vérité. Cybelle n'existe plus, il faut poursuivre votre route en compagnie d'Élisabeth.

— Voulez-vous dire que je dois mettre de côté tout ce qui appartient à Cybelle?

— Non, pas du tout. Il faut donner à Samuel la chance de connaître Élisabeth. Vous déciderez ensuite si cela vous convient à tous deux.

— L'enfant que je porte peut avoir été conçu lors du viol, n'est-ce pas?

— Le viol s'est produit au mois d'octobre, c'est exact?

— Oui, tout à fait.

— Et l'échographie dit que vous êtes enceinte depuis le mois de novembre. C'est bien cela?

— Oui.

— Il y a peu de chance que l'enfant soit de cet homme. À moins qu'il y ait eu erreur à l'échographie. Est-ce que monsieur Sanchez accepterait de passer un test d'ADN?

— Oui, je crois. Je peux le lui demander.

— Il serait préférable de clarifier la situation. Si toutefois l'enfant n'était pas de lui, songeriez-vous à l'avortement?

— Oui, je ne pourrai jamais aimer un enfant conçu lors d'un viol.

— Je comprends. Dans ce cas, appelez monsieur Sanchez le plus rapidement possible. Votre grossesse est déjà très avancée. Vous n'avez plus de temps à perdre. Comment vous sentez-vous, maintenant?

— Soulagée de connaître la vérité et peinée qu'une telle chose me soit arrivée. Finalement, celui que j'appelais l'oncle Ben, cet ami de mon père, m'aura fait bien du mal.

— En effet. Vous croyez-vous en mesure de quitter mon bureau, à présent?

— Oui, ça va aller. Je m'en vais chez mon amie

Anna. Je loge chez elle pour quelque temps. Je vais immédiatement téléphoner à Samuel. Je vous remercie pour tout, docteur. Sans vous, j'en serais encore au même point.

— Nous n'arrêtons pas ici le traitement, vous savez. Certes, nous n'aurons plus recours à l'hypnose, mais vous aurez besoin de soutien pendant un certain temps.

— Merci. J'apprécie beaucoup. Je reviens au même jour et à la même heure?

— Tout à fait. D'ici là, prenez soin de vous.»

Le docteur Palmer lui donna une chaude poignée de main et l'accompagna à la sortie en lui offrant son sourire le plus cordial.

Anna était absente de la maison lorsque Élisabeth arriva. Profitant de l'occasion, elle se précipita au téléphone pour parler immédiatement à Samuel. C'est Alicia qui répondit de sa voix jeune et enjouée comme si elle avait été en train de rire. Élisabeth sentit un pincement au cœur. L'inquiétude la tenaillait. Décidément, elle était jalouse.

«Monsieur Sanchez, s'il vous plaît?

— De la part de qui, mademoiselle?

— Dites-lui que c'est Élisabeth Thompson et que je désirerais lui parler immédiatement.»

Alicia ne connaissait pas cette femme. Elle avait entendu parler de Cybelle, mais pas d'Élisabeth Thompson. Élisabeth l'entendit crier:

« Samuel, le téléphone, c'est pour toi. C'est Élisabeth Thompson qui veut te parler.

— Merci. Je prends l'appel de mon bureau », lui cria-t-il à son tour.

— Élisabeth! Quelle surprise!»

Est-ce parce qu'Alicia l'avait nommée ainsi que Samuel l'appela, pour la première fois, Élisabeth? Il n'en savait rien.

« Samuel! dit-elle d'une faible voix, en pleurant.
— Élisabeth, je t'en prie, parle-moi. »

Il l'entendait sangloter à l'autre bout du fil. Jamais il ne s'était senti aussi inutile de sa vie.

«Élisabeth où es-tu?
— Chez Anna.
— Je vais te retrouver immédiatement. Donne-moi l'adresse, je t'en prie.
— Tu es fou. Il fera nuit bientôt, dit-elle en pleurant de plus belle. Tu mettras au moins cinq heures à arriver.
— Oui, je suis fou. Fou d'inquiétude, tu veux dire. Je sens qu'il se passe quelque chose d'important. Je ne vais pas te laisser seule, Élisabeth. Je pars à l'instant. Il faut que je te voie. Il faut que je t'entende.
— D'accord. Viens, je t'attends. »

Sans plus hésiter, elle lui transmit l'adresse d'Anna. Il raccrocha. Après avoir donné ses instructions à Alicia et averti son fils de son départ, il se mit en route pour North Hatley. Bien sûr, Paolo avait insisté pour l'accompagner.

«Tu me laisseras chez Clara pendant ce temps», pleurnichait-il.
— Sois raisonnable, Diablito. Je t'emmènerai la prochaine fois, je te le promets.
— Mais pourquoi tu dois aller retrouver Cybelle maintenant?
— Parce qu'elle pleure, qu'elle a un gros chagrin et que je dois être auprès d'elle.

— Pourquoi elle pleure, papa?

— Je ne le sais pas encore, Diablito. Je vais te le dire au retour.

— Tu pars combien de temps?

— Je ne sais pas. Je promets de te téléphoner. Tu restes avec Alicia. Tu seras gentil, n'est-ce pas?

— Je suis toujours gentil avec Alicia, papa.

— Tant mieux. Je t'embrasse, Diablito. Sois bien sage. Je te téléphonerai bientôt.

— Au revoir, papa, et reviens vite.»

Alicia ne comprenait rien au départ précipité de Samuel, mais elle pressentait qu'il se passait quelque chose d'important pour lui. Évidemment, elle allait s'acquitter correctement de sa tâche; elle s'occuperait très bien de Paolo. Cependant, elle n'aimait pas voir partir Samuel Sanchez. Cette sensation était nouvelle pour elle. Elle se demanda si elle n'était pas en train de devenir amoureuse de cet homme.

Depuis la mort accidentelle de son mari, cinq ans auparavant, Alicia n'avait vécu qu'avec son souvenir, gravé à jamais dans son cœur. Elle vivait également avec le souvenir de cet enfant, son petit garçon, perdu à cinq mois de grossesse, quelque temps après l'accident qui avait coûté la vie à Bruce. Sa peine avait eu raison d'elle. Depuis, Alicia n'avait jamais regardé ni convoité un autre homme. Elle avait aimé Bruce follement. Ils avaient eu un mariage heureux jusqu'à cet accident bête, dans sa voiture, un soir de tempête. Quand Alicia avait appris la mort de Bruce, elle s'était juré que jamais plus un autre homme n'entrerait dans sa vie. Elle avait appris à vivre seule et avait développé, pour survivre, un sens de l'humour qui la servait bien. Elle regardait le bon côté des choses.

Elle y parvenait grâce à son naturel joyeux. Elle avait maintes fois pensé retourner vivre à Cali, en Colombie, mais elle n'avait jamais donné suite à ses projets parce qu'elle aimait les États-Unis. Elle aimait aussi son travail chez Samuel Sanchez. Elle se sentait utile. Elle s'était attachée à ce petit garçon à l'air mutin qui lui rappelait le fils qu'elle avait perdu. Il aurait eu à peu près cet âge, aujourd'hui. Elle chérissait ce petit *diablito*, qui le lui rendait bien d'ailleurs. La seule ombre au tableau, c'était Samuel Sanchez, car, pour la première fois depuis cinq ans, elle trouvait un homme aussi beau et aussi séduisant que l'avait été Bruce à ses yeux. De plus, il était gentil, chaleureux et généreux, qualités qu'elle appréciait plus que tout. Samuel ne se rendait nullement compte de l'effet qu'il produisait sur Alicia. Il n'avait jamais su, contrairement à Manuel, son père, qu'il était un être séduisant. Jamais il n'avait usé ou abusé de ses charmes auprès des femmes pour le seul plaisir de séduire. Alicia s'inquiétait de l'importance que prenait cet homme dans sa vie. Elle savait qu'il était amoureux de Cybelle, mais tout semblait si compliqué que peut-être avait-elle une petite chance de conquérir son cœur. Ils avaient plusieurs points en commun. N'était-elle pas d'origine espagnole comme lui?

Pendant ce temps, Samuel, roulant sur l'autoroute, était loin de se douter qu'Alicia était en train de s'éprendre de lui. Il n'avait qu'une idée en tête : retrouver Cybelle le plus rapidement possible. Sa Cybelle qu'il appelait maintenant Élisabeth puisqu'il avait détecté en elle un début d'aversion pour tout ce qui ne lui collait pas vraiment à la peau. Intuitif, Samuel s'était vivement amendé pour ne pas lui déplaire, craignant de la voir fuir. Il l'avait sentie en petits morceaux au bout du fil. Sa tristesse le rejoignait, bien sûr, mais cela ne lui déplaisait pas, car il aimait la sentir fragile; sa faiblesse lui donnait la certitude qu'elle avait besoin de lui. Plus elle était vulnérable, plus il avait la sensation de se l'attacher à jamais. Il aimait lui être indispensable et il n'avait pas souvent eu ce sentiment depuis qu'elle avait quitté le Maine. Il s'empressait de voler vers elle. Sa peur maladive de perdre l'être aimé l'amenait à désirer, sans qu'il en soit vraiment conscient, la fragilité de Cybelle. La belle Alicia avait ainsi peu de chance de le séduire. Elle était trop solide. La façon dont elle avait survécu à la mort de Bruce le prouvait. C'était une femme capable de se tenir sur ses deux pieds.

Aux petites heures du matin, Samuel sonna à la porte d'Anna. Elle venait à peine de s'endormir. Elle avait écouté son amie lui raconter sa dernière séance d'hypnose avec le docteur Palmer. Elle ne pouvait pas se permettre de se laisser envahir par la vie tumultueuse de son amie jusqu'à ce que Samuel arrive, car elle avait un horaire chargé le lendemain. De toute façon, Samuel n'allait pas tarder. Élisabeth, elle, veillait. Elle l'attendait tout en se demandant si elle avait bien fait de le laisser venir.

Quand elle lui ouvrit la porte, elle était vêtue de sa robe de nuit blanche, en coton, ornée de dentelles fines, celle qu'elle portait la première fois où elle l'avait laissé entrer dans sa chambre, dans la maison du Maine. Il en fut si ému que des larmes coulaient, bien malgré lui, de ses beaux yeux noirs, doux comme du velours. Il la prit dans ses bras, la serra à l'étouffer, et, confus, lui dit :

« Cybelle ! Élisabeth ! »

Elle se blottit dans ses bras et se mit à pleurer sans pouvoir s'arrêter. Il la conduisit à une berceuse, la prit comme on prend un enfant et la balança sans rien dire en la tenant serrée bien au chaud au creux de son épaule. Élisabeth se laissa bercer sans réserve. Après quelque temps, ils passèrent à la chambre à coucher où Samuel lui fit l'amour avec une telle fougue qu'Élisabeth, malgré son inquiétude, se laissa porter jusqu'à l'apaisement de son corps. Samuel pouvait voir la transformation de son ventre légèrement arrondi. Il le caressait, embrassait le bébé, son bébé. Élisabeth désirait maintenant le mettre au courant de sa dernière découverte lors de sa séance d'hypnose avec le docteur Palmer. Il fut peiné d'apprendre que celle qu'il aimait profondément avait subi un tel choc.

« Je comprends ta douleur, mon amour, lui disait-il, d'un ton doux et apaisant. Je voudrais voir disparaître cet homme à jamais.

— Je me sens si sale, dit-elle, tout en continuant de pleurer. Je suis sale depuis que je suis toute petite. Tu ne devrais plus m'aimer, Samuel. Tu mérites mieux que moi. Je ne sais même pas si l'enfant que je porte est le tien. Je ne sais pas si je pourrai désormais faire confiance à qui que ce soit.

— Je t'aime si fort, Élisabeth. Tu pourras toujours compter sur moi. Je te le jure. Tu n'es pas sale à mes yeux. Ce n'est pas ta faute si cet être ignoble a abusé de toi, pas plus dernièrement qu'autrefois.

— Je veux savoir qui est le père de mon enfant. Je désire le garder, mais seulement s'il est de toi. Si c'est l'enfant de cet affreux oncle Ben, je me ferai avorter.

— Je suis d'accord, chérie. Ne t'en fais pas. J'ai entendu parler d'un test qui nous permettrait de savoir qui est le père du fœtus. Tu connais ce test?

— Oui, c'est un test d'ADN.

— Dès demain, j'irai à l'hôpital avec toi pour passer ce test, bien que je sois persuadé que cet enfant est le nôtre.

— J'aimerais bien en être aussi certaine. »

Il l'embrassa longuement, la tenant lovée tout contre lui.

« Comme je me sens en sécurité avec cet homme qui m'aime follement », songea-t-elle.

« Dormons un peu, mon amour, lui dit-il. Nous avons une bonne journée devant nous.

— Tu dois être fatigué. Excuse-moi, je suis égoïste. J'ai oublié tout le trajet que tu as fait pour venir me retrouver.

— Chut! dors bien maintenant.»

Enlacés, ils fermèrent les yeux et se laissèrent emporter par le sommeil.

Quand Anna sortit du lit, ce matin-là, malgré la curiosité qu'elle avait de rencontrer Samuel, elle partit rapidement au travail en faisant le moins de bruit possible afin de ne pas réveiller les tourtereaux. « Chanceuse, va!» se dit-elle. Elle aurait bien désiré, elle aussi, se sentir aimée de la sorte, mais cela ne lui arrivait jamais.

Chapitre XXII

Le résultat du test avait confirmé que Samuel était bien le père. Quel soulagement ce fut pour eux! Ils avaient même pu connaître le sexe du bébé. C'était bien une fille, comme l'avaient souhaité le père et la mère. Ils étaient tous deux fous de joie. Elle s'appellerait Emma. Samuel tenait à ce que sa fille porte le nom de Sanchez. «Emma Sanchez, quel joli nom!» songea-t-il. Il était encore trop tôt pour en discuter avec Élisabeth. Paolo fut immédiatement mis au courant par son père. Il ne savait pas encore s'il devait s'en réjouir.

Élisabeth reprenait de plus en plus le goût de vivre depuis la confirmation que Samuel était bien le père de son enfant. Elle eut même envie de le présenter à sa famille avant qu'il ne reparte pour les États-Unis. Mais avant tout elle voulait d'abord parler à sa mère. Elle prit donc rendez-vous avec elle, histoire de clarifier certaines choses. Flora l'accueillit froidement. Elle était furieuse d'avoir été mise à l'écart lors de la rencontre qu'elle soupçonnait avoir eu lieu entre son mari et sa fille.

«Maman, ne fais pas cette tête-là, je t'en prie.
— Tu as vu ton père dernièrement, n'est-ce pas?
— Il est venu me voir, en effet. Nous avons mangé ensemble. C'est lui qui est venu vers moi, maman, car il me croyait malheureuse et il avait raison. Tu aurais pu faire de même, tu sais.

— Tu as toujours été la préférée de ton père, Élisabeth. Depuis que tu es au monde, il t'a donné la première place dans son cœur.

— Maman, je ne suis pas responsable de cela. Ou bien la place était libre ou tu n'as pas su prendre la tienne, je ne sais pas, moi. Mais cesse de me blâmer pour ce qui se passe entre papa et toi.

— Tu es dure, ma fille,

— Non, maman, je ne suis pas dure. Je dis les choses comme je les pense et comme je les ressens.

— Ton père t'a trop gâtée, Élisabeth. Tu vois où ça t'a menée: jusqu'à rompre avec ce pauvre Jack qui se meurt d'amour pour toi.

— Parlons-en, d'amour, maman. Est-ce que tu sais pourquoi je suis partie soudain dans le Maine, l'automne dernier? Non, tu ne sais pas. Tu juges, maman, sans même savoir ce qui s'est réellement passé.

— Ton père sait, je suppose. Moi, on me tient toujours à l'écart de tout.

— Maman, cesse de jouer à la victime. Papa sait parce qu'il me l'a demandé. Papa ne juge jamais sans connaître la vérité. Peut-être pourrais-tu en faire autant? Eh bien, écoute, sans m'interrompre pour une fois, je vais te raconter ce que Jack a fait. Et j'ai beaucoup d'autres choses à te révéler. Ça ne sera facile ni pour toi ni pour moi. Ne m'interromps pas inutilement, d'accord?

— Vas-y, je t'écoute même si ça n'a pas l'air très beau, ce que tu as à me dire.

— Je vais te parler franchement, pour la première fois peut-être, comme une fille devrait parler à sa mère. »

Élisabeth fit le récit de tout ce qu'elle avait découvert depuis le début de sa thérapie avec le docteur Palmer, pour finalement parler de Samuel et de sa petite fille Emma. Flora avait respecté sa fille. Elle ne l'avait pas interrompue, mais les larmes abondantes coulant sur ses joues traduisaient son chagrin. Quand Élisabeth eut fini de se raconter, sa mère la prit dans ses bras et pleura amèrement sur elle et sur sa fille.

«Pardonne-moi, Élisa. Jamais je n'aurais pu soupçonner que Ben avait agi de la sorte avec toi. Ben était bon pour nous. On croyait, ton père et moi, qu'il voulait nous donner du répit en te prenant avec lui. Le restaurant nous tenait si occupés.

— Tu ne t'es jamais demandé pourquoi il ne prenait jamais Andrew avec lui?

— Non, jamais, je le regrette infiniment.

— Jamais, maman, tu entends, jamais je ne laisserai ma fille partir seule avec un autre homme que son père. Oh non! Ça, jamais. Je ne peux m'empêcher de penser que vous avez été bien naïfs, papa et toi.

— Pourquoi ne pas nous l'avoir dit?

— Je ne sais pas, maman. Est-ce que tu m'aurais cru? Ou aurais-tu pensé que j'inventais des histoires? Ou peut-être que l'oncle Ben me défendait de parler. Je n'en sais rien.

— Que comptes-tu faire, maintenant?

— Oh! J'aimerais bien me venger. Si je le retrouve encore une fois sur mon chemin, je le ferai arrêter, c'est certain, et je sais que Samuel m'aidera. Pour l'instant, je ne sais pas où il se cache.

— Ton père et moi t'aiderons à le retrouver si tu le veux. Ce sera pour nous une façon de réparer le mal que nous t'avons fait sans vraiment le vouloir.

— Pour le moment, je ne suis pas prête. Je ne veux pas me battre pendant que j'attends une enfant. Ce ne serait bon ni pour elle ni pour moi. Je te remercie. Je vous ferai signe si jamais je désire le retracer. Pour l'instant, maintenant que vous êtes au courant papa et toi, je préfère qu'on n'en parle plus.

— D'accord. Et Samuel? Tu nous le présentes un de ces jours?

— Oui, justement avant qu'il reparte pour le Maine, je voudrais l'emmener souper au restaurant et en profiter pour vous le présenter.

— C'est bien fini avec Jack, alors? Nous l'aimions bien, tu sais.

— Maman! Est-ce Jack que tu aimes bien ou la situation bien rangée que représente le mariage? Et que diront les gens du village? Et blablabla... Je te connais bien, va. Essaie de passer par-dessus cela pour une fois. Essaie de comprendre que Samuel est important pour moi.

— Et si ce n'était qu'une folle passion? La passion peut faire des ravages, tu sais. Tu as connu cet homme quand tu étais amnésique. À présent, tu ne l'es plus.

— Oui, je sais. Mais je sais aussi que Samuel m'aime profondément. Je l'aime aussi et je ne suis plus amnésique. Si ce n'était qu'une folle passion, comme tu le dis, eh bien, j'aurai su ce que c'est que d'être aimée follement. Pour moi, c'est important. Jack ne pouvait pas m'en donner autant. Il faisait la cour aux filles dès que j'avais le dos tourné. Je n'ai pas besoin d'un être comme lui dans ma vie. Tu comprends, maman? Même si ça chamboule ta petite vie rangée?

— Mais il va t'emmener au loin avec lui? Et notre petite fille, nous ne la verrons quasiment jamais.

— Ne dramatise pas, maman. Je ne sais pas encore ce que je vais faire. Ma décision n'est pas prise.

— Élisabeth! Tu ne peux quand même pas avoir cette enfant comme si tu étais une mère célibataire?

— Et pourquoi pas?»

Et au même moment, toutes les deux, à l'unisson, dans un éclat de rire, répétèrent:

«Et que diront les gens du village?

— Je vois bien que tu n'es plus en âge de me laisser gouverner ta vie, ajouta sa mère.

— Je l'espère bien. Je crois que tu as compris cette fois.

— Alors, tu nous l'amènes quand, ton bellâtre?

— Demain soir, à dix-huit heures, au resto, pour l'apéro. Qu'en dis-tu?

— Très bien. J'en parlerai à ton père.

— Non, laisse tomber. Je vais téléphoner à papa. Je veux lui dire, moi-même, que mon enfant est aussi celui de Samuel. Je lui dois bien cela. Il sera si heureux. Il avait tellement peur qu'il soit de son ex-ami Ben.

— Pauvre enfant! dit Flora en l'embrassant bien qu'elle fût vexée de ne pouvoir l'annoncer elle-même à Joey.

— Maman, au fond, je suis comblée, puisque le test d'ADN a confirmé la paternité de Samuel. Ne t'en fais pas trop avec cela. J'ai pleinement confiance en cet homme.

— Tant mieux, ma fille. Que Dieu t'entende!»

Élisabeth quitta sa mère, soulagée de tout ce poids qu'elle avait sur le cœur. Peut-être leurs liens allaient-ils s'améliorer puisqu'il n'y avait plus de non-dit entre elles? Elle l'espérait vraiment.

Quand elle rentra, ce jour-là, elle trouva Samuel et Anna en train de rire comme deux enfants, autour d'une bonne bouteille de vin. Anna avait les joues de plus en plus rouges; les effets du vin, sans doute. Elle ne pouvait, en ce moment du moins, nier ses origines. Une vraie Polonaise! Elle était ronde, appétissante, robuste avec un air de bonne santé. Heureusement, Élisa se sentait aussi le cœur à la fête.

«Hé! Vous deux! Vous riez pourquoi au juste? Je pourrais rire avec vous si vous me teniez au courant.

— Anna est en train de me parler de toi quand tu étais petite, dit Samuel, égayé.

— Qu'est-ce que tu as tant à raconter, toi, espèce de chipie? dit Élisa, amusée à son tour de les voir aussi joyeux.

— Viens fêter avec nous, lui répondit Anna un peu grisée par le vin. Ton Samuel est simplement gé-ni-al.

— Il me semble te l'avoir déjà dit», répondit Élisa, rieuse.

Samuel était heureux de la voir rire de la sorte et il conclut que la rencontre avec sa mère s'était bien déroulée. De son côté, Élisa était contente de constater que son amant et sa meilleure amie s'entendaient comme deux larrons en foire. Elle se joignit à eux et s'amusa comme une gamine même si elle s'abstint de boire.

Chapitre XXIII

Ce soir-là, au restaurant, Flora Thompson était très intimidée, car elle devait rencontrer pour la première fois Samuel Sanchez, l'homme que sa fille aimait. Joey, sous l'insistance de Flora, s'était habillé avec soin pour ne pas faire honte à leur fille comme le lui avait souligné sa femme. Elle s'était imaginé que cet homme riche, fils d'un grand musicien et espagnol de surcroît, serait pédant et inaccessible. Elle regrettait Jack, issu du même milieu qu'eux. «Quel besoin a eu ma fille d'aller se foutre dans un tel pétrin!» se dit-elle. Elle se gardait bien de partager ses réflexions avec Joey qui, pensait-elle, aurait trouvé le moyen de la faire taire. Quand elle vit sa fille entrer au bras de cet homme élégant et beau comme un dieu, Flora eut un sourire et dut admettre que sa fille avait bon goût et qu'elle-même, plus jeune, serait tombée amoureuse de cet homme. «Qu'il est beau! Un adonis!» songea-t-elle.

«Papa, maman, voici Samuel, dit Élisabeth avec fierté.

— Enchantés, monsieur, répondirent Flora et Joey en chœur.

— Je suis heureux également de faire votre connaissance, dit Samuel en leur tendant la main.

— Venez vous asseoir, dit Joey en les entraînant vers une table que Flora avait dressée avec attention. L'occasion mérite bien le champagne, ma fille», ajouta-t-il.

Les parents d'Élisabeth s'étaient libérés de leur travail pour la circonstance. Ils pouvaient se le permettre à l'occasion, car ils avaient des employés à qui ils pouvaient faire confiance. Élisabeth fut enchantée quand elle constata que la table avait été montée pour quatre personnes.

«Vous partagez le repas avec nous, à ce que je vois! Quelle bonne idée! Vous ne pouviez pas me rendre plus heureuse.

— Tant mieux, ma fille», répondit Joey avec bonhomie.

À cause de sa rigidité, Flora demeurait sur ses gardes. Elle se retenait de se laisser aller au plaisir de cette rencontre. Elle gardait toujours le contrôle d'elle-même, comme si elle sentait planer l'ombre d'une menace quand ses émotions prenaient le dessus. Joey était là pour arrondir les angles. Sa nature plutôt joviale faisait contrepoids à l'anxiété de sa femme. Elle voulait que tout soit parfait, de la nourriture au service, afin d'impressionner cet homme qu'elle imaginait sorti de la cuisse de Jupiter. «Pauvre maman! Toujours sur une corde raide», songea Élisabeth.

Elle avait déjà dressé, pour Samuel, un portrait assez fidèle du comportement de ses parents. Bien préparé, il sut comment réagir devant les remarques, parfois acerbes, de la mère d'Élisa. Il s'appliqua, tout simplement, à la dérider. Élisa observait la scène et découvrait que Samuel, à plusieurs égards, ressemblait à son père. Les deux hommes de sa vie étaient des êtres bons et généreux qui lui vouaient un amour sans bornes. Jack lui rappelait sa mère. Il était aussi étouffant et aussi tourmenté qu'elle. Sa découverte la charmait. Elle lui confirmait que Samuel était bien le bon choix pour elle.

Flora posait à Samuel de nombreuses questions que sa fille qualifiait de pointues.

«Vous repartez dans le Maine bientôt? Loin des yeux, loin du cœur, vous savez. Vous avez fait des plans pour l'avenir? Un enfant sans père, ce n'est pas l'idéal. Élisabeth est née à North Hatley, vous ne craignez pas qu'elle soit malheureuse loin de sa famille? Qu'adviendra-t-il de sa boutique?

— Maman, arrête, je t'en prie. Nous n'en sommes pas encore là.

— Il faudra bien que vous en soyez là un jour, ma fille.»

Joey s'empressa de prendre la parole.

«Nous sommes réunis pour faire connaissance et nous amuser; alors, laisse tomber toutes ces questions, Flora, nous verrons cela une autre fois, dit-il.

— Je comprends vos inquiétudes, madame Thompson, ajouta Samuel.

— Merci, il y en a au moins un qui me comprend.

— J'aime votre fille. Je ferai tout ce qu'elle désire. Tout pour qu'elle soit heureuse. L'enfant qu'elle porte est aussi le mien. J'ai toujours honoré mes engagements face à la paternité. J'ai un fils que j'élève moi-même.

— Vous êtes donc divorcé! dit Flora, contrariée par cette révélation.

— Non, je suis séparé seulement. Maintenant que je suis amoureux de votre fille, je demanderai le divorce. Mon choix est fait. Élisabeth peut venir vivre avec moi dès qu'elle le voudra. C'est à elle de décider.

— Maman, cette conversation me gêne. Elle a assez duré. Je n'aime pas que l'on discute du sort de ma vie avant même que nous en ayons discuté nous-mêmes.

Nous en parlerons tous les deux quand nous serons seuls. Pour l'instant, ça ne te regarde pas.

— Tu as bien raison, ma fille. Buvons à notre rencontre», dit Joey en levant son verre.

Flora fit la moue, mais elle accepta tout de même de clore le sujet. Elle fit bifurquer la conversation sur la famille de Samuel. «Votre père était un grand musicien qui parcourait le monde, n'est-ce pas? Comme il a dû vous manquer! Élisa m'a raconté que votre mère est décédée lors de votre naissance. La vie n'a pas été facile pour vous...» Elle continua ainsi tout au long de la soirée. Pendant le repas, elle s'était donné comme mission d'animer les conversations afin d'éviter les temps morts qui la rendraient mal à l'aise. Joey, silencieux et patient, écoutait, tout en regrettant que sa femme eût un tel besoin de parler.

À la fin du repas, Élisabeth fit visiter la maison de son enfance à Samuel. Elle lui montra sa chambre, restée intacte depuis qu'elle avait quitté la maison pour se marier. Elle lui présenta son frère Andrew qui venait justement d'arriver. Andrew se montra réceptif et chaleureux. Avec plaisir, Samuel prenait possession de l'univers d'Élisabeth. Elle avait manifestement une identité propre qu'il ne pouvait attribuer à Cybelle, mais il constata avec soulagement qu'il ne s'en trouvait pas plus mal, qu'au contraire il aimait découvrir tout ce qui lui parlait de l'enfance de celle qu'il aimait.

Il était vingt-trois heures quand ils se séparèrent. Élisabeth poussa un cri de soulagement lorsqu'ils mirent les pieds en dehors du restaurant.

«Ouf! s'écria-t-elle.

— C'est ce qui s'appelle passer à l'inspection, dit-il en riant.

— Comme tu as été patient avec elle, mon amour.

— Pour gagner la fille, il faut d'abord gagner la mère, paraît-il.

— Dans mon cas, ça ne s'applique pas.

— Tu veux dire que j'ai déjà conquis ton cœur?

— J'en ai bien peur, en effet.

— En voilà une réponse. Tu devrais t'en réjouir et non pas avoir peur, dit-il en l'embrassant.

— Nous causerons de tout cela demain. Pour l'instant, j'ai très envie de votre corps, monsieur Sanchez, et de vos caresses, il va sans dire. Vite, entrons, dit-elle d'un pas décidé.

— Oui, entrons au plus vite. Sinon, je te fais l'amour dans la rue. Je ne pourrais pas me retenir plus longtemps », dit-il en lui caressant un sein.

Samuel était à North Hatley depuis une semaine déjà. Fidèlement, chaque soir, à l'heure du souper, il téléphonait à son fils qui, curieux comme une belette, voulait tout savoir sur ce qui se passait. Samuel lui répétait patiemment qu'il lui raconterait tout, à son retour. Malgré cela, chaque soir, l'enfant posait les mêmes questions, surtout l'éternelle: « Papa, quand reviendras-tu? » Il avait parlé également à Alicia qui lui paraissait en très bonne forme. Elle n'avait aucune plainte à formuler pour ce qui concernait le comportement de Paolo. Il leur confirma qu'il serait de retour dimanche pour prendre le repas du soir avec eux.

Ce matin, au réveil, il avait décidé qu'il devait aborder avec Élisabeth la question de leur avenir. Malgré la crainte qu'elle le laisse partir, encore une fois, sans lui donner l'espoir qu'elle serait près de lui sous peu, il savait qu'il ne pouvait retourner chez lui sans que certaines décisions soient prises. « Flora a raison de se poser certaines questions puisque je me les pose moi-même », songea-t-il. Il espérait tant qu'Élisabeth le rejoigne dans le Maine au plus vite.

Elle aussi savait qu'ils devaient parler de leur avenir, mais elle souhaitait retarder ce moment le plus longtemps possible; quelque chose qu'elle ne s'expliquait pas la faisait fuir. Quand elle comprit qu'Anna s'était éclipsée pour la fin de semaine afin de leur laisser le champ libre, elle sut que le moment était venu. Elle se sentit devenir toute petite. Elle entendit la voix douce et grave de Samuel lui dire «Élisa, viens t'asseoir près de moi. Nous avons à parler», elle eut envie de s'enfuir. Elle le regarda un moment, debout, sans broncher. Le regard de Samuel se posait sur elle avec intensité et elle avança lentement, comme hypnotisée par la force de ses yeux noirs. Muette, elle s'assit auprès de lui. Il la prit dans ses bras et l'étreignit.

«Que crains-tu, ma belle?» lui demanda-t-il doucement.

Elle se mit à sangloter.

«Je ne peux pas... Je ne peux pas... répéta-t-elle.
— Tu ne peux pas quoi, mon amour?
— Partir avec toi.
— Que désires-tu, alors?
— Je ne sais pas. J'ai encore besoin de temps pour réfléchir.
— Élisabeth, tu es enceinte de cinq mois bientôt. Ne crois-tu pas que nous pourrions stabiliser notre union afin que la petite Emma ait un père?
— Pas maintenant, dit-elle en pleurant encore.
— Mais quand, Élisa? Quand?»

Il la berça jusqu'à ce qu'elle se calme en se convainquant qu'elle avait, au fond d'elle-même, une peur qu'elle ne pouvait pas contrôler. Fallait-il la bousculer ou s'ajuster à son rythme? Il ne voulait pas s'impatienter, il craignait de la voir fuir encore. Il en était là quand elle lui dit :

« Je dois revoir le docteur Palmer.

— Bien sûr. Je comprends, répondit-il. Et après, quand tu l'auras vu, tu feras quoi ?

— J'ai besoin de comprendre ce qui me fait si peur.

— Tu n'as rien à craindre, je t'aime et j'aime déjà Emma.

— Je sais, mais j'ai peur quand même. Si je pars avec toi, dans le Maine, qu'adviendra-t-il de ma boutique ? C'est moi qui l'ai montée de toutes pièces. J'y ai mis toutes mes énergies.

— Oui, j'ai pensé à cela, Élisa. Pourquoi ne pas vendre quelques-unes des parts de la boutique à Jeanne et à Marie ? Un quart à Jeanne, un quart à Marie et la moitié pour toi. Tu pourrais continuer à dessiner les modèles ; même de loin. Tu dessinais tout le temps quand tu étais chez moi. Jeanne et Marie assureraient la confection des vêtements. Tu engagerais une employée pour répondre aux clients. Tu pourrais continuer à choisir les tissus, aller à New York ou à Boston, si tu le désires. Pendant ton absence, Alicia et moi prendrions soin du bébé. Et tu retournerais à North Hatley quand bon te semblerait ; ce n'est pas si loin, après tout. Qu'en dis-tu ? N'est-ce pas une bonne idée ?

— Tu as pensé à tout, dit-elle, un peu contrariée. Et si c'était l'inverse ? Si c'était toi qui venais vivre ici ?

— Je n'avais jamais envisagé cette possibilité.

— Pourquoi pas ? La maison du Maine pourrait devenir un lieu de vacances, et Paolo pourrait se rapprocher de sa mère. »

Élisabeth, d'un seul coup, venait de chambarder sa façon de voir les choses.

«Quand j'ai quitté Outremont, après le départ de Clara, je m'étais juré que jamais plus je ne retournerais vivre au Québec. Depuis, bien des choses ont changé. Une rouquine est apparue, sur la plage, un jour d'octobre, et voilà ma vie transformée.

— La mienne aussi a été transformée. Je te prie de me croire. Il n'y a pas si longtemps, j'étais mariée à Jack et mon existence coulait simplement.

— Tu as du regret?

— Non. Je n'ai aucun regret. Jamais je n'ai été amoureuse de Jack comme je le suis de toi. Tu es si merveilleux.

— Et je t'aime tant! J'aurais tellement souhaité que tu termines ta grossesse avec moi, à la mer. Tu pourrais en profiter pour te reposer et te laisser choyer. Pourquoi résistes-tu?»

Samuel éprouvait constamment le besoin de veiller sur elle, mais Élisabeth n'était pas Cybelle. Élisabeth n'appréciait pas que l'on décide de sa vie à sa place. Par contre, l'ombre de tristesse qu'elle avait vue passer dans les yeux de Samuel l'émouvait. Son regard avait une expression si touchante qu'elle lui dit:

«S'il te plaît, laisse-moi encore un mois. J'ai des choses à régler et ensuite j'irai te rejoindre et je terminerai ma grossesse avec toi. C'est une promesse; je t'en fais le serment. Mais c'est ici que naîtra Emma; j'y tiens.»

Réconforté par la promesse d'Élisabeth, il se mit d'accord avec tout ce qu'elle lui demandait.

«Emma naîtra au Québec, comme tu le désires.

— Merci. Donc, tu pars demain, dans un mois je te rejoins et, à la fin de ma grossesse, tu reviens ici avec moi pour l'accouchement. Ça te va?

— Oui, tout cela me convient très bien. »

Samuel eut le sentiment qu'il venait de remporter une victoire. Une petite victoire, mais une victoire tout de même. Il lui fallait un doigté de maître pour transiger avec Élisabeth car, malgré sa force de caractère, il percevait chez elle une fragilité qui pouvait à tout moment se manifester, comme si elle était une petite bête sauvage prête à se terrer dans son trou. Soulagé, il la prit dans ses bras, la transporta sur le lit et lui fit l'amour lentement, doucement, tendrement, comme s'il avait entre ses bras une poupée de porcelaine qu'il pouvait briser à tout instant. Ils s'endormirent, durant quelques heures, rivés l'un à l'autre.

Pendant son sommeil, Samuel fit un cauchemar. Il rêva qu'il ne pouvait se rendre au mariage de Lucas et de Margarita; tantôt, il manquait l'avion, tantôt, il courait après un taxi, ou encore ses jambes refusaient d'avancer. Il ne parvenait pas à être là à temps pour la cérémonie du mariage. Et puisqu'il était le témoin de Lucas, il se devait d'être là. Il était en nage lorsqu'il se réveilla. Paniqué, il raconta son rêve à Élisa qui lui suggéra de téléphoner à son ami au cas où celui-ci aurait besoin de lui. Samuel ne se fit pas prier, car il était sans nouvelles de Lucas depuis un certain temps. Il décrocha le combiné et composa le numéro de téléphone; sans succès, il était absent.

Il demanda à Élisabeth si elle l'accompagnerait au mariage de Lucas le 8 juillet, à Madrid.

« J'aimerais bien, lui répondit-elle, mais je ne sais pas si je le pourrai. Je serai très grosse, à ce moment-là. Margarita aussi, sans doute.

— Oui, sûrement. Elle doit accoucher au mois d'août, il me semble. Je me demande bien ce que devient Cunchita, dit-il l'air songeur. Elle est très ébranlée par le mariage de Lucas. Il était amoureux de ma sœur avant de rencontrer Margarita. Il l'a attendue pendant des années. Dommage qu'elle l'ait tenu pour acquis. Elle avait cru qu'il serait toujours là pour elle. Malheureusement, les choses ont tourné autrement et maintenant elle regrette amèrement. Il est trop tard. Mais, je suis content pour lui, il sera plus heureux avec Margarita. Cunchita a toujours craint l'engagement.»

Élisabeth frissonna en entendant Samuel parler de la sorte. Elle eut peur soudain qu'il lui arrive la même chose si elle ne prenait pas rapidement une décision. Elle pensa à Alicia qu'elle ne connaissait pas, mais qu'elle craignait malgré tout. Elle s'approcha de Samuel, l'enlaça de ses deux bras en lui murmurant:

«Je t'aime tellement!»

Il la garda contre lui et lui dit, en lui caressant les cheveux:
«Tu vas beaucoup me manquer, Élisa, pendant ce mois d'attente.
— Je te rejoindrai. Je l'ai promis.»

Samuel la quitta, le lendemain matin, le cœur chagrin mais tout de même rassuré. Il l'aima de toutes ses forces, plusieurs fois, avant de partir, pour s'assurer qu'elle ne l'oublierait pas. Il s'empressa ensuite d'aller rejoindre son fils en espérant qu'il accepte son rôle de grand frère.

Chapitre XXIV

Jack ruminait sa peine dans l'alcool et avec les femmes. Il était incapable d'accepter qu'Élisabeth l'ait quitté. Il avait l'habitude de contrôler ses choix de vie; cette fois, il était à la merci d'une femme, sa femme. L'alcool avait pour effet d'augmenter sa colère. Il désirait se venger mais n'avait pas encore trouvé de quelle façon il pourrait le faire. Il avait pris l'habitude de téléphoner chaque jour à Flora, la mère d'Élisabeth, pour se plaindre de l'infidélité de sa fille. Flora, le sentant désemparé, l'invita à venir souper avec elle et Joey, au restaurant.

Il avait déjà commencé à boire lorsqu'il s'y pointa. Flora vit immédiatement la flamme de l'agressivité qui dansait dans ses yeux. Ils passèrent au salon, dans la maison des Thompson attenante au restaurant.

«Je prendrais bien une bière» lança-t-il tout de go.

Flora laissa à Joey le soin de répondre à sa demande.

«Jack, tu en as pris suffisamment, il me semble. Si tu veux causer avec nous, il serait préférable que tu arrêtes maintenant. Ne trouves-tu pas?»

Joey lui parlait doucement, calmement. Sa bonté avait maintes fois touché Jack auparavant et elle l'atteignait encore aujourd'hui. Il laissa son agressivité de côté pendant quelques instants. Joey lui proposa de ne pas boire d'alcool durant leur entretien. «Après notre conversation, si tu le désires, je te servirai une bière», lui dit-il pour le réconforter. Jack accepta. Comme il avait besoin des Thompson, il préféra ne pas les contrarier. Joey crut nécessaire de jouer franc jeu avec Jack.

«Jack, je t'aime bien, tu le sais, mais j'aime encore plus ma fille. Je l'aime profondément et je n'accepterai jamais que tu lui fasses du mal, ajouta-t-il du même ton.
— Monsieur Thompson, ce n'est pas moi le monstre, c'est plutôt votre fille qui me fait du mal», répliqua-t-il d'un ton rageur.

Jack avait retrouvé instantanément son agressivité. Bien sûr, Joey savait qu'elle servait à masquer sa peine, mais il s'en méfiait. Il se demandait comment il amènerait Jack à ouvrir son cœur sans qu'il se sente piégé. Jusqu'à présent, contrairement à son habitude, Flora était restée muette. Elle découvrait Jack sous un autre angle. Elle mit cela sur le compte de son chagrin, ce qui ne l'empêchait pas de détester ce qu'elle voyait dans ses yeux.

«Viens, passons à table, lui dit-elle. Nous mangerons à la maison ce soir. Un employé viendra nous servir. Nous serons à l'abri des regards indiscrets et plus à l'aise pour causer.»

Joey reconnaissait bien sa femme: sauver les apparences à tout prix avait toujours été son obsession. Jack enchaîna rapidement:

«Je veux savoir où se trouve Élisabeth. Je me suis rendu plusieurs fois à la boutique, sans succès. Jeanne me répète sans cesse qu'elle est absente. On dirait qu'elle et Marie se sont liguées contre moi ou qu'elles ont reçu l'ordre de m'interdire l'entrée de la boutique. La dernière fois que j'y suis allé, malgré la scène que j'ai faite, elles ont prétendu, une fois de plus, qu'Élisabeth n'était pas là. Malgré leur insistance, j'ai forcé la porte de son bureau; personne ne pouvait m'arrêter. Elle n'y était pas, en effet. Où se cache-t-elle? insista-t-il.

— Elle a pris congé de son travail la semaine dernière, lui répondit franchement Joey. Samuel Sanchez était ici pour la semaine.

— Encore lui! Il veut ma peau, ma parole. S'il continue à rôder autour de ma femme comme un chat en rut, il va savoir de quel bois je me chauffe.

— Jack, soyons réalistes, lui dit Joey. Élisabeth est amoureuse de cet homme.

— Elle l'est à cause de son amnésie. Quand elle aura retrouvé la mémoire, elle le laissera tomber à son tour et elle reviendra vers moi me supplier de la reprendre.»

Joey et Flora savaient bien qu'elle n'en ferait rien. Entre ce que Jack venait d'élaborer comme scénario et ce qui se passait vraiment, il y avait un océan de différences. Craignant sa réaction et ne voulant pas le contrarier trop subitement, Joey prit sur lui d'orienter la conversation différemment tout en essayant de demeurer le plus près possible de la réalité. Pour une fois, c'était lui le meneur. Sa femme se contentait d'écouter sagement. Elle savait que Joey maniait mieux qu'elle la diplomatie.

«Élisabeth a totalement recouvré la mémoire maintenant.»

Jack savait que sa femme avait retrouvé partiellement la mémoire, mais en totalité, il l'ignorait. Il eut peur, soudain, que ses beaux-parents soient au courant de ce qui s'était passé le soir où Élisabeth avait fui dans le Maine. Il savait que cette partie de l'histoire ne l'honorait pas et que jamais son beau-père ne lui pardonnerait cet écart. Joey et Flora le virent devenir nerveux.

«Nous sommes au courant de tout désormais», ajouta Joey.

Jack blêmit. Il craignait avoir perdu l'estime de ses beaux-parents à jamais, ce qui le mit davantage hors de lui. Il parvint malgré tout à contrôler sa rage et prit le parti de rester silencieux. Joey poursuivit:

«Élisabeth a perdu la mémoire parce qu'elle a été violée pendant son séjour dans le Maine. Ce viol a été commis par le même homme qui l'avait agressée sexuellement durant son enfance. C'est beaucoup pour une seule femme, tu ne trouves pas? Nous n'étions pas au courant de ces abus répétés. Cet homme était mon ami, Jack. Est-ce que tu peux comprendre ce que ça signifie pour ma femme et moi? De tout temps, j'ai voulu protéger ma fille. Il appert que je ne l'ai pas fait suffisamment. Je peux t'affirmer que désormais je la protégerai plus que jamais contre tout ce qui pourrait lui arriver de fâcheux, y compris de ta part, Jack, si jamais tu t'avisais de lui faire du mal.»

En entendant ces paroles, Jack crut bon de faire bifurquer sa colère contre cet homme qui avait osé violer sa femme.

«Je vengerai Élisabeth, dit-il d'un ton résolu. Il me faut retrouver ce type. Je vais lui flamber la cervelle, à ce salaud!»

Il croyait, en se présentant comme le sauveur d'Élisabeth devant ses beaux-parents, qu'il avait trouvé une façon noble de s'en sortir. Mais Joey ne se laissait pas impressionner aussi facilement, d'autant moins qu'il n'approuvait pas cette idée de vengeance.

« Nous laisserons à Élisabeth le soin de décider si elle veut porter plainte ou pas, répondit-il fermement. Il ne nous appartient pas d'agir à sa place. Elle sait que nous serons là pour l'appuyer si elle décide de le faire. Si j'étais toi, Jack, je resterais bien tranquille, car Élisabeth n'accepterait pas que tu te mêles de ses affaires.

— Ce sont mes affaires également. Élisabeth est ma femme, au cas où vous l'auriez oublié.

— Élisabeth t'a quitté, Jack, au cas où tu l'oublierais toi-même.

— Ce n'est que passager, je le sais, répliqua-t-il.

— Ma fille est amoureuse de Samuel Sanchez et attend un enfant de lui. Je regrette de devoir te le dire aussi crûment, mais je crois qu'il est préférable que tu connaisses la vérité.

— Et si l'enfant avait été conçu lors du viol?

— Non, nous savons maintenant, grâce à un test d'ADN, que cet enfant est bien celui de Samuel Sanchez. Le mieux serait d'oublier Élisabeth et de refaire ta vie, lui suggéra Joey.

— Je refuse. Je retrouverai ma femme coûte que coûte et je me vengerai de cet homme quoi que vous en pensiez, affirma Jack en se levant d'un bond.

— Tu prendras bien une bière avant de nous quitter, offrit Joey, histoire de sauver du temps pour le dissuader de son idée de vengeance.

— Non, merci. J'ai autre chose de plus important à faire.

— Ne fais rien que tu regretteras, Jack. »

Il ne répondit pas et claqua la porte derrière lui.

Flora se mit à pleurer, car elle avait peur de ce que Jack, une fois ivre, était capable d'entreprendre.

«Un si bon garçon, au fond, s'attrista-t-elle. Dommage qu'il soit si orgueilleux! Dieu seul sait où ça peut le mener! J'ai si peur! avoua-t-elle à Joey.

— Moi aussi, je ne te le cache pas. Le mieux serait que notre fille parte le plus rapidement possible vivre chez Samuel, dans le Maine. Jack est devenu imprévisible.

— Mais il sait où se trouve la maison de Samuel. Il retrouvera Élisabeth s'il le désire vraiment.

— Nous n'y pouvons rien pour le moment. Attendons à demain.

— Il vaudrait mieux prévenir la police.

— Non. Je crois que c'est trop tôt. Nous n'avons aucune preuve qu'il veuille faire du mal à Élisabeth. Ça suffit pour aujourd'hui. Nous sommes tous les deux à bout de souffle. Allons dormir maintenant, Flora; c'est ce qu'il nous reste de mieux à faire.»

Chapitre XXV

N'ayant plus besoin de recourir à l'hypnose, Élisabeth profita de ses entretiens avec le docteur Palmer pour essayer de comprendre l'objet de ses peurs : d'où lui venaient ses réticences quand il s'agissait d'aller vivre quotidiennement avec Samuel Sanchez? Elle l'aimait. Alors, pourquoi ces craintes? Il l'écouta attentivement et lui demanda :

« Avez-vous l'intention d'aller le rejoindre?

— Je lui ai promis de le rejoindre dans un mois. À la pensée de vivre avec lui tous les jours, je me sens paralysée.

— Vous me semblez effrayée. Quelque chose vous échappe, peut-être?

— Il me semble, oui.

— Élisabeth, considérez-vous que vous avez été heureuse avec Jack?

— Pas vraiment. Jack était imprévisible. Je redoutais ses colères. Il m'arrivait souvent de choisir de me taire plutôt que d'attiser une querelle. J'avais souvent le sentiment de marcher sur des œufs.

— Vous saviez qu'il était comme cela quand vous avez accepté de l'épouser?

— Oui.

— Pourtant, vous l'avez choisi malgré tout?

— Oui.

— Et Samuel, croyez-vous pouvoir être heureuse avec lui?

— Oui, je le crois. Il est tout le contraire de Jack. Sa gentillesse et sa générosité le rendent si attachant. Je me sens en sécurité avec lui.

— Et pourtant, vous ne vous donnez pas la permission d'aller vivre avec lui. Vous ne trouvez pas étrange que vous ayez accepté de vivre avec un homme qui vous faisait peur et que vous refusiez de vivre avec celui qui vous procure un sentiment de sécurité?

— Je n'ai jamais songé à cela.

— Hum... hum...

— Croyez-vous que je suis en train de m'infliger une punition?

— Et pourquoi vous puniriez-vous?

— Je ne sais pas. Enfin, oui, je me doute un peu. Peut-être à cause des attouchements que j'ai subis durant mon enfance. J'en retirais un certain plaisir, vous savez, malgré la culpabilité que cela engendrait chez moi. Et ça, je ne me le pardonne pas. Et aussi, peut-être, à cause du viol. Je me demande toujours ce que j'ai fait pour mériter cela.

— Vous n'avez rien fait pour mériter cela. Cet homme est un malade, Élisabeth. Cela dit, vous avez raison. Toutes les causes que vous avez énumérées vous empêchent de choisir le bonheur. Or, si vous vous donniez la permission d'être heureuse avec Samuel, que pourrait-il vous arriver de fâcheux?

— Il m'aime trop. Voilà ce qui me fait peur.

— Vous croyez que vous n'avez pas le droit d'être aimée à ce point?

— Si je n'étais pas à la hauteur de ce qu'il attend de moi? Si je le décevais à l'usure du temps?

— Et pourquoi seriez-vous la gardienne de son bonheur? Vous en avez plein les bras avec le vôtre, il me semble. Vous est-il déjà arrivé de vous sentir responsable du bonheur de quelqu'un avant l'arrivée de Samuel dans votre vie?

— Oui. Du bonheur de mon père, je crois.

— Pourquoi, selon vous?

— Je crois qu'il me préférait à ma mère et que j'étais sa joie de vivre. Ma mère et mon frère en ont souffert d'ailleurs. Et je me sens coupable à cause de cela.

— Aviez-vous choisi d'être la préférée de votre père?

— Non.

— Et vous devez payer pour quelque chose que vous n'avez pas nécessairement voulu? Si je comprends bien, vous avez beaucoup de dettes à rembourser.

— Peut-être. Mon père m'aime trop.

— Vous trouvez cela lourd à porter.

— Oui, en quelque sorte. Je me sens responsable de lui. Je ne dois pas le décevoir. Il compte sur moi pour être heureux.

— Alors, vous ne devez pas décevoir ces deux hommes et vous vous devez de les rendre heureux. C'est tout un programme, vous ne trouvez pas? Vous voyez, Élisabeth, il y a ici confusion de rôles. Votre père a voulu, inconsciemment bien sûr, former un couple avec vous. Ce qui n'était pas votre place mais bien celle de votre mère. Il ne vous appartient pas de réparer pour lui la relation boiteuse qu'il a avec sa femme. Vous n'êtes pas plus responsable de son bonheur que de celui de Samuel Sanchez. Vous vous mettez des fardeaux inutiles sur les épaules. Chaque adulte est responsable de son propre bonheur. Et si monsieur Sanchez désire vivre avec vous à ce point, c'est qu'il aime ce que vous êtes sans que vous ayez besoin de faire des efforts, ne trouvez-vous pas? Repensez à tout cela.

— Oui, docteur, j'y réfléchirai.

— Nous devons nous quitter là-dessus, Élisabeth, car la séance est terminée pour aujourd'hui. Nous reprendrons tout cela la prochaine fois. Réfléchissez bien et, d'ici là, prenez bien soin de vous.

— Oui. Merci, docteur. »

Lorsque Élisabeth rentra à la maison, troublée par les interprétations du docteur Palmer, Anna l'attendait de pied ferme. Elle avait à peine franchi le seuil que son amie lui lança : «Non! Non! Non! Ce n'est pas vrai! Tu ne l'as pas laissé partir encore cette fois? T'es vraiment conne, Élisa!» Élisabeth retrouvait là son amie d'enfance, celle qui autrefois disait les choses sans filtrer quoi que ce soit, et non pas celle qu'elle était devenue depuis qu'elle œuvrait dans le travail social. Malgré son vague à l'âme, Élisabeth fut prise de fou rire.

«Anna, calme-toi, tu veux? Samuel est retourné auprès de son fils. Tout simplement. Il n'est pas parti à jamais. Rassure-toi, je ne le laisserai pas tomber. Mais pourquoi est-ce si important pour toi?

— Il t'aime, Élisa, c'est visible.

— Je sais cela et je l'aime aussi.

— Alors, qu'attends-tu pour partir avec lui?

— Tu veux te débarrasser de moi, on dirait.

— Mais non, bêta, tu le sais bien. J'ai simplement peur que tu passes à côté de quelque chose d'important pour toi.

— Merci, chère protectrice. T'en fais pas. Tout est sous contrôle.

— Si tu le dis. Je suis bien forcée de te croire, lança-t-elle dans un soupir.

— Eh oui! Tu dois me croire. Et maintenant, chère amie de mon cœur, je vais de ce pas téléphoner à Samuel. Et toi? Tu as apprécié ces quelques jours passés loin de moi? Avec qui étais-tu, petite cachottière?

— Nous en reparlerons une autre fois. Allez! Va téléphoner à ton bel amoureux. J'espère que tu te rends compte de la chance que tu as», dit-elle en soupirant de nouveau.

Cette brève conversation avait réussi à dérider

Élisabeth pendant quelques instants. Les paroles de son amie agissaient toujours comme un élixir contre la douleur, même si celles du bon docteur Palmer continuaient à lui marteler la tête. Elle avait un besoin urgent d'entendre la voix de Samuel afin de s'assurer qu'il était toujours là pour elle. Elle décrocha le combiné, composa son numéro et, à son grand soulagement, c'est lui qui était au bout du fil. Elle n'avait pas envie de tomber sur Alicia ou encore sur Paolo. Quand elle entendit le timbre de sa voix, son cœur se mit à battre et elle lui dit simplement :

« Samuel ! C'est moi !
— Élisabeth ! Que se passe-t-il ? Ça va ? Rien de fâcheux n'est arrivé ? »

Il était très souvent soucieux quand il s'agissait d'Élisabeth. Il craignait toujours une mauvaise nouvelle de sa part ; des réminiscences de son passé sans doute.

« Non. Je voulais simplement entendre ta voix. »

Il lança un soupir de soulagement.

« Alors, écoute bien ce qui suit, dit-il, soulagé. Je t'aime, Élisa. Tu me manques follement. Je t'embrasse comme un déchaîné. Je te caresse comme un fou. Je te serre dans mes bras à t'étouffer. Tu veux encore entendre ma voix ? dit-il en s'esclaffant.
— Oui, encore.
— Je t'attends, mon amour. La mer est belle, mais elle est triste sans toi. Le printemps se montre le bout du nez, mais il cherche le tien. Le soleil commence à nous réchauffer, mais il te cherche. Et moi, je me languis de toi.

— Grand fou! dit-elle en riant à son tour. Et Paolo! Il était content de retrouver son père?

— Très. Je crois qu'il commence à espérer ta visite et qu'il n'est pas fâché d'avoir une petite sœur. Depuis qu'il a retrouvé sa mère, il devient moins possessif. Tu sais, elle lui téléphone régulièrement. Je crois qu'il importe pour elle de réparer sa longue absence. Et Paolo le reçoit admirablement bien. Il s'en trouve beaucoup mieux d'ailleurs.

— Tant mieux, car j'ai bien l'intention de prendre une grosse place dans ton cœur et dans ta vie », ajouta-t-elle, surprise elle-même par ses propres paroles.

Depuis sa dernière séance avec le docteur Palmer, elle était résolue à ne jamais laisser un enfant s'immiscer entre elle et Samuel, pas plus Emma que Paolo. Elle ne répéterait pas l'erreur de Flora.

« Tu l'auras, cette grande place, mon amour.

— J'y compte bien. Et Alicia? Elle était contente aussi de te retrouver?

— Je crois bien, oui. »

Samuel ne se doutait nullement de l'importance qu'il occupait dans les pensées d'Alicia, ni du brin de jalousie qu'elle suscitait dans le cœur d'Élisabeth. Son pouvoir charismatique lui échappait. Il changea donc de sujet sans préambule.

« Au fait, Lucas a appelé. Je venais à peine d'entrer.

— Quelles sont les nouvelles?

— Il nous félicite et il est très content de ce qui nous arrive. Margarita et lui attendent un garçon qu'ils nommeront Diego. Margarita se porte à merveille. Lucas est aux anges et il fait déjà des projets d'avenir pour Emma et Diego. Ça lui ressemble, dit-il en riant. On dirait qu'il veut garder une porte ouverte dans la famille Sanchez. Je lui ai dit que tu n'assisterais probablement pas à leur mariage, en juillet. Il est désolé, car il aurait aimé te voir enceinte. Je lui ai dit également que tu étais belle à croquer, sûrement la plus belle des femmes enceintes. Il m'a répondu que c'était impossible puisque c'était sans aucun doute Margarita la plus jolie. Nous avons bien rigolé, tous les deux. Tiens! À bien y penser, je commencerais bien à te croquer maintenant.

— Très bientôt, mon amour, tu pourras le faire. J'ai de plus en plus de difficulté à vivre sans toi.

— Élisabeth! Je bois tes paroles, tu peux me les répéter?

— J'ai... de... plus... en... plus... de... difficulté... à... vivre... sans... toi, répéta-t-elle en séparant chacun de ses mots.

— Ouf! Quel bienfait! Que j'aime entendre cette musique. Je vais penser à cette phrase chaque fois que le courage me manquera.

— Tant mieux! À propos, as-tu des nouvelles de Cunchita? demanda-t-elle, pour chasser le léger malaise qu'elle éprouvait de s'être laissée aller aussi librement.

— Oui. Bizarrement, elle m'a téléphoné quelques minutes après l'appel de Lucas. Il semblerait qu'elle soit amoureuse de son imprésario, mais je n'en crois rien. Je suis persuadé qu'elle l'utilise pour arriver à ses fins. Depuis qu'elle a eu quarante ans, ma sœur s'est mis dans la tête d'avoir un enfant et je crois qu'à défaut de Lucas son imprésario est l'heureux élu pour être le géniteur. Enfin! Je n'y peux rien.

— Elle en est peut-être amoureuse. Qui sait?

— J'en doute vraiment. Si tel est le cas, j'en serai ravi.

— Samuel, je dois te quitter maintenant.

— Merci de m'avoir appelé. Me voilà tout ragaillardi.

— Moi aussi. Je te fais signe bientôt, je te tiendrai au

courant de toutes les décisions que je prendrai dans l'avenir.

— D'accord. À bientôt, mon amour. Je t'embrasse très fort. Je te presse sur mon cœur.

— À bientôt. Je t'embrasse aussi. »

Après ce coup de téléphone, Samuel était euphorique. Il avait le goût de chanter et de danser. Il attrapa Paolo, le prit dans ses bras et tourna, tourna jusqu'à ce qu'ils soient complètement étourdis. Paolo s'amusait ferme tout en se disant que, décidément, il ne comprendrait jamais rien aux grandes personnes. Il se laissa entraîner dans ce tourbillon, content de voir son père heureux. Cette fois, Samuel respirait la confiance. Il ne savait pas pourquoi, mais quelque chose en Élisabeth avait changé et pour le mieux. Il la sentait capable de s'abandonner et il la voyait résolue à poursuivre leur relation amoureuse. Elle ne mettait plus d'obstacle entre eux comme elle l'avait fait maintes fois depuis son départ du Maine. Elle viendrait le rejoindre, il en avait maintenant la certitude.

Chapitre XXVI

Le mois d'attente tirait à sa fin. Samuel passait ses journées à nettoyer la maison de fond en comble avec Alicia, Adèle l'ayant quelque peu négligée dans les derniers temps. Il alla jusqu'à convertir une pièce en atelier de dessin pour Élisabeth, convaincu qu'elle désirerait continuer à créer ses modèles de vêtements. Il peignit les murs de couleur jaune soleil afin qu'elle s'y sente au chaud quel que soit le temps de l'année. Il vida une pièce pour en faire la chambre d'Emma, mais il décida d'attendre Élisa pour la décoration. Ils y verraient ensemble. Par la même occasion, Paolo pourrait refaire à son goût la décoration de sa propre chambre de manière à ne pas se sentir lésé par l'arrivée d'Emma.

Alicia et lui sortirent les meubles de jardin sur la vaste galerie et les nettoyèrent. Elle était heureuse de passer du temps ainsi en compagnie de Samuel. Ils avaient beaucoup de plaisir à travailler ensemble. Les éclats de rire fusaient de part et d'autre. Elle ne se doutait pas que tout ce remue-ménage était fait pour accueillir la femme qu'il aimait. Samuel n'avait pas jugé bon de la mettre au courant jusqu'à présent. Après tout, elle n'était que la domestique. Il le lui dirait en temps et lieu. Pour l'instant, il se contentait de savourer le plaisir qu'il avait à préparer son nid.

Il se trouvait dans cet état d'euphorie perpétuelle quand il reçut un appel téléphonique qui le chavira. Cet appel venait de Flora, la mère d'Élisabeth. Elle pleurait à chaudes larmes et avait peine à articuler. Tout ce que Samuel parvenait à entendre, c'était : « Samuel, venez ! venez vite ! » La voix de Flora était presque inaudible tellement son chagrin était grand. Joey lui enleva le combiné et tenta, à son tour, une faible explication. Samuel finit par comprendre qu'Élisabeth avait été victime d'une agression la veille, vers minuit, en quittant sa boutique pour se rendre chez Anna.

Anna leur aurait raconté qu'Élisabeth avait pris du retard au travail à cause de la venue de Samuel et qu'elle était restée à la boutique, ce soir-là, afin de reprendre le temps perdu. Il lui fallait être prête pour la présentation de sa collection. C'est en sortant de la boutique qu'elle aurait été attaquée. Par qui ? Pour l'instant, Joey et Flora n'en savaient rien puisque Élisabeth s'était enfermée dans un mutisme d'où elle ne semblait pas vouloir sortir. Elle était hospitalisée à Sherbrooke, comme sous l'effet d'un choc important. Tous deux soupçonnaient Jack. Joey suppliait Samuel de venir les rejoindre le plus rapidement possible au chevet d'Élisabeth.

Il ne fit ni une, ni deux, confia de nouveau la garde de Paolo aux bons soins d'Alicia et partit sur-le-champ, la mort dans l'âme, retrouver Élisabeth. Il était désespérément anxieux. Mille questions venaient le troubler tout au long du parcours de Kinney Shores à Sherbrooke. « Oh mon Dieu ! Est-elle redevenue amnésique ? A-t-elle perdu le bébé ? Que lui est-il arrivé cette fois ? Est-ce Jack ? » Il n'en pouvait plus d'impatience tellement il avait hâte d'avoir les réponses à ses nombreuses questions. Il se demanda si Joey et Flora avaient prévenu la police. « Il faut que l'enquête commence maintenant si l'on veut découvrir la vérité au plus tôt », se disait-il. Il lui tardait de parler au médecin traitant.

Pour lui, c'était clair, s'il fallait choisir entre la mère ou l'enfant, il choisirait la mère. « Bizarre qu'une telle pensée m'effleure l'esprit!» songea-t-il. Il ne voulait pas d'un enfant sans mère. Il avait lui-même été orphelin de mère, ça lui suffisait. Il ne voulait pas qu'Emma ait à subir le même sort. De plus, il redoutait tellement de perdre Élisabeth que c'en était maladif et que ses entrailles lui faisaient mal. «Élisa, mon amour, je t'en prie, ne meurs pas!» dit-il à haute voix, dans un profond sanglot. Il pleura amèrement des larmes qui l'aveuglaient. «Quel piètre chauffeur je fais! Ressaisis-toi, vieux, ce n'est pas le moment de mourir dans un accident de voiture!» Il se calma peu à peu, mais jamais de sa vie il n'avait trouvé la route aussi longue.

Il arriva à l'hôpital de Sherbrooke crevé, les nerfs tendus au maximum. Il se précipita au poste et demanda d'un seul souffle la chambre d'Élisabeth. L'infirmière le trouva bien mal en point.

«Chambre 402, monsieur. Vous êtes sûr que ça va?
— Oui, merci. Ça ira.»

Il se précipita et, en ouvrant la porte, il l'aperçut, pâle, étendue sur le dos, le souffle court, des solutés au bras, ses parents à ses côtés. Quand Flora et Joey le virent, ils se jetèrent sur lui comme si le bon Dieu venait d'entrer dans la chambre. Ils avaient mis tous les deux tant d'espoir dans la venue de Samuel. Ils espéraient qu'il pourrait, par sa seule présence, sortir leur fille de sa léthargie.

Samuel s'approcha d'elle. Elle dormait. Il s'assit sur le bord du lit, la prit dans ses bras, lui caressa les cheveux. Elle ouvrit les yeux, le vit et le reconnut. Elle se pressa contre lui, visiblement apeurée, et se mit à sangloter, murmurant d'une faible voix: «Samuel!» Ses parents croyaient déjà au miracle puisqu'elle était restée muette jusqu'à ce moment. Elle ne prononça toutefois aucune autre parole durant les jours suivants.

Elle se réveillait quelques instants, vérifiait que Samuel était toujours là et, apaisée, retombait endormie.

Jack avait été arrêté et mené au poste de police par Pierre Letendre, l'agent que Samuel avait rencontré quelques mois auparavant. Le policier essaya de faire avouer à Jack qu'il était l'auteur de l'agression. Il en était presque persuadé, car il avait trouvé, en perquisitionnant la maison du prévenu, une arme à feu sous son lit. Cette découverte, selon le policier Letendre, faisait présumer du désir de vengeance de Jack.

Malgré cette preuve, Jack jurait qu'il n'était pas coupable. Il s'évertua à expliquer à l'enquêteur qu'il s'était procuré cette arme à feu dans le but de faire peur à l'homme qui avait violé sa femme sans jamais, toutefois, avoir eu l'idée de le tuer. Pour lui, ce n'était qu'une façon de le terroriser.

Pierre Letendre connaissait bien Jack et il était attristé par la tournure des événements, persuadé qu'il n'était pas un mauvais bougre mais qu'il était plutôt assoiffé de vengeance. « Quelle pitié ! » se disait-il. Malgré l'attachement qu'il éprouvait pour lui, il prévoyait devoir le garder emprisonné jusqu'à ce que le mystère de cette affaire soit éclairci. Jack était dans tous ses états. Il devait donner des cours d'éducation physique à l'école secondaire, ce jour-là et les jours à venir. Il craignait pour sa réputation. Il avait le goût de se frapper la tête contre les murs.

Après enquête, Pierre Letendre ne trouva aucun alibi en faveur de Jack. Personne ne l'avait vu ce soir-là, ni ses amis ni sa famille. Le seul moyen de connaître la vérité était le témoignage d'Élisabeth, il fallait qu'elle retrouve l'usage de la parole au plus vite. Elle seule pourrait expliquer ce qui s'était vraiment passé. Une chose était certaine : on ne lui avait pas tiré dessus. Elle avait le fémur droit cassé et des ecchymoses sur le corps ; tout laissait croire qu'elle s'était débattue au moment de l'agression. Heureusement, au grand soulagement de Samuel, le bébé avait été épargné et la grossesse se poursuivait normalement. Ce qui l'inquiétait le plus maintenant, c'était qu'elle ne parle pas. Le médecin le rassura. Selon lui, c'était temporaire et elle retrouverait l'usage de la parole le choc passé.

Son mutisme dura encore quelques jours.

Un matin, elle se réveilla alors que Samuel était seul auprès d'elle. Il la veillait patiemment, jour et nuit, même si l'infirmière le sommait d'aller se reposer chez lui. Il ne voulait pas manquer le moment où elle se déciderait à parler. Il incitait Flora et Joey à partir au bout de quelques heures, leur promettant qu'il ne quitterait pas leur fille un seul instant. Il se reposait sur un canapé-lit installé tout près d'Élisabeth et se douchait dans la salle de bains attenante à la chambre. Les parents d'Élisa lui apportaient du restaurant de quoi se sustenter, bien que son appétit eût beaucoup diminué depuis qu'Élisa était mal en point.

Comme il était toujours aux aguets, il s'aperçut rapidement qu'elle était réveillée et lui tendait les bras. Il s'approcha d'elle et l'enroula tendrement dans ses bras fermes :

«Comment vas-tu, ce matin, mon amour?

— Mieux, je crois», répondit-elle.

Samuel fut si ému d'entendre sa voix que de grosses larmes se mirent à couler sur ses joues, bien malgré lui. Il la pressa davantage contre lui. Elle était si frêle malgré son ventre arrondi.

«Élisa, j'ai eu si peur! Je croyais que tu ne sortirais plus jamais de ton mutisme.

— Depuis combien de temps suis-je ici? s'empressa-t-elle de demander.

— Depuis cinq longs jours, une éternité, Élisa.
— Et le bébé?
— Il va bien.
— Oh! Dieu merci! J'ai un plâtre?
— Oui, tu as le fémur droit fracturé. »

À ce moment-là, l'infirmière entra dans la chambre, surprise d'entendre parler Samuel et Élisabeth.

« Eh, belle dame! Bravo! Vous voilà revenue parmi nous, ce matin. J'en connais un qui doit être content. Vous êtes chanceuse, vous savez. Il est resté à votre chevet jour et nuit. Comment faites-vous pour être aimée de la sorte? »

Élisabeth rougit. L'infirmière continua sans lui porter attention :

« Je vais prévenir votre médecin, ne vous fatiguez pas trop. Et vous, le beau monsieur, soyez patient et ne la fatiguez pas à votre tour. »

L'infirmière quitta promptement la chambre.

« C'est vrai que tu es resté près de moi durant tout ce temps?
— Eh oui! belle dame, dit-il en se moquant de l'infirmière.
— Merci, Samuel. Tu es encore revenu du Maine pour moi?
— N'en valez-vous pas la peine, belle dame? »

Il posait partout sur son visage de petits baisers doux et caressants tout en lui flattant les cheveux comme on flatte un chiot.

«Tu veux bien me brosser les cheveux? Je dois avoir une tête affreuse.

— Impossible. Jamais tu ne pourras avoir une tête affreuse.»

Il prit la brosse qu'il trouva dans la commode et se mit à lui brosser les cheveux avec douceur. Ils étaient en effet bien emmêlés. C'est sur ce tableau attendrissant que le jeune médecin entra dans la chambre.

«Bonjour! Il paraît que vous vous portez mieux, ce matin?

— Oui. Je vais mieux, je crois.

— Vous avez été sérieusement amochée. Heureusement, les dommages n'étaient pas irréparables. Je ne vous demanderai pas maintenant le compte rendu de ce qui vous est arrivé. Nous attendrons le policier Letendre afin que vous n'ayez pas à répéter deux fois votre version des faits. J'ai demandé à l'infirmière de lui téléphoner immédiatement. Il sera soulagé, car il est venu chaque jour demander quand vous pourriez lui faire le récit de ce qui vous est arrivé.»

Samuel la sentit se raidir et il eut envie de demander au médecin d'attendre avant de faire venir le policier Letendre, mais Élisa s'empressa de prendre la parole avant lui.

«Je parlerai au policier Letendre; aussi bien en finir, docteur, car, un jour ou l'autre, j'aurai à expliquer ce qui m'est arrivé. Mais avant, j'aimerais savoir combien de temps je devrai être hospitalisée.

— Vous serez en mesure de sortir sous peu. Probablement demain puisque tout semble sous contrôle. Vous avez été chanceuse dans votre malchance. Vous devrez garder votre plâtre encore un mois. Votre jambe droite était assez abîmée. Pour ce qui est du bébé, vous n'avez pas à vous inquiéter, il va bien. Il se peut, cependant, que vous ayez besoin d'un suivi sur le plan psychologique. Vous avez eu un très gros choc émotif.

— Je suis déjà suivie par le docteur Palmer.

— Il est au courant de l'hospitalisation d'Élisabeth, s'empressa d'ajouter Samuel. J'ai pris sur moi de l'en avertir. »

Élisabeth, amusée, regarda Samuel avec un sourire. « Il pense à tout », se dit-elle, rassurée.

« Dans ce cas, ajouta le docteur, quand vous aurez vu le policier Letendre, nous déciderons de la date de votre départ.

— Merci, docteur. Le plus vite sera le mieux.

— Vous aurez quelqu'un pour prendre soin de vous?

— Je serai là, répondit Samuel d'un ton sans équivoque.

— Tout laisse croire que vous serez entre bonnes mains, dit le docteur d'un air moqueur.

— Soyez-en assuré », dit Samuel.

Pierre Letendre ne se fit pas attendre longtemps après le départ du jeune médecin. Dès qu'il apprit la nouvelle qu'Élisabeth était en mesure de parler, il courut à son chevet. Il entra discrètement dans la chambre. Élisabeth venait juste de s'assoupir mais, dès qu'elle sentit sa présence, elle se redressa dans son lit.

« Bonjour, Élisabeth.

— Bonjour, monsieur Letendre.

— Tu vas mieux?

— Oui.

— Assez pour me raconter ce qui s'est passé le soir où tu as été amenée à l'hôpital?

— Oui.

— D'accord. Si tu te sens fatiguée, tu arrêtes. Tu n'es pas obligée de tout dire maintenant. Ça te va comme ça?

— Ça me va.

— Tu as été agressée, n'est-ce pas?

— Oui. J'avais travaillé tard à la boutique. Il devait être minuit quand j'ai quitté pour rentrer chez mon amie Anna où j'habite depuis quelque temps. Je l'avais prévenue de mon retard. Quand je suis sortie, un homme m'attendait. Il était dans sa voiture et me surveillait de toute évidence. Il devait m'épier depuis longtemps.

— Le connaissais-tu?

— Je ne l'ai pas reconnu sur le moment. Il faisait noir. J'ai eu peur, alors je me suis hâtée vers ma voiture et, comme je m'apprêtais à y monter, un bras m'a arrêtée et m'a retenue. «Élisabeth! C'est moi, dit-il. Ne crains rien. Je suis venu uniquement pour te parler.» J'ai eu si peur. Je l'avais reconnu. C'était lui. Celui qui m'avait violée quelque temps auparavant quand j'étais dans le Maine. Cet homme me harcèle. C'était jadis un ami de mon père. Je le connais depuis que je suis toute petite. Je l'appelais oncle Ben. Il est mon parrain. J'ai eu peur qu'il me viole de nouveau. Il m'a mis la main sur la bouche avant que je me mette à crier.»

Élisabeth pleurait abondamment. Elle tremblait de tous ses membres. Samuel était très ébranlé et lui tenait la main. Le policier lui demanda si elle voulait arrêter l'entretien et poursuivre plus tard. Elle fit non de la tête. Elle se moucha, essuya ses yeux et, à travers ses sanglots, continua à parler.

«Cette fois, j'étais bien décidée à me défendre. Je ne voulais pas que l'enfant que je porte soit souillé par cet homme. Il me répétait qu'il ne me voulait aucun mal;

qu'il voulait simplement me parler. Je ne le croyais pas, j'étais terrifiée. Il me tenait les bras. Je me débattais comme une déchaînée. Il m'a rouée de coups en disant : "Arrête! Arrête de bouger!" et il m'a jetée par terre. Je me suis relevée. Il m'a attrapée et c'est là que m'est venue l'idée de lui assener un coup de pied dans les testicules. Je ne sais pas comment j'ai fait, mais j'ai réussi. Il a hurlé de douleur tout en me poussant par terre pour la deuxième fois. J'ai heurté violemment un tronc d'arbre. C'est probablement à ce moment-là que je me suis cassé le fémur. Et j'ai crié... crié... Il a eu peur à son tour et s'est enfui. Après, je ne sais plus. J'ai perdu connaissance. Je ne sais pas comment je me suis retrouvée à l'hôpital. Cet homme est un grand malade. Il faut le faire arrêter. C'est une bien triste histoire », dit-elle en pleurant de plus belle.

Samuel la prit de nouveau dans ses bras, regarda le policier et dit :

« Je crois que ça suffit pour aujourd'hui.

— Oui. Je le crois aussi. Élisabeth, une dernière chose avant de te quitter. Quelqu'un a-t-il été témoin de l'agression?

— Non.

— La personne qui a appelé l'ambulance pour toi ne te connaissait pas. Elle passait par là, par hasard, quand elle t'a trouvée. Tu as été chanceuse malgré tout. Tu aurais pu rester là, étendue par terre, jusqu'au lendemain matin.

— Je veux que mon agresseur soit arrêté, répétait-elle d'un ton décidé. Il me veut du mal. J'en ai assez.

— Il sera arrêté, lui affirma Samuel. Nous le retrouverons. Je t'en fais le serment, mon amour. Et dire que nous soupçonnions Jack.

— Je ne crois pas Jack capable de tels actes, dit-elle.

— Il est en prison. Il faut le faire libérer le plus tôt possible, lui répondit Samuel, soudain pris de sympathie pour Jack.

— Je m'en charge, indiqua le policier. Il sera libéré dès aujourd'hui. Et j'espère bien enfermer l'autre le plus rapidement possible. Il faudra cependant me donner une description fidèle de sa personne dès que tu seras en mesure de le faire, Élisabeth.

— Je le peux maintenant, affirma Élisa. Nous n'avons pas de temps à perdre.

— Tu en es sûre? Je peux revenir demain, tu sais.

— Non, maintenant, je vous en prie.»

Elle dessina fidèlement le visage de son bourreau. Elle n'eut aucun mal à le reproduire, car elle était passée maître dans l'art du portrait. Pierre Letendre fut satisfait de sa collaboration et quitta l'hôpital avec l'espoir de retrouver cet homme au plus vite.

De nouveau seul avec Élisabeth, Samuel aurait aimé pouvoir lui enlever une partie de sa souffrance ou, mieux, la totalité, s'il en avait été capable.

«Que puis-je faire pour toi, mon amour?» lui demanda-t-il.

Elle savait qu'il souffrait pour elle et avec elle. Elle savait aussi qu'il ne pouvait rien faire pour effacer tout ce que cet homme lui avait fait subir depuis son enfance.

«Que tu sois là, près de moi, c'est ce qu'il y a de plus important. Le reste, tu n'y peux rien. J'aimerais tellement comprendre pourquoi cet homme s'acharne sur moi.

— Tu n'y arriveras pas, j'en ai bien peur. Comment expliquer la perversité des gens? Il vaut mieux essayer d'oublier. Il sera arrêté. Sois sans crainte. Tu veux manger quelque chose? lui suggéra-t-il, histoire de la distraire un peu.

— Non, je n'ai pas faim.

— Tu dois manger, Élisa, car Emma a faim, je crois. Tu ne l'entends pas pleurer? » dit-il en souriant.

En parlant d'Emma, il toucha une corde sensible. Elle accepta donc sa proposition. Avant qu'elle ne change d'idée, il sonna vivement l'infirmière et lui demanda qu'on apporte un petit déjeuner à Élisabeth.

Quelques instants plus tard, l'infirmière revint avec des céréales, des toasts, de la confiture et du café. Élisabeth mangea sans appétit pour faire plaisir à Samuel, sans doute.

Elle faisait la sieste, à la fin de l'après-midi, quand on frappa à la porte de sa chambre. Samuel ouvrit et aperçut Jack qui s'apprêtait à entrer. Les deux hommes se toisèrent du regard. Samuel voulut mettre un terme à cette visite importune.

« Jack, je fais venir la sécurité si vous essayez de franchir cette porte, dit-il d'un ton assuré.

— Je veux voir Élisabeth, insista-t-il. Vous n'avez aucun droit de m'en empêcher.

— Il n'en est pas question. Élisabeth se réveille à peine d'un gros choc, vous ne viendrez pas la troubler davantage.

— Ce n'est pas mon intention. Je sors de prison. J'ai eu suffisamment de temps pour réfléchir. Je ne suis pas ici pour la troubler. Au contraire, je veux avoir la chance de m'excuser auprès d'elle pour le mal que je lui ai fait. »

Élisabeth avait reconnu la voix de Jack. Elle pria Samuel de le laisser entrer.

«Je peux le recevoir, affirma-t-elle.

— Alors je reste avec vous, répondit Samuel. Je ne vais pas te laisser en compagnie de quelqu'un que tu crains et qui se promène avec une arme.

— Soyez sans crainte, je n'ai plus cette arme. Je ne suis pas ici pour me venger mais pour m'expliquer. L'entretien que je veux avoir avec Élisabeth ne vous regarde en rien, monsieur Sanchez.

— Laisse-nous, Samuel. Je n'ai rien à craindre. Jack ne me fera aucun mal.»

Pour elle, Jack n'était pas un mauvais garçon. Tout au plus un impulsif, égaré dans l'alcool et dans son désir de vengeance. Il était orgueilleux et n'avait pas prisé que sa femme soit amoureuse et enceinte d'un autre homme. Cependant, elle savait qu'elle pouvait lui faire confiance, surtout depuis son séjour derrière les barreaux. Il n'avait assurément pas l'intention d'y retourner. Jack aimait son travail et son désir de revenir à l'enseignement l'empêcherait de faire des folies. Elle en était certaine. Samuel les laissa seuls, quittant la chambre avec une profonde inquiétude.

Il descendit à la cafétéria prendre un petit goûter, même si son appétit était au plus bas. Ainsi, il pourrait tuer le temps et essayer de faire taire son angoisse. Quand la peur de perdre Élisabeth s'installait, que ce soit par la maladie, par un drame, ou simplement parce qu'elle aurait pu ne plus l'aimer, son angoisse devenait telle que c'en était insupportable.

Élisabeth et Jack étaient maintenant en tête à tête. Il la trouva pâle, les traits tirés. Elle paraissait plus vulnérable dans sa robe d'hôpital verte. Il eut envie de la prendre dans ses bras, mais il n'en fit rien.

«Merci de me faire confiance, dit-il. Je suis désolé de ce qui t'arrive. Ce monstre mérite la pendaison.»

Élisabeth se retint de sourire, car elle reconnaissait bien le caractère excessif de Jack.

« Élisabeth, je suis venu m'excuser. J'ai beaucoup réfléchi en prison. Je t'ai fait du mal. Cette infidélité n'en valait pas la peine. C'est moi qui ai changé le cours de notre vie. Si tu ne m'avais pas vu dans notre lit, ce soir-là, avec une inconnue, tu ne serais pas partie pour le Maine et tu n'aurais pas rencontré Samuel Sanchez. Je m'en veux tellement, si tu savais.

— Jack, il y aurait eu d'autres infidélités. Tu n'aurais pas pu t'en empêcher. Et un jour ou l'autre, je serais partie, car je n'aurais jamais pu supporter cela. J'ai davantage confiance en Samuel Sanchez. Il est plus mature et il ne ressent pas le besoin de se prouver, sans cesse, qu'il peut conquérir toutes les femmes qu'il désire. Je ne te dis pas cela pour te blesser, mais parce que c'est la vérité.

— Tu l'aimes, n'est-ce pas?

— Oui, j'aime cet homme, Jack. J'ai besoin de me sentir en sécurité et il m'apporte cela. Tu trouveras une femme qui te conviendra mieux que moi. Tu verras.

— Tu ne me laisses aucun espoir? Je t'assure que je t'aimerai et que j'aimerai l'enfant que tu portes. Et je te jure que je resterai fidèle à mon engagement envers toi. »

Élisabeth fut émue par ses bonnes paroles. Fallait-il qu'il marche sur son orgueil pour lui faire un tel aveu! Mais il était trop tard. Elle n'avait plus confiance en lui. Il avait trahi leur pacte du mariage alors qu'ils s'étaient juré fidélité. Elle lui dit :

« L'enfant que je porte est de Samuel Sanchez, Jack, et c'est avec son père que je l'élèverai. Encore une fois, je ne veux pas te blesser; je veux simplement rétablir les faits. Oublie-moi, Jack. Ce sera mieux pour toi. Dès que j'aurai mon congé de l'hôpital, je partirai pour le Maine avec Samuel Sanchez. Ça m'apparaît le meilleur endroit pour une convalescence. Je reviendrai à North Hatley pour l'accouchement. Et après, nous ne savons pas encore. Notre décision n'est pas encore prise.

— C'est une rupture définitive, si je comprends bien?

— Oui, Jack, c'est ça. Je suis amoureuse comme jamais je ne l'ai été auparavant. Ma démarche avec le docteur Palmer m'a permis de découvrir où se trouvait mon bonheur et je veux me donner la liberté de le vivre pleinement. Je sais que c'est pénible à entendre, mais je ne veux pas que tu entretiennes de faux espoirs en ce qui me concerne. Tu guériras de cette blessure. On en guérit toujours. Tu dois me laisser, maintenant. Je me sens lasse. Je ne t'en veux pas. Grâce à cette expérience, ma vie a changé de cap et c'est bien ainsi. Je te souhaite bonne chance et beaucoup de bonheur. Allez! fais-moi la bise sur la joue et pars en paix. »

Jack s'approcha, se retint de nouveau pour ne pas la prendre dans ses bras une dernière fois et lui donna un baiser chaste sur la joue comme elle le lui avait demandé. Il la quitta penaud. Il venait de comprendre qu'il l'avait, par sa faute, perdue à jamais.

Samuel revenait à la chambre pour s'assurer que tout allait bien quand il croisa Jack dans le couloir. Il avait la tête basse, le pas lent, il semblait porter le poids du monde sur ses épaules. « Pauvre lui! songea-t-il. On dirait qu'il s'en va à l'abattoir! » Il entra dans la chambre d'Élisa. Elle était appuyée sur ses oreillers, l'air songeur.

« Tu sembles vidée, mon amour. Il ne t'a pas fait de mal, au moins.

— Non, tout s'est bien passé. Je le savais. Tu n'avais pas à t'en faire.

— Je n'ai pas confiance en cet homme, il est trop impulsif.

— Il n'est pas méchant. Seulement impulsif, comme tu le dis.

— C'est suffisant pour faire des bêtises.

— Tu n'auras plus à le craindre. C'est bel et bien terminé maintenant. Tout est clair entre nous. Cette visite n'aura pas été vaine. Je t'annonce que j'ai l'intention de demander le divorce. Je veux clore cette relation de façon définitive. Ainsi, je me sentirai plus libre de vivre avec toi.

— Si c'est ce que tu désires, je le désire aussi. Je divorcerai à mon tour. Ainsi, nous serons libres tous les deux, mon amour.

— C'est tout à fait ce que j'attendais de toi. »

Chapitre XXVII

Une semaine plus tard, Samuel et Élisabeth retournèrent dans la maison du Maine. Élisabeth était persuadée maintenant que son bonheur se trouvait là, avec Samuel. Visiblement, elle était heureuse d'y revenir. Elle avait gardé un souvenir merveilleux de ces lieux. Elle s'était sentie aimée et désirée tout au long de son séjour.

Élisabeth était habituée à une mer plutôt austère : grise, tirant sur le noir parfois. Mais aujourd'hui, on aurait dit qu'elle s'était fait une toilette juste pour elle. Elle avait ajouté à sa couleur habituelle un souffle de turquoise qui lui procurait un élan de jeunesse et de douceur auquel Élisabeth n'était pas accoutumée.

« Comme la mer est belle, aujourd'hui ! s'était-elle exclamée. Je ne l'ai jamais vue de cette couleur auparavant. »

Samuel l'avait remarqué lui aussi et avait pensé, en souriant, qu'en effet la mer s'était faite belle pour accueillir sa bien-aimée.

« C'est un bon présage, mon amour », ajouta-t-il.

Elle soupira. Elle voulait de toutes ses forces être heureuse auprès de Samuel, mais elle craignait que les blessures du passé refassent surface. Elle s'était bien juré de ne pas se laisser envahir par elles.

Paolo avait entendu le bruit de la voiture de son père et il se précipita, comme il en avait l'habitude, pour lui sauter dans les bras. Il s'arrêta net quand il aperçut Cybelle. Son père avait insisté au téléphone pour qu'il la nomme désormais Élisabeth. Mais il n'en fit qu'à sa tête. Samuel n'en prit pas ombrage; il était trop heureux pour réagir aux enfantillages de son fils. Il était bien décidé à l'ignorer cette fois. Fort de ses convictions, il fit mine de rien et lui ébouriffa les cheveux comme il avait l'habitude de le faire, en le serrant dans ses bras:

«Je suis si heureux de te revoir, Diablito, je te présente madame Élisabeth Thompson au cas où tu ne l'aurais pas reconnue.

— Bonjour, Cybelle, répondit Paolo, l'air boudeur.

— Bonjour, Paolo, répondit Élisabeth à son tour. Je suis très contente de te revoir.»

Samuel avait le fou rire et il fit mine de ne pas entendre Paolo.

«Tu arrives pour longtemps? demanda-t-il à Cybelle, un peu arrogant.

— Oui. Pour longtemps, Paolo. J'espère que ça ne te dérange pas trop? Pour commencer, je resterai un mois. Je retournerai à North Hatley pour enlever mon plâtre, mais après nous vivrons tous ensemble: ton père, toi, Emma et moi.»

Paolo avait bien remarqué son plâtre, mais il fit mine de l'ignorer. Il enchaîna en disant, d'un air insolent:

«Moi, je vais aller chez ma mère. Tu connais Clara?

— Oui. Ton père m'a parlé d'elle. Je suis contente que tu aies retrouvé ta maman.

— C'est elle qui m'a cherché, dit-il, d'un air important.

— C'est encore mieux, fit-elle, ravie.

— C'est plus cool en tout cas», ajouta-t-il.

Samuel souriait. «Cool» n'était pas une expression que Paolo utilisait auparavant. Sans doute l'avait-il emprunté au quartier où habitait sa mère! «Il a commencé à prendre racine», se dit Samuel avec un brin d'amertume. Par contre, grâce au retour de Clara, Samuel avait espoir qu'Élisabeth et son fils s'entendent mieux et s'apprécient davantage un jour. Il avait pesté contre l'intrusion de Clara dans leur vie. Maintenant, il reconnaissait que cette présence le servait. Il conclut en se disant que rien n'était jamais complètement noir dans la vie.

Ils entrèrent tous les trois, Élisabeth accrochée au bras de Samuel d'un côté et Diablito collé contre son père de l'autre. La maison rutilait de propreté. Alicia avait continué à la nettoyer durant l'absence de Samuel.

Quand la domestique vit ce couple passer sous ses yeux, son cœur voulut s'arrêter de battre. Ils étaient d'une telle beauté, d'une telle élégance. Elle sut immédiatement qu'elle n'avait aucune chance de conquérir le cœur de Samuel. De sa vie, elle n'avait été confrontée à une femme pourvue d'un tel charme. «Elle est unique!» s'avoua-t-elle. Quelque chose qu'elle ne pouvait définir émanait d'elle. Mais quoi? D'où lui venait cette prestance? Était-ce le flamboiement de sa chevelure? Le vert profond de ses yeux? Son teint pâle orné de taches de son? Était-ce son allure à la fois princière et réservée? Ou tout cela en même temps? Elle ne pouvait le dire. Mais Grand Dieu! «Qu'elle est unique!» ne pouvait-elle s'empêcher de répéter.

Elle ne s'était jamais sentie aussi triste depuis qu'elle travaillait dans cette maison. Bien qu'elle se trouvât particulièrement jolie et qu'elle eût une grande confiance en elle auprès des hommes, devant cette femme exceptionnelle, elle abdiquait. Oui, elle quitterait cette maison malgré le lien qui l'unissait à Paolo et à Samuel. Elle ne voulait pas se torturer inutilement. La flamme amoureuse qu'elle voyait danser dans les yeux de Samuel quand il jetait un regard à cette femme la rendait malade. Pour la première fois depuis longtemps, la source de son mal ne serait plus le décès de son mari mais la perte de Samuel Sanchez, même si en réalité elle ne l'avait jamais vraiment possédé. L'espoir de s'en faire aimer venait de mourir. « Pourquoi me suis-je laissée prendre le cœur à ce point ? » se demanda-t-elle. Elle s'en voulait, même si elle n'y pouvait rien. Il était trop tard, elle aimait cet homme.

De son côté, Élisabeth trouva Alicia encore plus jolie que dans son imagination. Son aspect exotique lui rappelait la fiancée de Lucas : même chevelure luxuriante d'un noir de jais, mêmes yeux noirs intelligents. À tort ou à raison, cette femme représentait une menace pour elle. « Deux poules pour un seul coq, dans un même poulailler, merci pour moi. Je n'ai nullement besoin de cela », se dit-elle. Elle savait, pour l'avoir vécu, combien l'infidélité de Jack lui avait fait mal. Elle ne voulait pour aucune considération revivre la même douleur. Samuel était follement épris d'elle, elle pouvait lui faire confiance, elle le savait. Malgré cela, elle ne supporterait pas de se faire imposer la présence de cette femme. « Elle doit partir », conclut-elle, décidée.

Elle n'eut pas besoin d'attendre longtemps, car Alicia avait déjà pris sa décision : elle partirait sans qu'on le lui demande. « Je ne me suis pas trouvée au bon endroit au bon moment, car si j'avais pu être là avant elle, Samuel et moi serions devenus amoureux l'un de l'autre. » Ça ne faisait aucun doute dans son esprit.

Avant d'aller au lit, elle demanda un entretien avec Samuel.

«Je dois quitter cette maison, indiqua-t-elle, je suis désolée.

— Mais pourquoi? Tu n'es pas heureuse ici?

— J'ai été très heureuse, pendant le peu de temps que j'y ai travaillé et je vais m'ennuyer de Paolo, mais j'ai une tante malade qui m'a téléphoné durant ton absence et je dois me rendre à son chevet. Elle n'a que moi aux États-Unis.

— Ça m'attriste beaucoup, Alicia. J'avais espéré que tu t'occupes d'Emma quand Élisabeth serait absente.

— Qui est Emma?

— Notre petite fille. Élisabeth attend un enfant. Comme tu as beaucoup de savoir-faire avec les enfants, j'aurais vraiment souhaité que tu restes avec nous. »

Le sang ne lui fit qu'un tour dans les veines. Elle avait bien remarqué que cette femme était enceinte, mais que ce fût de Samuel, elle l'avait volontairement repoussé. Il venait de lui confirmer le contraire. Cette femme, en plus d'être aimée de lui, portait son enfant. C'en était trop! Elle ne pouvait en supporter davantage.

«Je ne peux pas rester. Je parlerai à Paolo. Il serait bien que je parte demain.

— Tu ne m'en as rien dit au téléphone. Pourquoi?

— Je l'ai su seulement hier. »

Avait-elle le choix de mentir?

«Tu peux me donner quelques jours? Je dois trouver quelqu'un d'autre. Élisabeth a la jambe dans le plâtre, elle ne pourra pas être d'une grande utilité dans la maison.

— Non, je ne peux pas. Je suis désolée. »

Elle sentait qu'elle ne pouvait pas répondre à cette demande. C'était au-delà de ses forces.

« Ça m'attriste beaucoup, Alicia », lui répéta Samuel.

« Pas autant que moi », songea-t-elle.

« Tu pars vraiment demain?
— Je le dois, même si ça m'attriste aussi.
— D'accord. Je ne peux pas t'en empêcher. Je téléphonerai à l'agence dès demain afin qu'elle me trouve quelqu'un le plus rapidement possible. Merci de tout ce que tu as fait dans cette maison. Ce fut bien apprécié. Je n'étais jamais inquiet de te laisser Paolo et c'était très important pour moi. Je ne crois pas pouvoir trouver une perle rare comme toi. Je te regretterai. Tu nous manqueras, à Paolo et à moi. Bonne chance dans l'avenir, Alicia, et encore merci.
— Vous me manquerez aussi. Bonne chance à toi aussi, Samuel. »

Samuel, dans sa naïveté, crut aux explications d'Alicia. Quant à elle, elle quitta le bureau de Samuel le cœur plus gros qu'un nuage sur le point d'éclater. Elle monta à sa chambre en prenant soin d'aller border Paolo qui n'était pas encore parvenu à s'endormir. L'arrivée d'Élisabeth le troublait. Quand il apprit de la bouche d'Alicia qu'elle devait les quitter, il se mit à pleurer. Elle le prit dans ses bras et lui dit :

« Tu aimeras la femme de ton père, Paolo. Elle est belle et semble gentille. Elle prendra bien soin de toi. Fais-lui confiance.
— Je partirai chez ma mère, dit-il en pleurant.
— Non, ton papa serait trop triste.

— Il a Cybelle et Emma à présent. Il n'a plus besoin de moi.

— Rien ne remplacera son petit Paolo, crois-moi. »

Elle essayait de le consoler du mieux qu'elle pouvait. Elle si triste, comment pouvait-elle parvenir à amoindrir la douleur de cet enfant qu'elle aimait tant?

« Quand pars-tu? lui demanda-t-il dans un sanglot.

— Demain, mon petit ange. C'est mieux ainsi. »

Elle l'embrassa, le borda et le quitta en espérant que Samuel serait assez vigilant pour aller le retrouver dans sa chambre, ce dont elle doutait fort, car la présence d'Élisabeth semblait occuper toutes ses pensées.

Comme Alicia l'avait pressenti, Samuel ne passa pas par la chambre de Paolo. Il lui avait déjà souhaité bonne nuit et avait hâte d'aller retrouver Élisa.

« Alicia nous quitte, chérie. C'est une grosse perte. J'aimais bien cette femme. Avec Paolo, elle était excellente. Je crains qu'il en soit blessé. Paolo n'a pas besoin de perdre un autre être cher. »

Il était préoccupé par la réaction de son fils.

« Je vais m'occuper de Paolo », dit-elle.

Mais Samuel n'était pas vraiment rassuré. Il savait que les liens entre son fils et celle qu'il aimait ne tenaient, pour l'instant, qu'à un fil.

« Il nous faudra trouver quelqu'un d'autre assez rapidement. Je ne veux pas te voir travailler dans la maison, enceinte, avec cette jambe dans le plâtre. Tu es ici en convalescence. Il ne faut pas l'oublier.

— Je ne suis ni infirme ni malade. Je peux me déplacer avec mes béquilles, et puis, j'ai mes deux mains.

— Il n'en est pas question. J'ai conservé les numéros de téléphone de quelques personnes qui ont répondu à mon annonce après le décès d'Adèle. Je les contacterai. Je téléphonerai aussi à une agence demain matin. Allez, viens te blottir dans mes bras. Nous réglerons ce problème une autre fois. Pour l'instant, j'ai follement envie de toi. Tu m'as tellement manqué. Viens, mon amour!»

Il l'enlaça. Elle s'y prêta avec un plaisir certain. Ses caresses l'envoûtaient chaque fois. Ce ne fut pas différent ce soir-là. Après l'amour, Samuel s'endormit comme un bébé alors qu'elle pensait à Alicia. «Aucun doute, cette femme est amoureuse de Samuel. Grand bien me fasse, elle quittera cette maison, songea-t-elle. Cette fois, c'est moi qui choisirai la domestique. Et elle ne sera pas jolie, non, monsieur!»

Peu de jours après le départ d'Alicia, une dame dans la cinquantaine entra à leur service. C'était une Américaine de la Côte Est. Elle se nommait Mary-Lou. Elle était parfaite aux yeux d'Élisa: bonne cuisinière, propre à l'excès, polie, distante. Bref, elle possédait toutes les qualités requises pour être une bonne domestique. Paolo n'en raffolait pas, mais c'était mieux ainsi. «Il n'aura d'autre choix que de se rapprocher de moi», se dit-elle. Élisabeth désirait former une famille. Ils seraient quatre désormais. La domestique n'aurait plus à jouer le rôle de mère-substitut. De toute façon, Paolo avait maintenant une mère. Jamais Élisabeth ne l'empêcherait de la voir; au contraire, elle lui faciliterait les choses. Quant à Emma, personne ne prendrait sa place auprès de sa fille, ce qu'elle aurait craint avec Alicia.

La vie chez les Sanchez se déroulait très simplement. Il y eut bien quelques frictions entre Élisabeth et

Paolo, mais malgré tout l'enfant s'adaptait assez aisément, comme l'avait prédit son père. Avec le recul, Samuel finit par croire que le départ d'Alicia avait été une bonne chose. Jamais Paolo ne se serait rapproché d'Élisabeth si la belle Colombienne était demeurée avec eux.

Un matin du début de mai, après qu'ils se furent aimés comme deux tourtereaux malgré la grossesse d'Élisabeth qui prenait de l'ampleur, Samuel lui lança soudain :

« Et si on se mariait, Élisa ? »

Ils avaient tous les deux obtenu le divorce sans difficulté. Ils étaient libres maintenant de s'épouser. Samuel voulait absolument le faire avant la naissance de sa fille.

« Tu es sérieux ?

— Tout ce qu'il y a de plus sérieux. Pourquoi pas ? Nous sommes libres à présent. Et j'aimerais bien que l'on se marie avant la naissance d'Emma. Qu'en dis-tu ?

— Tu me prends un peu par surprise. Je n'y avais pas vraiment songé mais, de prime abord, l'idée ne me déplaît pas.

— Ça ne te déplaît pas ? C'est tout ce que tu trouves à dire ? J'aurais souhaité que tu sois folle de joie.

— Oui, oui, je le suis. Je suis surprise, voilà tout. Mais oui, je veux t'épouser. J'imagine que tu as une idée de la date où nous pourrions procéder à la cérémonie ?

— Le plus tôt possible. Je préférerais quelque chose de très intime.

— C'est ce que je souhaite aussi. Nous ferons une grande fête après la naissance d'Emma. Je veux qu'elle fasse partie de la fête.

— Je suis tout à fait d'accord, mon amour ; nous attendrons Emma pour célébrer. Pour le mariage, j'ai une fantaisie qui va te plaire, je crois. J'aimerais que l'on s'épouse sur la plage, à l'endroit où Paolo t'a aperçue pour la première fois en cette journée d'octobre; seulement toi, moi, Paolo, le pasteur et les deux témoins. Qu'en dis-tu?

— C'est parfait. Je préfère que la cérémonie soit simple. Le mariage avec faste, je l'ai vécu une fois, ça me suffit.

— Tant mieux! T'épouser à cet endroit est important pour moi, car c'est là que j'ai été séduit pour la première fois. Depuis cette vision, ce sentiment amoureux ne m'a jamais quitté.

— Moi aussi, j'aimerais bien, monsieur le romantique que j'adore. Il me plairait d'être sur la plage, face à la mer pour te dire "oui, je le veux" pour toujours. Mais avant, je dois retourner à North Hatley pour faire enlever mon plâtre.

— Ce sera fait, mon amour. Je t'accompagnerai et nous reviendrons ensemble. »

Chapitre XXVIII

Deux mois plus tard, soit le premier juillet, ils s'unirent par une journée splendide, à l'endroit où le destin avait décidé de leur sort. Dans leur cœur, ils se liaient pour la vie. Ils s'accrochaient d'autant plus fortement à cette conviction qu'ils avaient tous les deux été déçus par une première union.

Élisabeth portait une robe blanche de taille empire, en broderie suisse ajourée, sous laquelle on pouvait apercevoir une doublure de couleur vert pomme. Elle avait dessiné elle-même le modèle. Ses cheveux étaient en partie retenus par un ruban du même vert, juste assez pour dégager son visage alors que le reste de sa chevelure abondante ondulait sur ses épaules. Elle portait un bouquet de marguerites des champs qui accentuait sa fraîcheur et sa simplicité. Quand Samuel la vit descendre l'escalier, il fut muet d'admiration. La taille empire de sa robe moulait son ventre devenu aussi rond qu'un gros ballon. Ainsi vêtue, elle avait l'air femme et juvénile à la fois.

Au pied de l'escalier, Samuel ne put s'empêcher de la prendre dans ses bras. Tout en la faisant tourner, il lui répétait: «Je t'aime... Je t'aime... Je t'aime...» Il la déposa doucement pour ne pas blesser Emma; Paolo fut pris d'un fou rire quand il les vit ainsi tournoyer de bonheur. Lui aussi était heureux; son père allait se marier. Mais il avait surtout hâte à la fête. Il voulait avoir Lucas et Cunchita près de lui. Et qui sait? Peut-être son père accepterait-il d'inviter Clara et François. Ce serait « cool », se dit-il avec joie.

Le mariage se déroula comme ils l'avaient souhaité, en toute intimité, mais sous le regard curieux des nombreux vacanciers déjà arrivés pour l'été.

Peu de temps après, et non sans inquiétude, car Élisa avait commencé à avoir quelques contractions, Samuel, accompagné de Paolo, partit pour l'Espagne assister au mariage de Margarita et de Lucas. Samuel espérait de toutes ses forces que sa femme l'attende pour accoucher de leur fille.

Élisabeth était déçue de ne pas les accompagner, mais elle en profita pour retourner à North Hatley vivre chez ses parents, cette fois, et se faire dorloter par eux. Elle allait se le permettre maintenant que Flora ne pouvait plus l'atteindre par ses paroles parfois venimeuses. Élisabeth était au-dessus de toutes ses interventions irréfléchies.

Bien que ses parents aient été blessés qu'elle se soit mariée sans les prévenir, ils lui pardonnèrent quand ils la virent si belle dans sa nouvelle taille de maman en devenir. Elle retrouva son amie Anna qui fut ravie de la voir porter ce bébé avec autant de fierté. Enfin, elle se rendit au magasin pour mettre au point avec Marie et Jeanne la vente d'une part de sa boutique. Par la suite, elles passeraient chez le notaire.

Tout allait bien malgré les contractions qui la forçaient à s'arrêter par moments.

Quant à Samuel, il avait décidé de raccourcir son séjour en Espagne. Paolo et lui assisteraient au mariage de Lucas et de Margarita, mais leur absence serait de courte durée. En revenant à North Hatley, Samuel laisserait Paolo chez sa mère pour de longues vacances et attendrait avec Élisabeth la venue de ce bébé tant désiré. Il avait une telle hâte de se retrouver auprès d'elle qu'il ne put profiter pleinement du plaisir de revoir ses amis.

«Au moins, je suis là, se dit-il, pour se déculpabiliser. Quel contraste entre nos deux unions!» Tout était si grandiose. Rien ne manquait au faste de la cérémonie et de la réception. Margarita avait l'air d'une princesse. Samuel fut heureux de revoir certains amis du journal avec lesquels il avait travaillé jadis. Plusieurs bons souvenirs refaisaient surface.

Les deux amis n'avaient jamais été aussi heureux, car, en peu de temps, leur vie s'était métamorphosée. Chacun portait en lui le rêve du bonheur éternel, comme le fait chaque couple qui avance vers l'autel, en priant Dieu que le vent, les orages et la tempête les épargnent et ne viennent pas briser leur rêve. Et, comme eux, chacun des époux dépose son illusion dans les bras de l'autre en le rendant, en quelque sorte, responsable de son propre bonheur. Même Samuel et Lucas, malgré leurs expériences respectives, n'y échappaient pas. Ils se laissaient bercer par leur rêve. Ce mariage fut pour chacun une journée inoubliable.

Cunchita, comme elle l'avait promis, assistait à la fête, accompagnée de son imprésario. Comme toujours, le frère et la sœur se retrouvèrent avec joie. Elle trouva Samuel transformé, plus beau que jamais.

«Tu es magnifique, petit frère! dit-elle en l'embrassant.

— Je dois te rendre la pareille, lui répondit-il en l'embrassant à son tour. Tu es resplendissante!

— Tu es seul avec Paolo?

— Oui, comme tu le sais, Élisabeth doit accoucher bientôt.

— Ah oui! C'est vrai, dit-elle comme si elle l'avait oublié.

— Au fait, autant te le dire maintenant: j'ai épousé Élisabeth, il y a deux semaines, lui annonça-t-il tout de go.

— Tu as quoi?

— Tu as bien entendu. J'ai épousé Élisabeth, il y a deux semaines.

— Et, tu ne m'en as rien dit? s'écria-t-elle, offusquée.

— Nous avons préféré l'annoncer après le mariage. Même ses parents ne l'ont pas su.

— Je vous trouve vraiment étranges. Comme si vous vous étiez mariés parce que vous étiez obligés de le faire. L'as-tu fait parce qu'elle attend un enfant de toi?

— Je l'ai fait parce que je l'aime et en même temps pour donner un nom à ma fille.

— Mais pourquoi l'avoir caché?

— Cette décision ne concernait que nous. Nous voulions vivre notre union intensément, tous les deux seuls, en partageant ce moment avec Paolo puisque ça le concerne aussi. Plus tard, après la naissance d'Emma, nous ferons une fête avec tous les gens que nous aimons. Emma doit être là pour y participer. J'espère que tu accepteras de venir même si je t'ai tenue à l'écart.

— Bien sûr, grand bêta! »

Au même moment, Samuel remarqua une bague splendide sertie de diamants à l'annulaire gauche de la main de sa sœur.

« Oh! quel bijou magnifique! lui dit Samuel.

— C'est ma bague de fiançailles, lui répondit Cunchita.

— À ce que je vois, tu es aussi cachottière que moi. Et qui t'a fait cadeau de cette bague?

— Mon imprésario préféré. Et puisque tu es là, aussi bien te le dire maintenant. Je suis enceinte, dit-elle en riant de bon cœur.

— Tu as donc donné suite à tes projets.

— Hem... hem...

— Et tu as choisi ton imprésario comme géniteur? J'espère que tu sais ce que tu fais.

— Aucun doute, mon cher.

— C'est pour quand?

— En février. Le quatorze. N'est-ce pas une date merveilleuse?

— Cunchita! Es-tu sûre de faire la bonne chose?

— Bien sûr. Je voulais un enfant. Tu te souviens? Eh bien! il est là.

— Et Lucas?

— Terminé. Vois comme il est heureux aujourd'hui. Ce serait ridicule de m'attacher à lui. Tu ne trouves pas?

— Je m'inquiète pour toi. J'aimerais être sûr que tu n'es pas malheureuse et que tu n'agis pas par dépit.

— Tous les moyens de guérison sont bons, n'est-ce pas? dit-elle, sarcastique. Et puis, en plus d'une sœur, Paolo aura un cousin ou une cousine. C'est bien, non?

— J'espère que tu ne te trompes pas.

— J'espère la même chose pour toi. Allez! faisons comme au bon vieux temps quand je t'apprenais à danser. »

Elle continuait à parler tout en s'approchant de la piste de danse. Elle portait une robe moulante, rouge flamme, avec un décolleté plongeant. Ses cheveux blonds tombaient sur ses épaules. Sa grossesse ne se devinait pas encore. Samuel ne l'avait jamais vue aussi aguichante. L'avait-elle fait exprès pour s'attirer les regards de Lucas? En tout cas, lui ne semblait pas préoccupé par l'effet qu'elle désirait provoquer.

« Et cette fête? Tu la fais quand? demanda-t-elle.

— À l'automne. Tu recevras ton invitation, sois sans crainte.

— Et l'accouchement? C'est pour quand?

— Dans une semaine ou deux. Élisabeth est déjà à North Hatley. Je dois l'y rejoindre sous peu. C'est là qu'elle désire accoucher.

— Et pourquoi pas dans le Maine?

— Elle voulait accoucher au Québec. C'est son choix et je l'approuve. À mon retour, je conduirai Paolo chez sa mère pour le reste de l'été.

— Ah bon! Vous n'êtes plus collés tous les deux comme les deux fesses d'une même personne?

— Non, et c'est beaucoup mieux ainsi.

— Ah! ce que l'amour t'a transformé!» dit-elle avec un rire forcé.

Samuel ne reconnaissait plus sa sœur. Elle n'avait jamais été aussi cynique de sa vie. Que lui arrivait-il? Il la croyait malheureuse et était persuadé qu'elle agissait par dépit. Il s'inquiétait et la plaignait. Il ne croyait nullement à cette histoire d'amour avec Jonathan Prieur, un Français né à Paris, son imprésario depuis quinze ans déjà. Elle n'en avait jamais été amoureuse auparavant. D'où lui venait ce sentiment soudain? Elle avait tout planifié pour avoir un enfant, c'était manifeste. Et le pauvre bougre s'était laissé prendre à ses charmes. Il se demandait bien comment cela se terminerait, «sans compter les dangers qui guettent l'enfant, innocente victime dans les circonstances», se dit-il.

Il était évident qu'elle n'acceptait pas le mariage de Lucas et de Margarita. Elle avait résolu d'y assister par fidélité à toutes ces années passées avec Lucas, mais elle avait refusé d'être la dame d'honneur de Margarita, prétextant qu'elle était retenue à Paris par un concert qu'elle devait donner. Il n'en était rien. Elle s'était simplement protégée de la douleur d'avoir été délaissée par Lucas, celui dont, à tort, elle s'était crue aimée pour la vie. Rien de son état d'âme ne parut durant la réception. Elle s'amusa follement, trop peut-être. Les hommes défilaient devant elle pour la faire danser. Et Jonathan Prieur se tenait à l'écart et la laissait s'amuser.

Déçu de n'avoir pu visiter le peu de famille qui lui restait à Madrid, mais content d'aller retrouver Clara et François à Montréal, Paolo s'embarqua avec son père, sans maugréer, en direction du Canada. Il se réjouissait à l'idée de vivre avec sa mère jusqu'à la fin de l'été.

Chapitre XXIX

Samuel arriva à North Hatley après avoir laissé Paolo chez Clara. Flora, qu'il trouva au restaurant, lui annonça d'un trait qu'Élisabeth était avec son père à l'hôpital de Sherbrooke. À six heures ce matin, ses membranes s'étaient rompues et le liquide amniotique se répandait en abondance. Aux dernières nouvelles, lui souligna-t-elle, elle était dilatée à trois centimètres. Énervé et malgré la fatigue du décalage horaire, Samuel se précipita à l'hôpital en espérant que sa femme l'avait attendu pour donner naissance à leur fille. Il était si énervé qu'il aurait souhaité être un magicien afin d'être projeté auprès d'elle en un instant. Pour Samuel, accoucher et mourir allaient de pair. Cette hantise était incontrôlable. Sa peur de perdre son amour se manifestait plus que jamais.

À l'hôpital, il trouva une Élisabeth rayonnante, calme et surtout ravie de le savoir là. On lui avait administré une péridurale pour l'empêcher de sentir la douleur de ses contractions. Elle était assise dans son lit et conversait avec son père. Le travail allait bon train. Elle était maintenant dilatée à six centimètres. Joey, content de la savoir en bonnes mains, se fit discret et s'en retourna auprès de Flora. Samuel apprécia la délicatesse de son beau-père et fut enchanté de se retrouver seul avec sa femme adorée. Étrangement, c'était elle qui le rassurait. Elle savait que son accouchement provoquait en lui de bien mauvais souvenirs.

Ils en avaient maintes fois parlé. La perte de sa mère à sa naissance ne le quittait pas. Élisabeth s'efforça de faire en sorte que cet accouchement soit le plus beau souvenir de Samuel. Elle espérait qu'ainsi il parviendrait à effacer l'horrible sentiment de mort de sa mémoire. Elle était également au courant de ce qu'il avait vécu à la naissance de Paolo. Ce souvenir était aussi pénible pour lui. Clara, « granola » comme on l'appelait à l'époque, avait refusé d'accoucher à l'hôpital. Elle s'était livrée en toute confiance aux soins d'une sage-femme, dans leur maison d'Outremont. Elle ne s'était jamais gênée pour hurler sa douleur. On avait dû, finalement, la transporter d'urgence à l'hôpital pour lui faire subir une césarienne. Il avait pensé, à ce moment-là, que jamais il ne verrait son fils.

Pour Élisabeth, ce fut tout autre chose. En quelques heures seulement, la délivrance arriva. N'ayant jamais assisté à un accouchement, Samuel souhaitait être présent, craignant toutefois de s'évanouir. Mais tout se déroula si rapidement qu'il n'eut même pas le temps d'y penser. En trois poussées, Emma était sortie du ventre de sa mère. Elle était si menue qu'elle traversa le passage sans se faire prier. Quand Samuel aperçut la petite tête rousse, il se mit à trembler, ses nerfs venaient de lâcher. Après que le cordon eut été coupé, on déposa la fillette sur le ventre de sa mère et tous les trois se tinrent enlacés comme pour se souder à jamais.

L'accouchement d'Élisabeth s'était déroulé comme dans un conte de fées, sûrement parce qu'Emma était si minuscule. Elle ne pesait que six livres et ne mesurait que dix-neuf pouces. Elle était rousse comme sa mère et déjà l'on pouvait constater l'ondulation de ses cheveux. Décidément, elle n'avait rien d'une Sanchez. C'était une Thompson, une vraie petite Irlandaise. Quel contraste avec Paolo qui, lui, était la copie conforme de son père. Flora, Joey, Andrew, Marie, Jeanne et Anna s'empressèrent de venir leur témoigner leur affection. C'était à qui prendrait Emma dans ses bras.

Au grand bonheur de Flora et de Joey, Samuel et Élisabeth décidèrent de s'installer à North Hatley pour quelques semaines. Les parents d'Élisa étaient au comble du bonheur. Emma devenait le rayon de soleil de leurs jours. Ils appréhendaient déjà le vide que causerait le départ de la petite famille pour le Maine.

François et Clara emmenèrent Paolo rendre visite à sa petite sœur. Samuel et Élisabeth leur ouvrirent la porte avec grand plaisir. Samuel, tout plein de son nouveau bonheur, en avait fini avec les vieilles rancunes d'un autre temps. Cette histoire appartenait au passé. Tous trois admirèrent la petite fille qui, ce jour-là, avait revêtu ses plus beaux atours pour faire leur conquête. Paolo la prit dans ses bras, la serra contre lui, déposa un baiser sur sa joue et lui dit avec fierté : « Je suis ton grand frère Paolo. » Tous riaient devant une telle manifestation d'affection. Pour la première fois de sa vie, Samuel trouvait qu'il avait une bien belle famille. Lui qui n'en avait jamais eu...

Épilogue

Samuel Sanchez, devant son ordinateur, poussa un soupir de soulagement. Son récit était presque achevé. Que dire de plus? Il s'était donné la femme qu'il désirait et, de surcroît, il s'était offert un autre enfant, une petite fille, cette fois.

Il avait écrit cette autofiction en souvenir de la jeune inconnue aperçue de la fenêtre de son bureau, un an auparavant. C'était une femme filiforme, à la chevelure abondante et rousse, aux yeux verts et au teint pâle orné de taches de son; une simple vacancière qu'il avait nommé Cybelle parce qu'il l'avait trouvée si belle. Depuis cette vision, elle était devenue l'objet de ses fantasmes.

Cette femme mystérieuse, il l'avait observée, de près ou de loin, chaque fois qu'elle apparaissait sur la plage. Parfois, elle marchait seule ou encore elle s'assoyait sur une chaise longue, face à la mer, un livre ou une bouteille d'eau à la main. Il prit plaisir à imaginer toutes sortes de scénarios à son sujet. Quand elle cessa de venir à la plage, il devint si triste qu'il s'enferma dans son bureau et, par la magie de la littérature, la fixa à jamais. « Un an, un an déjà, et depuis, cette femme hante encore mes pensées », songea-t-il.

L'écriture lui avait permis d'insuffler une vie à cette créature aperçue un jour d'octobre, et il avait cru qu'il pourrait ainsi s'en libérer. Il n'en était rien. Par contre, il s'était libéré de ses peurs et des orages de son enfance. Il était même conscient qu'il avait fait de lui-même un héros de l'amour. Héros auquel toutes les femmes aspirent, dans leurs rêves les plus fous. « Rien de tout cela n'est vrai! J'ai tout inventé, dit Samuel, accablé: l'amour, le désir, le rêve!» Il avait tout simplement laissé libre cours à son imagination en puisant à l'intérieur de lui les mots qui s'y trouvaient déjà.

Cependant, ce récit s'entremêlait avec la réalité puisqu'il était bel et bien un écrivain, fils de Manuel Sanchez, concertiste international, et d'Isabelle Vanier morte en couches à sa naissance. De Clara, son ex-femme, il avait eu un fils nommé Paolo. Sa sœur aînée s'appelait Cunchita. Adèle avait été au service de la famille Sanchez durant nombre d'années.

Cette histoire était donc tissée de vrai et de faux. «Ainsi va la fiction!» se dit-il.

Incapable d'aller plus loin dans son récit, il reprit son ordinateur et écrivit ces mots, en guise de conclusion.

Chers lecteurs,

Si un jour vous croisez sur votre route une femme rousse, aux yeux verts, au teint pâle orné de taches de son, je vous en prie, ne me laissez pas languir. Écrivez-moi vite que vous savez où elle se trouve. Alors, seulement alors, j'écrirai Cybelle retrouvée.

Samuelsanchez@aol.com

Puis, il ferma son ordinateur en n'ayant qu'une seule idée en tête: la retrouver. Jour et nuit, une question l'obsédait: saurait-il aimer cette femme dans la réalité comme il avait su l'aimer dans la fiction?

Fatigué, tourmenté, il se dirigea à la fenêtre de son bureau afin d'y respirer l'air salin. Il ouvrit et, tout en regardant en direction de la mer, il l'aperçut. Une sensation d'irréalité l'envahit. Il se frotta les yeux, croyant rêver. «Suis-je devenu fou?» se demanda-t-il. Non, elle était là, pieds nus sur le sable gris, immobile devant la mer. Il courut... courut... le cœur battant. Il criait à tue-tête: «Cybelle! Cybelle!» Il arriva près d'elle, essoufflé. Il s'arrêta; elle se retourna et avec un sourire désarmant elle lui dit: «Vous faites erreur, monsieur. Je m'appelle Élisabeth Thompson.»

Au loin, Paolo s'amusait sur la plage avec son chien. Était-ce un jour de soleil ou de brouillard?...

DISTRIBUTEURS EXCLUSIFS

Distributeur pour le Canada et les États-Unis
LES MESSAGERIES ADP
MONTRÉAL (Canada)
Téléphone : (450) 640-1234 ou 1 800 771-3022
Télécopieur : (450) 640-1251 ou 1 800 603-0433
www.messageries-adp.com

Distributeur pour la France et autres pays européens
HISTOIRE ET DOCUMENTS
CHENNEVIÈRES (France)
Téléphone : 01 45 76 77 41
Télécopieur : 01 45 93 34 70
www.histoire-et-documents.fr

Distributeur pour la Suisse
TRANSAT S.A.
GENÈVE
Téléphone : 022/342 77 40
Télécopieur : 022/343 46 46

Dépôts légaux
2e trimestre 2005
Bibliothèque nationale du Canada
Bibliothèque nationale du Québec

IMPRIMÉ AU CANADA